हिन्द पॉकेट बुक्स

हवन

हिंदी के समकालीन कथा और उपन्यास साहित्य में सुषम बेदी आज एक जाना-माना नाम है। 1 जुलाई 1945 को पंजाब के फीरोज़पुर नामक शहर में जन्मी सुषम बेदी ने अपनी पहचान विश्व स्तर पर बनाई है और वह भी केवल अपनी लेखनी के ही माध्यम से।

इन्होंने दिल्ली से 1964 में बी.ए. 1966 में एम.ए. और 1968 में दिल्ली यूनिवर्सिटी से एम.फिल. की डिग्री तथा 1980 में पंजाब यूनिवर्सिटी से पी-एच.डी. की उपाधि ली। 1979 में आप संयुक्त राष्ट्र अमरीका में जा बसीं और 1985 से कोलंबिया विश्वविद्यालय, न्यूयॉर्क में हिंदी भाषा और साहित्य की प्रोफेसर हैं।

हवन, लौटना, नव भूम की रसकथा, गाथा अमरबेल की, कतरा दर कतरा, इतर, मैंने नाता तोड़ा तथा *मोर्चे* आपके प्रसिद्ध उपन्यास हैं। *चिड़िया और चील* कहानियों का अद्भुत संग्रह है। आपने हिंदी नाट्य प्रयोग के संदर्भ में शोधग्रंथ भी लिखा है।

हवन

टूटते सामाजिक मूल्यों और रिश्तों की त्रासदी
पर आधारित एक चर्चित उपन्यास

सुषम बेदी

हिन्द पॉकेट बुक्स
पेंगुइन रैंडम हाउस इम्प्रिंट

हिन्द पॉकेट बुक्स

यूएसए। कनाडा। यूके। आयरलैंड। ऑस्ट्रेलिया। सिंगापुर
न्यू ज़ीलैंड। भारत। दक्षिण अफ्रीका। चीन

हिन्द पॉकेट बुक्स, पेंगुइन रैंडम हाउस ग्रुप ऑफ़ कम्पनीज़ का हिस्सा है,
जिसका पता global.penguinrandomhouse.com पर मिलेगा

पेंगुइन रैंडम हाउस इंडिया प्रा. लि.,
चौथी मंजिल; कैपिटल टावर -1, एम जी रोड,
गुड़गांव 122 002, हरियाणा, भारत

पेंगुइन
रैंडम हाउस
इंडिया

प्रथम हिन्दी संस्करण हिन्द पॉकेट बुक्स द्वारा 2014 में प्रकाशित
यह हिन्दी संस्करण हिन्द पॉकेट बुक्स में पेंगुइन रैंडम हाउस द्वारा 2022 में प्रकाशित

10 9 8 7 6 5 4 3 2

इस पुस्तक में व्यक्त विचार लेखक के अपने हैं, जिनका यथासंभव तथ्यात्मक
सत्यापन किया गया है, और इस संबंध में प्रकाशक एवं सहयोगी
प्रकाशक किसी भी रूप में उत्तरदायी नहीं हैं।

ISBN 9789353495312

मुद्रकः रेप्रो इंडिया लिमिटेड

www.penguin.co.in

FSC www.fsc.org
MIX
Paper from
responsible sources
FSC® C047271

This is a legitimate digitally printed version of the book and therefore might not
have certain extra finishing on the cover.

माँ श्रीमती शांतिदेवी धमीजा
और
पिताश्री ईश्वरदास धमीजा को
जिन्होंने समाज में बेटी के गौण स्थान को
जान-मान कर भी प्यार और परवरिश में
कोई कमी नहीं रखी।

हवन

ओम् प्रजापते न त्वदेतान्यन्यो विश्वा जातानि परि ता बभूव।
यत्कामास्ते जुहुमस्तन्नो अस्तु वयं स्याम पतयो रयीणाम्॥

मन्त्र बोलते-बोलते गुड्डो का मन अनायास उसके अर्थों में अटक जाता है—हे जड़-चेतन में व्याप्त, सब प्रजाओं के स्वामी परमात्मा! जिस-जिस पदार्थ की कामना करने वाले होकर हम भक्ति करें, आपका आश्रय लेवें और वांछा करें वह हमारी कामना सिद्ध होवे, जिससे हम लोग धनैश्वर्यों के स्वामी हों। अर्थ गुनते-गुनते गुड्डो एक नजर कमरे में मौजूद परिवार के सारे सदस्यों पर से घुमा लेती है।

नए साल का यह पहला दिन गुड्डो के लिए बड़ी खुशी का है। इसीलिए तो गुड्डो ने आज अपने अपार्टमेन्ट में हवन किया है।

बहन गीता कहती थी—"अपार्टमेन्ट में हवन कैसे होगा? धुआँ भर जाएगा। फायर-अलार्म बजने लगेगा और फिर वाल-टु-वाल कार्पेटिंग भी तो है।"

पर गुड्डो का जवाब था—"जुनेजा की माँ के यहाँ मैंने हवन होते देखा है। कुछ भी मुश्किल नहीं। कालीन पर अल्युमीनियम फायल बिछाकर उस पर हवन कुण्ड या कड़ाही रखकर किया जा सकता है हवन। फिर गुजराती ग्रोसरी की दुकानों में छोटी-कटी लकड़ियाँ और सामग्री भी तो मिल जाती है... मैंने तो न्यूयॉर्क आर्य समाज के एक बन्दे को हवन कुण्ड का ऑर्डर भी दे दिया है... है महँगा... कहता था तीस डॉलर लगेंगे ...पर चलो, मिल तो जाता है यहाँ सब कुछ..."

गुड्डो ने अपनी दोनों बेटियों को जँवाइयों समेत और दोनों बहनों को पति-बच्चों समेत बुलाया है। दस साल से ऊपर हो गए गुड्डो को इस शहर में आए, आज पहली बार हवन करने का मौका और हिम्मत हुई है... वर्ना जब से यह दौड़ शुरू हुई है, साँस लेने की भी फुरसत भला कब मिली!

उसकी छोटी बहन पिंकी ने ही बुलाया था उसे। पिंकी नई-नई शादी होकर आई थी न्यूयॉर्क में। सोलह-सतरह बरस हो गए होंगे उसे आए। लड़के ने उसे बुलाने में ही तीन-चार बरस लगा दिए थे। पहले पढ़ाई करता रहा, उसके बाद जाकर मिली नौकरी। यूँ तब तो कुछ आसान था नौकरी मिलना, पर गीता वाले जीजाजी तो कहते हैं—पता नहीं, इतनी पढ़ाई का कुछ फायदा है भी या नहीं। डबल एम.ए., पी-एच.डी. करके भी पढ़ाता तो उन्हीं को है जिनकी अपनी जुबान अंग्रेजी नहीं। कमाई भी कुछ खास नहीं। कोई डॉक्टर या इन्जीनियर होता तो...

लेकिन पिंकी के ख़तों में तो ऐसा उछाह टपकता कि बस पढ़ने वाले का मन तो उछल-उछल पड़े। लबालब भरे रहते थे ये ख़त अमरीका के गुणगान से—''गुड्डो बहन जी, आप विश्वास नहीं करेंगे कितना ऐश्वर्य है यहाँ... जिसे कहते हैं दूध की नदियाँ बहना... बस कुछ वैसा ही है यहाँ...इतनी सस्ती है चीज़ें कि पूछो मत... वहाँ टोस्टों पर मक्खन लगाने के लिए सोचना पड़ता है, यहाँ मैं सारा खाना ही मक्खन से बनाती हूँ और फिर सन्तरे-सेब के जूस... रज-रज के पियो... किसी चीज़ की कमी ही नहीं।''

अब तीन बरस अमरीका में रहकर पिंकी पहली बार भारत छुट्टी के लिए लौटी थी, तो कैसी गोरी-चिट्टी निकल आई थी... गाल एकदम गुलाब जैसे... बदन भरा-भरा... सेहत निकल आई थी उसकी। जब हिन्दुस्तान से गई थी तो सींक-सी थी पिंकी। अब तो हर ओर से बस पिंकी की ही चर्चा थी पूरे परिवार में। हर ओर आमन्त्रण, स्वागत। पिंकी ढेर सारा सामान लाई थी उपहार देने के लिए—रंग-बिरंगे फूलों से छपी छतरियाँ, मीठे-मीठे रंगों वाली अमरीकी जार्जेट और शिफ़ान की साड़ियाँ, लिपस्टिक, रूज, हाथों को चिकना करने वाले लोशन, चेहरे की झुर्रियाँ

मिटा देने वाली क्रीमें, इत्र, ट्रान्जिस्टर... जाने कितना कुछ तो लाई थी ... सभी के लिए कुछ-न-कुछ। गुड्डो का मन पिंकी के मुलायम खूबसूरत रंगों के स्वेटर-साड़ियाँ देख और विदेश के जन्नत की कहानियाँ सुन कितना ललचा जाता था वह सब कुछ पाने के लिए!... बस किस्मत भी ऐसी फिरी कि एक तरह से अमरीका जाने के सिवा और कोई चारा जैसे बचा ही नहीं। कम-से-कम लगता तो ऐसा ही था।

पति बीमार क्या हुए, बस रोग ने जान लेकर ही छोड़ी। गुड्डो की जिन्दगी का क्रम एकदम उलट-पुलट हो गया। डिग्री उसके पास बी.ए. तक की थी। एम.ए. पूरा करने से पहले ही शादी कर दी गई थी। अच्छा-खासा इंजीनियर लड़का जो मिल गया था। अब न लड़का रहा था, न पिता ही जिन्दा थे। भाइयों और पति के दोस्तों की मदद से गुड्डो ने किसी तरह बी.टी. खत्म की और एक स्कूल में नौकरी भी मिल गई टीचर की। पति के जीते-जी एक अनेक्सी डलवा ली गई थी सो रहने का आलना तो था ही। पर पति श्री प्रेमकुमार चड्ढा की मौत के दो साल के भीतर ही प्रॉविडेंट फण्ड के पैसे और लोन लेकर अनेक्सी को घर का आकार भी दे दिया गया था। मकान का पिछला हिस्सा किराये पर देने से गुड्डो की टीचर की सीमित तनख्वाह में इज़ाफा भी हो गया, जिससे घर का गुजारा ठीक चलने लगा। तभी तो गुड्डो ने छोटे लड़के को कॉन्वेंट में ही पढ़ाना जारी रखा। बेटियों को एक अच्छे सरकारी स्कूल में दाखिल किया गया था... लायक तो वे दोनों थीं ही। छोटी तो हमेशा क्लास में अव्वल रहती थी। गुड्डो ने भी तो नौकरी के साथ-साथ प्राइवेटली ही अंग्रेजी में एम.ए. की तैयारी शुरू कर दी थी।

पिंकी उसे बार-बार लिखती थी कि वह अमरीका ही आ जाए। वहाँ कई गुना पैसा कमा सकती है, बच्चों को बढ़िया स्कूलों में पढ़ा सकती है। हिन्दुस्तान में एक टीचर की नौकरी में हमेशा हाथ तंग रहेगा। शुरू में गुड्डो बहुत असमंजस में रही। जमी-जमाई गृहस्थी क्यों उखाड़े! गुजारा तो चल ही रहा था। छोटी बहन पर बोझ भी तो पड़ेगा। बीजी और भाइयों ने तो यही सलाह दी थी उसको, "क्यों उखाड़ती है बनी-बनाई गृहस्थी...मुश्किल से तो सैटल किया है तुझे उस हादसे के बाद..."

पर बड़े भाई की बीवी ने जोड़ दिया था, "अमरीका जाकर कुछ पैसे वाली तो होंगी, वर्ना सारी उमर दूसरों का मुँह जोहना पड़ेगा... आखिर दो-दो बेटियाँ ब्याहनी है।"

गुड्डो आहत तो हुई थी... थक गई भरजाई कर-करके... परदेश जाएगी तो भरजाई का दायित्व तो खत्म हो जाएगा न.. विधवा ननद बोझ तो लगती होगी उसे।

बीजी तो उलटा कहती थीं, "कुछ नहीं रखा अमरीका में। ऐसे ही धक्के खाओगी, छोटी बहन पर भी बोझ डालोगी।" गुड्डो को मालूम था कि बीजी को ज्यादा फिक्र पिंकी की ही थी कि गुड्डो उदारदिल पिंकी का नाजायज फायदा न उठाए। वे उसकी पीठ पीछे कहती थी, "गुड्डो को तो पहली बेटी होने की वजह से सबसे ज्यादा मिला है। पर इसका तो हाथ पीछे हटता ही नहीं। अब कितना करते रहेंगे इसके लिए। जितना है उसी में क्यों नहीं रहती? भाई-बहनों से क्यों मारती है? कोई जरूरत नहीं पिंकी के यहाँ अड्डा जमाने की!"

लेकिन गुड्डो और पिंकी का एक खास रिश्ता था। पिंकी गुड्डो के हाथों ही पली थी। पिंकी घर में सबसे छोटी थी। दस बरस की उम्र में ही गुड्डो उसे गोद में लिए घूमती थी। पिंकी के कुछ बड़े होने पर, भाई-बहनों के झगड़ों में वह हमेशा पिंकी की तरफदारी करती। मीठी-मीठी बातें करने वाली, गुड्डो का हर तरह का कहना मानने वाली पिंकी को उसने कभी पीटा नहीं, हमेशा स्नेह से पेश आई, जबकि मँझली बहन गीता तो जरा-सी गलती पर पिंकी को चपत लगा देती। उसे याद है एक बार खेल से लौटकर पिंकी गीता के साफ-सुथरे बिस्तर पर गन्दे पैरों समेत चढ़कर बैठ गई थी, तो गीता ने उस पर ढेर सारे मुक्कों की बौछार कर दी थी। पिंकी घण्टों रोती रही थी। उस रात गुड्डो ने पिंकी को अपने पास ही सुला लिया था। उस दिन के बाद से पिंकी अकसर उसके पास सोने चली आती थी। बड़ी होने की वजह से गुड्डो ही सबको थालियों में खाना परसकर देती थी। जब भिण्डी, बैंगन का भर्त्ता या भरवाँ करेलों का सालन बनता तो पिंकी उसकी बगल में ही चौकी बिछाकर बैठ जाती और ललचाई आँखों से स्वाद लेती हुई देखती रहती। तब

गुड्डो पिताजी और भाइयों को बड़ा हिस्सा देने के बाद पिंकी को ही सबसे ज्यादा परसती। पिंकी भी तो गुड्डो का कितना कहना मानती थी। गुड्डो और उसके बेटे राजू का अमरीका आने का टिकट भी तो पिंकी ने ही भेजा था।

शादी के बाद ससुराल में भी गुड्डो ही सबसे बड़ी थी... पति के पाँचों भाई-बहन उसी का मुँह जोहते थे। गुड्डो जल्दी ही समझ गई कि इनका करने लगी तो सारी उम्र ननद-देवरों को पढ़ाने, सैटल करने में ही निकल जाएगी। मँझला वाला देवर तो गुड्डो के शहर में ही आकर पढ़ाई करना चाहता था। गुड्डो ने तो बिना पता किए ही लिख दिया था कि यहाँ दाखिला मिलना बेहद मुश्किल है। यूँ शुक्र करो कि दाखिला उसे सच में मिला भी नहीं, वर्ना सालों की कयामत आ जाती। ननद की शादी में भी कितना पैसा भेजना पड़ा, तभी तो खुद गए नहीं शादी में, वर्ना खर्चा और बढ़ जाता... फिर कौन एक ही शादी होनी है घर में... सुख से तीन ननदें हैं ससुराल वालों को भला कोई खुश रख भी सकता है, सो परवाह की भी क्यों जाए। पर अपनी लापरवाही का पता गुड्डो को पति की मौत के बाद ही चला, जब किसी तरह की जाती या माली मदद करने में उन्होंने लाचारगी जतलाई। गुड्डो का अपना भाई एक कोर्स के सिलसिले में कुछ महीने रह चुका था उसके पास... ससुराल वाले भला माफ क्यों करते! पर गुड्डो के स्नेह-संसार के केन्द्र में भाई-बहन भी कहाँ थे अब। अब तो थी वह और उसके तीन बच्चे। पति की मृत्यु के बाद वह बच्चों से और भी ज्यादा जुड़ गई थी, जैसे उन्हीं के जरिए से उसे अपनी जिन्दगी की सार्थकता खोजनी थी।

अमरीका जाने का ख्याल जब तक सच्चाई बना, तब तक चार-पाँच साल यूँ ही गुजर गए... कागजाती काम, पासपोर्ट, ग्रीन कार्ड में। दोनों बेटियों को उसने होस्टल में छोड़ा। छोटी बेटी तनिमा तब प्री-मेडिकल कर रही थी, बड़ी अणिमा केमिस्ट्री में बी.एस-सी.।

न्यूयॉर्क के जॉन एफ. कैनेडी एयरपोर्ट से टैक्सी में सतिन्दर और पिंकी के साथ उनके घर जाती हुई गुड्डो को ऐसा कोई उत्साह महसूस नहीं

हो रहा था, जिसकी कल्पना करके उसने कितनी ही बार एक अनाम सुख महसूस किया था। कंकरीले पत्थरों की ऊँची-ऊँची इमारतों से सिले इस शहर ने एक अजीब उदासी और घुटन का अहसास दिया था। पिंकी ने बताया था—'मैनहैटन' कहते हैं न्यूयॉर्क के इस हिस्से को।

मैनहैटन के बीचोंबीच सड़क पर खुलते ग्राउण्ड फ्लोर पर ही पिंकी का अपार्टमेंट था। अपार्टमेन्ट के ठीक सामने सड़क के दूसरे किनारे पर नए फैशन के कपड़ों के 'बुतीक' और किताबों की दुकानें थीं। देर रात तक रौनक मेला लगा रहता था सड़क पर। पिंकी अपार्टमेन्ट की खिड़कियाँ हमेशा बन्द रखती थी। उन पर मोटे-मोटे पर्दे टँगे थे। कभी पलभर को भी पर्दे हटा दो तो आने-जाने वाले लोगों की आँखें घर में घुसपैठ करती दीखती थी। बन्द घर में हिन्दुस्तानी पकवानों और मसालों की ताजी-बासी गन्ध जैसे हमेशा के लिए बस गई थी... पर्दे, कालीन, बिस्तर—सभी में वही गन्ध। सेन्ट्रल हीटिंग के ताप में घुल-मिलकर वह गन्ध छाती को जकड़-सी लेती थी। गुड्डो को घबराहट और उबकाई-सी होने लगती। वह पिछवाड़े के बाथरूम की खिड़की खोल मुँह बाहर निकाल तेजी से साँस भरती-निकालती तो कुछ चैन आता। यह खिड़की दो इमारतों के बीच में छुटे कुछ खुले हिस्से में खुलती थी, इसी से यहाँ लोगों का शोर या आना-जाना नहीं था।

पिंकी ने पहले से ही काम से दो दिन की छुट्टी ले रखी थी। गुड्डो को घुमाया-फिराया। स्टैचू ऑफ लिबर्टी, एम्पायर स्टेट बिल्डिंग, वर्ल्ड ट्रेड सेन्टर और यूनाइटेड नेशंस की बिल्डिंग... बार-बार इन इमारतों की ऊँचाइयों से न्यूयॉर्क शहर की रूपरेखा देख गुड्डो उस नक्शे से खुद को जोड़ने लगी थी। पिंकी के घर का इलाका उसकी समझ में आने लगा। पिंकी ने इन्हीं दो दिनों मे उसे रास्ते भी समझा दिए। यूँ रास्ते गुड्डो को बहुत आसान लगे, बड़ी सादी-सी प्लैनिंग थी मैनहैटन की.. नीचे से ऊपर तक यानी दक्षिण से उत्तर तक सारा द्वीप एवेन्यू में बँटा था और दाएँ से बाएँ यानी पूरब से पश्चिम जाती गलियाँ उन एवेन्यूज को काटती थी। हर गली का नम्बर था और ये नम्बर दक्षिण से उत्तर की ओर जाते हुए बढ़ते थे। पिंकी का घर न्यूयॉर्क यूनिवर्सिटी के पास ही बारहवीं गली में था। इस हिस्से का

नाम 'ग्रीनविच विलेज' था। यूनिवर्सिटी के लड़के-लड़कियों के खुले व्यवहारों और कलाकारों की बस्ती होने की वजह से यह हिस्सा बड़ा 'बोहीमियन' माना जाता था।

'विलेज' में घूमते हुए अजीब तरह की दुकानें देखी थीं गुड्डो ने... पेस्ट्री-चॉकलेट की एक दुकान में चॉकलेट और डबलरोटियाँ औरत-आदमियों के योनांगों के आकारों में बनी हुई थी। एक दुकान सिर्फ टी-शर्ट की थी—सैकड़ों तरह के डिजाइन टी-शर्टों पर छपे थे। कुछ बुतीकों की सज्जा तो बेहद कलात्मक लगी थी गुड्डो को, एकाध गली पेंटिंग्ज और स्कल्पचर की गैलरियों से ही भरी थी। पिंकी ने उसको तरह-तरह के लोकप्रिय अमरीकी खाने भी खिलाए थे। राजू का पीत्जा, हैमबर्गर, हॉट-डॉग और तीसियों स्वादों वाली आइसक्रीम खा-खाकर ही जैसे अमरीका का पूरा मजा आ गया था। पिंकी का बेटा अर्जुन और पति सतिन्दर इस घूमने-फिरने के प्रोग्राम में शामिल नहीं हो सके थे। अर्जुन स्कूल में था। सतिन्दर ज्यादातर पढ़ाई में ही लगा रहता। उस साल उसकी नौकरी जाने का भी खतरा था। सतिन्दर को 'टैन्योर' यानी पक्की प्रोफेसरशिप नहीं मिल रही थी और यह असंरक्षिता का अहसास उसे बहुत परेशान किए दे रहा था। कोई दूसरी नौकरी ढूँढना बहुत बोझ लगता था उसे। पिंकी भी फिक्र में थी कि अगर सतिन्दर की नौकरी न रही, तो उसकी अकेली तनख्वाह में गुजारा कैसे होगा!

पिछले बरस मझली बहन गीता भी न्यूयॉर्क पहुँच गई थी। उसके पारिवारिक हालात भी कुछ ऐसे हो गए थे कि यहाँ आना ही उसको सबसे सही हल लगा। जीजाजी की कोयले की खदानें थीं। खदानों का राष्ट्रीयकरण होने पर जीजाजी तो बेकार जैसे हो गए। जहाँ कहीं हाथ डाला, वहीं नुकसान। कोई और धन्धा जम ही नहीं पा रहा था, संचित पूँजी भी अब रोजमर्रा के घर के खर्चों में रीतने लगी तो गीता ने घबराकर पिंकी को लिखा था कि वही कुछ सुझाए। पिंकी ने अमरीकी नागरिकता की अर्जी पहले से ही दे रखी थी, उसकी बारी आने ही वाली थी। गीता के परिवार की मुसीबतों का अहसास होते ही बड़े उत्साह से जुट गई थी पिंकी उन्हें 'स्पोंसर' करने की जिम्मेदारी सम्भालने में। ऐसे ही वक्तों

में तो काम आते हैं भाई-बहन। झटपट भेज दिए सारे कागजात। साल गुजरते ही गीता अपने पति और तीन बच्चों समेत पिंकी के उस एक बेडरूम वाले अपार्टमेन्ट में पहुँच गई।

अब शुरू करनी थी काम की खोज। खदानें जीजाजी को विरासत में मिली थी, उन्हें सम्भालने के लिए उन दिनों इण्टरमीडिएट तक की शिक्षा भी बहुत थी... उससे ज्यादा पढ़ने की जरूरत उन्हें नहीं थी, न शौक ही। एकदम से कोई 'बिजनेस' यहाँ भी शुरू नहीं कर सकते थे ... न तो पूँजी थी, न ही हिम्मत। इतनी बार हारकर उनका अपने पर से विश्वास भी उठा जा रहा था। इंजीनियर या डॉक्टर न हो पाने के हीन भाव का अहसास भी उन्हें पहली बार हुआ। पिंकी-सतिन्दर के प्रोत्साहन पर उन्होंने शनिवार-इतवार को लगने वाली 'फली मार्केट' में हिन्दुस्तानी पीतल की मूर्तियाँ और रेडिमेड कपड़ों को बेचना शुरू किया। 'विलेज' में ही फुटपाथ पर लगता था यह बाजार। और भी हिन्दुस्तानी वहाँ ऐसी सस्ती हाथ की बनी चीज़ें बेच रहे होते। वहाँ और भी देशों की लोकप्रिय कलाओं के नमूने बिकते... अफ्रीका में बनी लकड़ी की मूर्तियाँ, मैक्सिको से आई जेड और दूसरे कीमती पत्थरों का काम, तरह-तरह के गहने, यूराग्वे के चमड़े के पर्स। खासी भीड़ होती थी इस खुले बाजार में। गीता और जीजाजी बड़े हिन्दुस्तानी व्यापारियों से कम दामों पर पुराना माल सन्दूक भरकर ले आते। फुटपाथ पर बेचते हुए जीजाजी के मन को ऐसी चोट लगती कि आँखों में आँसू आने लगते। कोई हिन्दुस्तानी उन्हें देख लेता तो उनका मन होता कि जमीन के अन्दर कहीं जाकर छिप जाएँ। गीता कहने लगी कि जब मन इतना दुखता है, तो किया ही क्यों जाए ऐसा काम?

महीनों गुजरते चले गए। भाई-बहनों को तरसी पिंकी अब तोबा करने लगी थी। बच्चों में आपस में झगड़े भी बहुत होते, किसी का कुछ खोया रहता और वह दूसरे पर दोष लगाते भिड़ जाता, कभी खाने-पीने की चीज़ों पर ही बच्चे झगड़ पड़ते। गीता का बेटा अशोक भुनभुनाता, ''मम्मी, पिंकी मौसी अर्जुन के लिए तो चीज डैनिश गर्म कर रही है और मुझे कहती है कि अभी खाना तैयार हुआ जाता है, मुझे नहीं खानी वह

दाल-सब्जी। कहती है कि अर्जुन तो हिन्दुस्तानी खाना खाता नहीं, यहीं पला है सो उसे तो बाहर की ऐसी चीज़ें देनी ही पड़ती हैं... हम सब तो प्रॉपर खाना खाएँगे...मुझे नहीं खाना 'प्रॉपर' खाना!' गीता ऐसी बातों को कभी तूल नहीं देती थी, पर उस छोटे-से अपार्टमेन्ट में बन्द सभी एक-दूसरे से आजिज़ आ रहे थे। घर की शान्ति खो रही थी और दोनों परिवारों में एक-दूसरे के प्रति कड़वाहट भरने लगी थी। दोनों हमजुल्फों का मिजाज भी एक-दूसरे के रास नहीं पड़ता था। जीजाजी पैसा बनाने की नई-नई तरकीबों के सिलसिले में ही बात करना चाहते, सतिन्दर छोटी-हल्की बातों का शौकीन नहीं था। उसका यूनिवर्सिटी के प्रोफेसर और स्कॉलर्स का अपना ही गुट था। वह ज्यादा देर घर से बाहर उन्हीं के साथ रहता। पिंकी नाराज़ भी होती थी इस रवैये से। पर .ज्यादातर फुर्सत पिंकी को भी नहीं रहती थी। जिस लाइब्रेरी में वह काम करती थी, वहाँ पहुँचने में ही एक-डेढ़ घण्टा लगता था। सुबह सात बजे वह निकलती और शाम छह बजे लौटती। उसकी अपनी महत्त्वाकाँक्षा थी, वह उस लाइब्रेरी की डायरेक्टर बनना चाहती थी, इसी से हमेशा पूरी मेहनत से काम करती थी। अर्जुन सालभर का ही तो था, जब उसने लाइब्रेरी-साइंस के मास्टर्स प्रोग्राम में दाखिला लिया था। दिन भर उसे चाइल्ड-केयर सेन्टर में छोड़ चली जाती थी कॉलेज।

काफी धक्के खाने के बाद जीजाजी को एक 'रेजीडेंशियल इमारत' में 'डोरमैन' की नौकरी मिल गई। शुरू में ऐसी किसी नौकरी करने के हक में वह नहीं थे, पर जब कहीं कुछ बना नहीं तो लगा निजात इसी में है कुछ आमदनी का जरिया तो बनेगा। गीता को भी एक चाइल्ड-केयर सेन्टर में टेम्परेरी सब्स्टीट्यूट की नौकरी मिल गई। लगभग साल हो चला था... छोटी-छोटी बातों की किटपिट से तंग, नौकरी मिलते ही गीता का परिवार मैनहैटन से दूर थोड़ी सस्ती जगह में अपार्टमेन्ट लेकर रहने लगा। लेकिन पिंकी अब तक बुरी तरह से थक चुकी थी। गुड्डो को जल्दी बुलाने का मन नहीं हुआ था, पर गुड्डो तो अब तैयार बैठी थी... कब से तो उसे बुला रखा था। खैर, दो-चार महीनों का वक्फा तो पड़ ही गया इस

बीच। गुड्डो जब आई तो पिंकी बेहद फुदक रही थी, गीता के परिवार के गिले-शिकवे भी बाँटे जा रहे थे। गुड्डो ढेर सारे मसाले, आम-पापड़, अमृतसर की बड़ियाँ-पापड़, कड़ाही, सिल्क की साड़ी—जो-जो भी पिंकी की फरमाइश थी, लेकर आई थी। पिंकी कहती, "बहन जी, अब आप कुछ दिन यहाँ आराम करो, घूमो, देखो। अभी से नौकरी ढूँढने के चक्कर में पड़ने की जरूरत नहीं।"

गुड्डो रोज खूब बढ़िया पराठे और सब्जियाँ बनाकर रखती। पिंकी और सतिन्दर थके-थकाए शाम को घर लौटते, तो बढ़िया पका-पकाया खाना खाकर एक नया-सा सुख मिलता। वे भूल ही चुके थे वे दिन जब कोई और इस तरह से देखभाल करता है। घर में खुली जगह तो अब भी नहीं थी, पर भीड़ भी नहीं। राजू और अर्जुन की उम्र में पाँच-छह साल का फ़र्क़ था, इसलिए लड़ाई की नौबत भी कभी-कभार ही आती थी। राजू को पास ही के एक सरकारी स्कूल में दाखिला मिल गया था ... उस हिस्से के सरकारी स्कूल बहुत अच्छे नहीं थे, पर प्राइवेट स्कूल में तो फीस इतनी लगती थी कि अर्जुन को भी फिलहाल पिंकी सरकारी स्कूल में ही भेज रही थी। दो महीने पिंकी को रसोई और घर सम्भालने में ही गुजर गए तो एक दिन जीजाजी ने बात कसी, 'पिंकी को मुफ्त की नौकरानी मिल गई है, गुड्डो को और नौकरी ढूँढने की जरूरत ही क्या है?'

गुड्डो को अच्छा नहीं लगा था। जीजाजी में यह शायद बार-बार ठोकरें खाने की वजह से पैदा हुई कड़वाहट थी। फिर यह बात नहीं थी कि गुड्डो सिर्फ घर में ही लगी रहे। पिंकी रोज उसे हिदायत दे जाती थी कि आज फलाँ जगह पता करो, फलाँ जगह फोन करो या अर्जी भेजो। पर किसी तरह काम मिलने के आसार दीख ही नहीं रहे थे। पढ़ाने की नौकरी का तो सवाल उठने के पहले ही जता दिया गया कि उसकी 'क्वालिफिकेशन' काफी नहीं, उसे खुद पहले पढ़ना पड़ेगा। पढ़ने का मतलब था कॉलेज की फीसें, इसलिए फिलहाल गुड्डो उस बारे में सोच नहीं सकती थी।

पिंकी की जान-पहचान के एक हिन्दुस्तानी ने तभी-तभी पिंकी के

घर से तीन-चार ब्लॉक दूर अंडरग्राउण्ड ट्रेन स्टेशन के प्लेटफार्म पर एक अखबार-मैग़जीन, सिगरेट और कैण्डी आदि बेचने का स्टाल लगाया था, उसे एक सेल्सपर्सन की ज़रूरत थी। तनख्वाह दूसरे स्टोरों की सेल्स की नौकरियों से कुछ ज्यादा थी, ओवरटाइम की भी सम्भावना थी। स्टाल सुबह से लेकर रात बारह-एक बजे तक खुला रहता था। मन विरोध तो कर रहा था कि अखबार बेचने का काम इतने बड़े अफसर की बीवी करेगी... पर हाथ में धेला तक तो था नहीं। शहर में आने-जाने का किराया तक तो वह पिंकी से लेती थी। गुड्डो ने शुरू कर दिया काम।

अखबारों, पत्रिकाओं, सिगरेट, चॉकलेट और गोलियों के डिब्बों से लदी मोटे प्लास्टिक की खोली गुड्डो को महसूस होता जैसे उसी को किसी सिगरेट की डिब्बी में पैक कर दिया गया हो। पूरे डिब्बे में एक छोटी-सी चौकोर खुलने वाली जगह थी, जहाँ से वह पत्रिका, कैण्डी या सिगरेट वगैरह पकड़ाती और पैसे सम्भालती। अखबार तो ज्यादातर खोली के बाहर ही रखे रहते थे। आने-जाने वाले अखबार अपने से उठा लेते और पैसे पकड़ा जाते। सामने वाली दीवार का प्लास्टिक 'ट्रान्सपेरेन्ट' था, बाकी तीनों दीवारें सामान से अटी हुई थीं। गुड्डो इसी दीवार से स्टेशन पर आने-जाने वालों का रेला देखती रहती... सुबह आठ बजे जब वह खोली का ताला खोल रही होती तो दफ्तर जाने वाले जवान, अधेड़ तेजी से भागकर सीढ़ियों से उतर रहे होते। ट्रेन रुकती तो पलों में ही भीड़ का रेला ट्रेन के रोशनीदार डिब्बों में समा जाता। कभी-कभी धक्कम-धक्का में ऑटोमैटिक दरवाजों में किसी का ओवरकोट फँस जाता, तो किसी का स्कार्फ। गुड्डो को कॉलेज के दिनों की याद आती, न्यूयॉर्क की ट्रेनों की हालत उसे बेहतर नहीं लगी। दस-ग्यारह बजे के करीब जाने वालों की चाल कुछ मद्धिम होती। इनमें ज्यादातर बड़ी उम्र की औरतें, बूढ़े और कभी-कभी बच्चों का हाथ पकड़े माताएँ होतीं। इस वक्त ट्रेनों के आने में भी देरी लगती और इन्तजार करते हुए वे अकसर उसकी खोली के आगे रुककर अखबार की सुर्खियाँ पढ़ते या कोई मैगजीन उलटने-पलटने लगते। कभी कोई बच्चा मचल जाता, तो माताएँ चॉकलेट खरीदकर पकड़ा देतीं। चॉकलेट यूँ बड़े भी उतनी ही खरीदते-खाते दीखते,

जितने बच्चे। खोली का मालिक प्रकाश पटेल खासा सूझ-बूझदार बनिया था। अकसर बिना बताए 'कैश' जाँचने आ जाता था। शहर के कुछ और हिस्सों में भी उसने ऐसे स्टाल खोल रखे थे। ऐसे ही किसी दोस्त या रिश्ते के सगों को नौकरी दे देता। गुड्डो के पास तो ग्रीन कार्ड था, वर्ना दूसरे स्टाल पर ज्यादातर बिना वर्क-परमिट के नौकरी करने वाले हिन्दुस्तानी थे। गुड्डो के साथ दूसरी शिफ्ट पर काम करने वाले एक लड़के ने बताया कि बिना परमिट वालों को बहुत कम पैसों पर नौकरी देता है। खोली में खड़े-खड़े गुड्डो की टाँगें दुखने लगती थीं—बाथरूम जाने के लिए घण्टों रोके रखती खुद को—सबवे के बाथरूम में जाते डर लगता था उसे। यूँ डर तो बाहर भी लगता था। ट्रेन गुजर जाने के बाद जब एकदम सन्नाटा छा जाता, तो बहुत घबरा जाती थी गुड्डो। फिर सीढ़ी से उतरती आवाज उसे सहज-सी लगती तो दम आता। पर पब्लिक बाथरूम में, उसने पिंकी से ही सुना था कि अकसर चोर-उचक्के छिपे रहते थे, जो एकदम से हमला कर सब कुछ छीन लेते हैं। सतिन्दर के एक दोस्त के सौ डॉलर और कलाई-घड़ी इसी तरह एक सरकारी बिल्डिंग के बाथरूम में पिस्तौल की नोंक पर छिन गए थे। पटेल को उसके ऐसे डर और तकलीफों से जैसे कोई सरोकार नहीं था... बड़ा अजीब-सा रुख था उसका, ''काम करना है तो करो वरना रास्ता नापो, यहाँ कौन-सी कमी है भाड़े के नौकरों की!'' गुड्डो को आदत थी एक नमाई-गर्माई भरे रुख की। पटेल विनम्र तो था, पर एकदम सीधा-सच्चा और बासी। एक दूरी हमेशा बनाए रखी। गुड्डो को चिढ़ और गुस्सा आता था उस पर। ऐसे आदमी तो उसके पति के नीचे क्लर्की करते फिरते थे, यह अपने को समझता क्या है... खैर, उसे कौन हमेशा टिके रहना है, पिंकी से जल्दी बात करेगी।

जमीन के नीचे होने से सबवे प्लेटफार्म पर स्टाल में खड़ी गुड्डो को ठण्ड भी बहुत लगती। सारा वक्त कोट लादे वैसे ही कन्धे दुखने लगते थे। कोई ढंग के स्टोर में देखनी पड़ेगी नौकरी।

''पाकिस्तान से हैं आप?'' खिड़की से झाँकता एक गोरा अमरीकी बूढ़ा उससे पूछ रहा था। वह काफी देर से वहाँ खड़ा 'प्ले बॉय' की एक

प्रति उलट-पुलट रहा था। गुड्डो की नजर पहले पत्रिका के खुले पन्ने पर नग्न लड़की की तस्वीर पर पड़ी, तो जवाब देने में झिझक-सी महसूस हुई। फिर आँख दूसरी ओर रखते हुए अनमने ढंग से बोली, "जी नहीं, हिन्दुस्तान से।"

"हम भी लड़ाई के दिनों वहीं था... कलकत्ता में... तुमको इधर कैसा लगता?"

एक अमरीकी के मुख से अपनी भाषा सुनकर सहसा गुड्डो को अच्छा लगा। बातचीत करते-करते एक नाता-सा बन गया दोनों में। बूढ़ा अब अकसर उसके स्टाल पर आ जाता और हालचाल पूछने रुक जाता। जब ग्राहक रहते तब वह खुद ही पीछे हट जाता, उनके जाते ही फिर हाजिर हो जाता। एक दिन गुड्डो से उसने कहा, "तुम इतना सुन्दर है, पढ़ा है, तुमको ये काम शोभा नहीं देता।"

मुसकराई भर थी गुड्डो... एक खोखली मुसकान।

बूढ़ा रिटायर होकर अकेला रहता था... उसका एक लड़का और एक लड़की थे, दोनों कैलिफोर्निया में सैटल थे। तीन साल पहले उसकी पत्नी का देहान्त हो चुका था। तब से बहुत अकेला हो गया था। दिनभर इधर-उधर घूमता, शॉपिंग और रोजमर्रा के छोटे-मोटे कामों को धीरे-धीरे निबटाते उसका पूरा दिन निकल जाता। जब धूप रहती तो वह घर में बैठता नहीं था। कहता था, अकेले उसका जी बहुत घबराता है। बिटिया क्रिसमस या जन्मदिन पर साल में एक बार मिलने आ जाती थी, बेटा बिलकुल भूल गया था उसे। शुरू-शुरू में गुड्डो बड़ी रुचि से बूढ़े की बातें सुनती रहती। फिर उसे लगने लगा कि बूढ़ा उन्हीं-उन्हीं बातों को दुहराता रहता है। गुड्डो ने पाया, वह उसकी उपेक्षा कर रही थी। बूढ़ा आता तो वह हिसाब-किताब देखने में खुद को मशगूल कर लेती, या ग्राहकों का छुट्टा लौटाने में देर लगाती। यूँ छुट्टा लौटाने में ज़रा-सी देर लगते ही खिड़की पर खड़े ग्राहकों के हाथ हिल-हिलकर बेचैनी जाहिर करने लगते। चेहरा तो उस बूढ़े का ही देखा था उसने। बाकी तो पैसा लेते-देते हाथ ही देखती थी वह। हिसाब से फारिग हो आँखें चेहरों की ओर उठने से पहले ही गायब हो जातीं वे मानव-मूर्तियाँ।

ट्रेन अभी-अभी गुजरी थी... फिर से वही डरावना सन्नाटा छा गया था। कुछेक कदमों की आवाज कभी डर को बढ़ा देती, कभी कम कर देती। कुछ हरकत-सी हुई तो गुड्डो ने खिड़की की ओर आँखें उठाईं... खिड़की पर बढ़े हाथ में पिस्तौल ठीक गुड्डो की ओर ही तनी थी। गुड्डो ने देखा एक लम्बा-सा आदमी। कानों में इतने ही क्रूर और जानलेवा शब्द पड़े—"पुट ऑल यूअर मनी इन द विण्डो।"

गुड्डो का जिस्म-दिमाग एकदम सुन्न। सकते की हालत में ही उसने दराज खोली और जो कुछ भी था, खिड़की पर निकालकर रख दिया।

कोट की बड़ी-बड़ी जेबों में पलों में ही सब कुछ भरते देव-सा वह आदमी सीढ़ियों से ऊपर गायब हो गया। प्लेटफार्म पर इक्के-दुक्के लोग अभी भी थे... उनकी निगाह रेल की पटरी पर थी। किसी को पता तक नहीं लगा और उसके साथ इतना हादसा हो गया... अगर उसे मार ही डालता उस पिस्तौल से तो... गुड्डो इसके आगे नहीं सोच पाई। घबराई, सुन्न वह चिल्ला भी नहीं सकी। कुछ पल के लिए एकदम गुमसुम खड़ी रही।

ग्राहक फिर से आने-जाने लगे, किसी ने कोई जिक्र नहीं किया—दहशत से गुड्डो का जिस्म काँप रहा था... हर पैसा देने के लिए बढ़ते हाथ में उसे पिस्तौल दिखने लगी। स्टाल और खुला रखना मुश्किल हो गया गुड्डो के लिए। स्टाल का ताला लगाकर भागती हुई घर आई। पिंकी के सामने पड़ते ही उसकी सारी दहशत रुलाई में फूट पड़ी। घबरा गई पिंकी भी।

"क्या हुआ, बहनजी, बोलो तो सही... बताओ न..."

"आज बस मर चली थी मैं।"

"यह कैसी बात कर रहे हो, बहनजी!"

"पता नहीं, क्या करना चाहता है भगवान मेरे साथ। पहले कम दुःख दिए हैं।"

"हुआ क्या, कुछ बोलो तो सही?"

"बस, अब नहीं काम करूँगी उस स्टाल में।"

सारी कहानी गुड्डो ने सुनाई तो पिंकी ने पटेल को उसी वक्त फोन

करके इत्तला दी। पर पटेल बोला, "पुलिस को इत्तला किया आपने?"

"बहनजी तो सीधे मेरे पास भागी आई हैं, पहले आपको नहीं बताना था?"

"अब देखिए न उसी वक्त पुलिस को बुलाती न, अब गवाह कौन है कि डाका पड़ा ही है।"

गवाह सच में कोई नहीं था। गुड्डो की नौकरी तो छूटी ही, साथ में हफ्ते की पगार भी। पुलिस में रपट तो लिखवा दी गई, पर हुआ-हवाया कुछ नहीं।

पिंकी ने गुड्डो से कहा था, "बहनजी, यहाँ तो आए दिन ऐसे चोरी-डाके होते रहते हैं... जान-वान चली जाए तब तो तहकीकात करते हैं यह लोग, इन छोटी-मोटी चोरियों की परवाह कोई नहीं करता। और रही पटेल से बकाया तनख्वाह की बात तो उसे भी अब भूल ही जाइए। जितने पैसे रहते हैं, उससे ज्यादा तो वकीलों के लग जाएँगे। बस, अब यह सब छोड़ो और कोई ढंग की नौकरी खोजो।"

उस रात पिस्तौल वाला हाथ गुड्डो की आँखों के सामने बार-बार घूम रहा था। काँपते होंठों से वह मन्त्र दुहराने लगती—हे परमेश्वर, हमारे दुःख दूर करो... ओम् विश्वानि देव सवितर्दुरितानि परासुव। कभी होंठ उसकी आकाँक्षाओं के मूलमन्त्र को स्वरित करने लगते—यत्कामास्ते जुहुमस्तन्नोऽअस्तु वयं स्याम... हमारी कामनाएँ सिद्ध हों... महीने भर में ही गुड्डो को पिंकी के घर से काफी दूर एक स्टोर में सेल्सगर्ल की नौकरी मिल गई। नई जगह का माहौल बेहतर था। करीने से सजा रसोई और घर का दूसरा सामान बिकता था यहाँ। उसे देख गुड्डो सोचती रहती कि अब अपना घर बनेगा तो ऐसे एक ही साइज की शीशियाँ और डिब्बे खरीदेगी—मसाले और दालें रखने के लिए। प्याज-आलू का तार से बना खूबसूरत-सा छींका, तरह-तरह के एनमेल किए बर्तन... कोई सोच सकता था कि रसोई भी इतनी खूबसूरत बनाई जा सकती है।

जब से नौकरी शुरू हुई, घर के फ्रन्ट पर कोई और ही सिलसिला शुरू हो गया था। गुड्डो ने आते ही घर के कामों की जिम्मेदारी अपने ऊपर लेकर पिंकी को काफी हद तक इस बोझ से मुक्त किया हुआ था।

नौकरी करने के बाद भी ज़िम्मेदारी गुड्डो की ही बनी रही। नौकरी का रूटीन बनने पर गुड्डो भी जब थका महसूस करती, तो खाना तैयार करना व दूसरा कुछ घर का काम उसे बहुत बोझ लगने लगा। अनायास ही उसे महसूस हुआ कि जीजाजी की नौकरानी वाली बात में शायद सच भी था। पिंकी क्यों नहीं देख पाती कि गुड्डो भी तो काम से थकी-हारी आती है। गुड्डो ने घर के कामों में ढील दे दी। राजू को वह पीत्जा खाने के लिए पैसे दे देती, खुद भी काम पर ही कुछ खा लेती या सैंडविच बनाकर ले आती। दो दिन लगातार गुड्डो जान-बूझकर घूमती, विण्डो-शॉपिंग करती, घर देर से आई तो पिंकी ने खाना बना रखा था। तीसरे दिन वक्त पर आकर भी राजू के स्कूल के काम में हाथ बँटाने का नाटक करती रही—उस रात पिंकी ने रात साढ़े दस बजे जाकर खाना तैयार किया, कुछ देर वह शायद गुड्डो के रसोई में जाने का इन्तजार ही करती रही होगी।

धीरे-धीरे घर की बँधी-बँधाई व्यवस्था में अतिक्रम बहुत मुखर होने लगा था।

"एक भी बनियान धुली नहीं, बाथरूम में इतने कपड़े इकट्ठे हुए पड़े हैं, कब साफ होंगे यह?"

पिंकी सिटपिटाकर बोली, "इतने ढेर हो जाते हैं काम, मैं कहाँ तक अकेली मरती फिरूँ।"

'अकेली' शब्द पर जोर था यहाँ। पिंकी पर इन दिनों दफ्तर के काम का बोझ भी ज्यादा था।

गुड्डो के मन में बात आ चुकी थी, पिंकी उसे एक्सप्लाइट कर रही है—इतनी भोली नहीं है गुड्डो कि कोई उसे चरा जाए। है भी बड़ी बहन। पिंकी जब हिन्दुस्तान में उसके घर आती थी तो वही उसके सारे आराम की देखभाल करती थी, कभी छूने दिया एक बर्तन भी उसने पिंकी को! तब पिंकी भी क्यों नहीं कर सकती उसके लिए?

पिंकी को गुड्डो का खर्चा भी चुभने लगा था। वह महसूस करती कि बहनजी को अब कितने महीनों से नौकरी मिली हुई है, सो उन्हें अपने आप ही अलग रहने का इन्तजाम कर लेना चाहिए। जीजाजी नौकरी मिलने

पर अपने आप ही तो चले गए थे। गुड्डो बहन जी तो इतने इशारों के बावजूद अलग अपार्टमेन्ट लेने का नाम ही नहीं लेती। पैसा तो जमा हो ही गया होगा, मैं कुछ खर्चा तो लेती नहीं, तब क्यों बोझ बने बैठी है। बीजी शायद ठीक ही कहती थी—"गुड्डो छीनती है सबसे, जब तक कि देने वाला ही हार-थककर हाथ पीछे नहीं खींच लेता।" गुड्डो की जन्मराशि भी तो बिच्छू है न... कहते हैं बिच्छू राशि में पैदा हुए लोग दूसरों का फायदा उठाकर दूध में मक्खी की तरह निकाल फेंक देते हैं, गीता भी तो कहती थी—"कहने को तो विधवा है, पर कौन-सी कमी रही है गुड्डो को। हमसे बेहतर ही खाते-पहनते हैं इसके बच्चे, बढ़िया स्कूलों में पढ़ते हैं, और क्या चाहिए इसे। अब देख न, तेरा मकान बना है, न मेरा। गुड्डो का तो इधर-उधर से पैसा लेकर बन ही गया न। किसी ने नौकरी दिलवा दी, किसी ने टिकटें भेज दीं। बस विधवापन से हमदर्दी पैदा कर सारे काम निकलवा लेती है—तेरे जीजाजी के आगे भी रो-धोकर माहवारी खर्चा लेती रही है हमसे, अब तो याद भी नहीं होगा इसे।"

सतिन्दर की उदारता और सहनशक्ति भी अपनी आखिरी सीमाओं पर पहुँचती लगती थी। उस दिन कह रहा था किसी बात के सिलसिले में, "वाय शुड आई कीप ऑन सफरिंग यूअर फैमिली। बहुत कर लिया अब। नौकरी जब मिल गई है, तो अलग जगह लेकर क्यों नहीं रहती? टोनी भी आना चाह रहा है। उसका भी तो इन्तजाम करना है।"

टोनी सतिन्दर का छोटा भाई था।

उस दिन गुस्से में सतिन्दर ने राजू को थप्पड़ जमा दिया था। राजू का रवैया उसे यूँ भी पसन्द नहीं था। कहता था, "बहुत बिगाड़ रखा है बहनजी ने राजू को। अपने आप उठकर पानी का गिलास तक नहीं ले सकता। मैं कहता हूँ यहाँ नहीं 'सरवाईव' कर सकता यह। यहाँ के बच्चे तो अपना खाना खुद बनाकर खा लेते हैं। इससे हाथ तक नहीं हिलाया जाता। क्या अर्जुन स्कूल से आकर खुद नाश्ता नहीं करता? तब राजू क्यों इन्तजार करता रहता है कि उसकी माँ या हममें से कोई आकर ही उसे परोसे!"

राजू से उसने एक बार कह भी दिया था, "तेरी माँ तुझे एकदम सिस्सी बना रही है, इस मुल्क में आकर ऐसा रहा तो पिछड़ जाएगा तू।"

राजू को जाने क्या होता जा रहा था उसकी उछलती-कूदती सहज जिन्दगी को जैसे उस अपार्टमेन्ट के बँधे-बँधाए दायरे में कैद कर दिया गया हो। कभी चुपचाप गुमसुम बैठा रहता तो कभी बात-बात पर गुस्सा करता, चिढ़ता और चिल्लाता। स्कूल से आते हुए बेबात लड़कों के एक समूह ने उसे पीट दिया था। बहुत आहत हुआ था राजू। भीतर डर ऐसा समा गया था कि बाहर खेलने भी नहीं जाता था। अपने आसपास का सारा माहौल बहुत जटिल लगता था उसे, एकदम पकड़ के बाहर। एक अजीब अजनबी-सी दुनिया में आ गया था राजू। अर्जुन इससे चार साल छोटा था, उसका बच्चों का अपना समूह था। राजू वहाँ बड़े भाई की हैसियत रखता था। बारह बरस के राजू की खुद की भी बचपन वाली उछल-कूद की जरूरत अभी मिटी नहीं थी। अचानक इतना बदलाव उसे सहमाए दे रहा था। भीतर उबाल उठ-उठकर बुझ जाते। माँ से कोई शिकायत करके उसे कष्ट भी नहीं पहुँचाना चाहता था... और ऐसी कोई शिकायत तो उसे थी भी नहीं। कुछ भी ऐसा घट नहीं रहा था, जिसे वह सही-साफ लफ्जों में माँ तक पहुँचा सकता था। घर से स्कूल, स्कूल से सीधे घर। घर पर होमवर्क, टेलीविजन देखना, कॉमिक पढ़ना—बस, यही दिनचर्या थी। उस दिन अर्जुन ने जब उसे 'सिस्सी' कहकर छेड़ा तो राजू ने पीट दिया। पिंकी ने अर्जुन का रोना सुना तो कसकर तीन-चार थप्पड़ जमा दिए राजू को। बोली, "तुम लोगों ने इस घर की सारी शान्ति छीन ली है। हर वक्त कोई-न-कोई बवाल मचाए रहते हो।" बहुत तड़पा था राजू। गुड्डो से शिकायत तब भी नहीं कर पाया था। सिर्फ इतना कहा था, "मम्मी, मुझे लगता है चण्डीगढ़ वाला घर और स्कूल ज्यादा अच्छे थे।"

गुड्डो को महसूस होने लग गया था कि अब ज्यादा देर पिंकी के यहाँ टिके रहना मुश्किल होगा। सेल्सगर्ल की तनख्वाह में कोई अच्छी रहने की जगह मिलना मुश्किल था। गुड्डो कुछ और देर के लिए टालना चाहती पर राजू ने तब कह ही दिया था, "मम्मी, आप तो कहती थी

अमरीका जाकर अमीर हो जाते हैं, हम तो यहाँ और भी गरीब और बेघर हो गए हैं। अंकल गुस्सा करते रहते हैं—अर्जुन भी अपने आपको सुपीरियर समझता है... मुझे तो कुछ अजीब-सा लगता है यहाँ।''

गुड्डो लौट नहीं सकती थी। तनिमा के मेडिकल की पाँच हजार रुपए फीस उसकी टीचर की तनख्वाह में से तो निकल नहीं सकती। यहाँ चाहे जैसी भी हो, हिन्दुस्तानी रुपयों में तो वह एकदम अमीर हो ही जाती है। ओवरटाइम करके कुछ अतिरिक्त भी कमा लेती है। कड़ा कर लिया मन गुड्डो ने। चाहे कुछ ढीठ होकर भी रहना पड़े। गुड्डो घर में ग्रोसरी भी खरीदकर लाने लगी, ताकि पिंकी को उतना बोझ महसूस न हो। यूँ एक-एक डॉलर बहुत सोच-समझकर ही खर्चती थी गुड्डो। रोज-रोज की जरूरतों, किराए-भाड़े में ही कितना तो निकल जाता था। घण्टे के मिलते तीन डॉलर ही थे। ढंग के स्टोर में काम करो तो कपड़े भी तो ढंग के बनवाने होते हैं, शुरू में वह पिंकी की स्कर्ट-जैकेट पहन गई थी। बहुत शर्म आई थी, उसे स्कर्ट पहनने में भी। पर यह बात उस तक पहुँचा दी गई थी कि सही लिबास में ही वह काउण्टर पर खड़ी हो। साड़ियाँ सलवार-कमीजें घर पहनने में ही काम आती थीं, बढ़िया जरीवाली साड़ियाँ ज्यादातर बक्सों में ही बन्द रहती थीं, बस त्योहार-पार्टी में निकलतीं। राजू के कपड़े, गर्म जैकेट सभी कुछ तो चाहिए था। तभी तो नई जगह का खयाल मुल्तवी कर रखा था। यूँ कुछेक घर तो देख डाले थे, पर सभी किसी आधार पर अस्वीकृत कर दिए गए थे। न्यूयॉर्क में अपार्टमेन्ट के किराए ही इतने ऊँचे हैं कि वह दाम सुनकर ही चुप्पी मार जाती थी।

उस दिन गुड्डो को जब तनख्वाह का चेक मिला तो लंच-ब्रेक में चेक भुनाकर उसने अर्जुन और राजू के लिए एक-एक खिलौना खरीद लिया। लौटते हुए टाइम की भाग-दौड़ की वजह से ज्यादा थकी होते हुए भी मन हल्का था। सोच रही थी घर में इतना तनाव रहता है, खिलौना पाकर अर्जुन खुश होगा तो शायद माहौल में कुछ फर्क पड़े।

पर आज गुड्डो के सारे मनसूबों पर गाज गिर पड़ी। मुख्य दरवाजा

खोल सीढ़ियाँ चढ़ रही थी, तो मन में कहीं कुछ खटका हुआ। पर उधर ध्यान न देते हुए सीधे अपार्टमेन्ट के सामने पहुँची, उसने चाबी लगाकर दरवाजा खोला। ध्यान हाथ में पैकेटों पर था। आँख ऊपर उठाई तो एक अविश्वसनीय-सा दृश्य उसके सामने था। उसका सूटकेस दरवाजे से थोड़ी दूर पर ही पड़ा था, राजू सहमा-सा सूटकेस के पास ही एक मोढ़े पर बैठा था, आँखें सूटकेस पर ही चिपकी थीं। कुछेक कपड़े इधर-उधर बिखरे थे, शायद किल्लियों से उतारकर फेंके गए थे। अभी हालत का कुछ ठीक अन्दाज गुड्डो को नहीं हो पाया था कि किचन से आती हुई पिंकी उसे वहाँ देखते ही चिल्लाकर बोली, "प्लीज बहनजी, हैव मर्सी ऑन मी। लेट मी लीव इन पीस। हमारी भी तो जिन्दगी है। अब और बोझ नहीं उठा सकते हम। ये रोज-रोज के झगड़े... सतिन्दर की टेंशंस... आई कांट टेक इट..." फिर अपनी भरी हुई आवाज को कुछ सम्भालकर बोली, "आय एम सॉरी, आय हैव टु बी रूड टू यू... पर आपने भी तो हद कर दी। अब कितनी देर से तो कमा रही हैं आप। प्लीज, कहीं और नहीं कर सकतीं अपना इन्तजाम?"

गुड्डो अवाक् थी। इस तरह का सिनेरियो तो उसकी सोच के दायरे से भी कहीं दूर था। पिस्तौल आज उसकी अपनी बहन ही उसकी ओर ताने हुए थीं। दहशत की एक गोली उसे भीतर तक बेध गई। मुश्किल से बस इतना उसके मुँह से निकला, "हुआ क्या?"

और सामने से आते सतिन्दर के शब्द हथोड़े जैसे उसके कानों में पड़े, "हम लोग तो खून-पसीने की कमाई से इनको यहाँ बुलाएँ और इनको हमारा कुछ लिहाज तक नहीं। क्या था अगर मैंने राजू को बाजार से सोडा लाने को कह दिया, उठा तक नहीं बिस्तर से। मैं कहता हूँ, हमीं को क्या जरूरत पड़ी है कि इनके पीछे मारे-मारे फिरते रहें। इनको सैटल करने के लिए भाग-दौड़ करते फिरें। कह दो इनको, जहाँ कहीं भी जाएँ, यहाँ नहीं रह सकतीं... आई जस्ट कान्ट स्टैंड देम इन दिस हाउस।"

गुड्डो हक्की-बक्की खड़ी थी... क्या करे... कहाँ जाएगी अब अन्धेरे में... हल्की सहमी आवाज में बोली, "देख पिंकी, सड़क पर तो खड़ा

न कर... कल से घर देखना शुरू कर दूँगी। जो कुछ भी अच्छा-बुरा मिला, मूव कर जाऊँगी... अब इस वक्त कहाँ जाऊँ?''

इस इलाके में पहचान का चेहरा उसी बूढ़े अमरीकी का था... गुड्डो ने तो उसका नाम-पता तक नहीं पूछा था। अगर रुचि लेती तो आज वह काम आ सकता था। सतिन्दर की मौजूदगी में पिंकी और भी गुस्से से बोली, ''घर तो आप कब से देख रही हैं, पर कोई नाक तले चढ़े तब न! जब उस गुजराती लड़की के साथ शेयर करने का इन्तजाम किया था तब क्यों नहीं गई आप? सच तो यह है कि तब सारा खर्चा खुद करना पड़ता, अब मुफ्त की जो मिल रही है...''

''पर राजू को लेकर मैं किसी के साथ 'शेयर' थोड़े ही कर सकती हूँ... यहाँ जो देख लिया शेयर करके।''

अन्तिम वाक्य उबाल ले आया था पिंकी में, गुड्डो कहना तो सीधे से यही चाहती थी कि बच्चे की पढ़ाई या आजादी के लिए उसे स्वतन्त्र रूप से ही रहना चाहिए, पर मुँह से चोट करने वाला ही वाक्य निकला। आहत तो थी ही गुड्डो।

''शेयर करना आपको आता हो, तब न। मुझे सब पहले ही कहते थे कि हिन्दुस्तानियों को यहाँ रहने का शऊर ही नहीं। इतना गन्दा कर रखा है आप लोगों ने यह घर कि घुसने का मन नहीं करता। किसी चीज़ का सलीका ही नहीं। यहाँ हिन्दुस्तान जैसे नहीं रख सकते घर। यहाँ के सफाई के स्टैंडर्ड कुछ और ही हैं।''

यह चोट तो गुड्डो की तहजीब पर थी। चिरौरी वाला रुख छोड़ अचानक वह भी एकदम आक्रामक हो उठी। बोली, ''वाह रे सफाई के फरिश्ते! बड़ा अमरीकन बनने चली है... यहीं पैदा हुई थी न! देख ली तेरी भी सफाई मैंने... बिस्तरों के नीचे मैले कपड़े छिपाकर, अलमारियों, दराजों में सारा गन्द बन्द करके और खुशबूएँ छिड़ककर होती है न सफाई ... बड़ा समझना मत तू खुद को... वहाँ से निकली है तू भी जहाँ से मैं... आज चार पैसे क्या हो गए, बड़ा घमण्ड हो गया है तुझे... घर से निकालती है मुझे... तेरी ये जुर्रत हुई कैसे? आज मेरा मरद जिन्दा होता तो देखती कैसे तू बड़ी बहन की बेइज्जती करती। अपने हाथों से पाला

है तुझे, पोतड़े धोए हैं तेरे मैंने! करने चली है सफाई की बात! टट्टियों में लिबड़ी रहती थी, नाक साफ करने की तो तमीज नहीं थी तुझे।''

गुड्डो बेहाल बोले चली जा रही थी... बर्रो के छत्ते को छेड़ दिया था किसी ने। ''थू... थूकती हूँ तेरे घर पर... भगवान ही बदला लेगा जो सुलूक किया है तूने मेरे साथ... तू क्या निकालेगी मुझे, मैं ही खुद जाती हूँ। जो लाया है वह ठिकाना भी बनाएगा। तू कुछ नहीं कर सकती किसी को। भगवान् है असली करने वाला। मैं फालतू में अहसान मानती रही तेरा। तू होती कौन है मुझे बुलाने वाली या निकालने वाली?''

गुड्डो का पूरा बदन जैसे जल रहा था। हाथ आवेग से काँप रहे थे। राजू ने माँ का यह रूप पहली बार देखा था। बहुत घबरा गया था। दोनों बाँहों से गुड्डो को घेरते हुए बोला, ''स्टॉप इट, ममी! प्लीज़, स्टॉप इट नाऊ।'' फिर थोड़ी देर बाद डरते-डरते बोला, ''कैन वी गो टू गीता मासीज़ हाउस।''

सहसा गुड्डो को अपनी लाचारी पर रुलाई फूट पड़ी।

''बस किस्मत ही खराब थी मेरी, वरना यहीं क्यों आते? अब तो सड़कों पर रुलने की भी नौबत आ गई। ऐसी बेकदरी करनी थी तो बुलाया ही क्यों था यहाँ। अब हम गन्दे, लीचड़ हो गए। जब हमारे घर आ-जाकर महीनों पड़ी रहती थी, तब? तब क्या था? जालिम, यह जो कुफ्र ढहा रही है मुझ पर... भगवान ही इसका बदला लेगा।''

अन्तिम वाक्य कहते-कहते गुड्डो उस पवित्र आत्मा-सा महसूस कर रही थी, जिसका शाप अचूक होता है। पिंकी-सतिन्दर एकदम खामोश थे। मन में बहुत पश्चाताप था, पर रोकने को तैयार होकर भी रोकने की बात कह नहीं पा रहे थे। डर था कि फिर से वही सिलसिला दुबारा न शुरू हो जाए। गुड्डो के चले जाने में ही सबकी भलाई थीं। वे चुपचाप गुड्डो के अगले कदम की प्रतीक्षा करते रहे।

टैक्सी में गीता के घर की ओर जाते हुए गुड्डो मन को स्थिर करने के लिए मन्त्र गुनगुनाने लगी... हवन के रटे-रटाए मन्त्र... यत्कामास्ते ... कामना से क्या मतलब था उस ऋषि का। सारा वैदिक दर्शन, सारे मन्त्र इस भौतिक जीवन को ही तो श्रेय बनाने की बात करते हैं... यही

श्रेय है उस प्रेय तक पहुँचने का... इन्हीं कर्मों को करते हुए ही तो परमात्मा तक पहुँचना है न... पर क्या सच में जीवन का सत्य आत्मोन्नति है? पर आत्मोन्नति स्वार्थ भी तो है। छोटापन और कमजोरी भी तो। तब क्या सही है गुड्डो के लिए? क्या जो यह कर रही है वह सही है? पर अब पीछे भी तो नहीं हटना है। सात सौ रुपल्ली वाली टीचरी उसे कहाँ तक ले जाएगी। नहीं, अब तो यही करना है। कर्म-क्षेत्र यही है उसका। गीता का अपार्टमेन्ट पिंकी के यहाँ से करीब बीस किलोमीटर दूर 'फ्लशिंग' नाम के इलाके में था। यहाँ मैनहैटन के मुकाबले में मकानों के किराए कहीं सस्ते थे। न्यूयॉर्क में आने वाले कई प्रवासी भारतीय इसी हिस्से में आकर बस गए थे। हिन्दुस्तानी साड़ियों, ग्रोसरी और दो सौ बीस वाल्ट की बिजली से चलने वाली मशीनों वाली दुकानें यहाँ प्रवासियों की बढ़ती तादाद के साथ-साथ बढ़ रही थी।

गीता का अपार्टमेन्ट एक दस-मंजिली इमारत के सातवें तले पर था। ऊपर जाने के लिए एलिवेटर था। दो बेडरूम के इस अपार्टमेट में यूँ किसी बाहर के व्यक्ति के लिए जगह थी नहीं। एक बेडरूम में गीता के तीनों बच्चे कनिका, राधिका और अशोक रहते थे, दूसरे में गीता और जीजाजी। गुड्डो का इन्तजाम 'लिविंग रूम' में किया गया। रोज रात को फर्श पर ही गद्दा डालकर बिस्तर बिछा दिए जाते। सुबह-सुबह गुड्डो-राजू दोनों को ही काम पर और स्कूल जाना होता और कमरा फिर से बैठक बन जाता। यूँ दिनभर बैठक का इस्तेमाल करने वाले जीजाजी को छोड़ और कोई घर पर नहीं होता था। जीजाजी की ड्यूटी कभी शाम चार बजे से रात बारह बजे तक या रात बारह बजे से सुबह आठ बजे तक होती, दिन में वे अपनी नींद पूरी करते। अशोक और राधिका को साढ़े तीन बजे के करीब स्कूल से घर लौटने पर जीजाजी ड्यूटी के हिसाब से कभी मिलते, कभी नहीं। यूँ राधिका ने तेरहवें में कदम रखा था, अशोक ने ग्यारहवें में। कनिका हाईस्कूल में थी, सोलह की हो चुकी थी। वह शाम तक ही घर आती थी। सुबह-सुबह और शाम को उस घर में भीड़ हो जाती... शोर, किटपिट, लड़ाइयाँ। टेलीविजन पर कोई कुछ प्रोग्राम देखना चाहता, कोई कुछ, इसी बात पर बच्चों में झगड़ा होता रहता।

राधिका बहुत खीझ और गुस्से से बात करती। राधिका-अशोक एक-दूसरे को अमरीकी भाषा में गालियाँ देते। सारी शाम टेलीफोन की घण्टियाँ बजती रहती... राधिका घण्टों टेलीफोन पर लगी रहती .ज्यादा फोन उसी की सहेलियों के होते थे, बाकी इक्का-दुक्का किसी और के। राधिका डाँट भी खाती रहती और करती वही जो उसे भाता। कनिका का स्थान अलग-सा था इस घर में... उसका कहा तो उसके माँ-बाप तक मानते थे। गीता बताती थी—कनिका बहुत मेधावी है और कनिका ने भी जैसे उस महत्त्व को ओढ़ा हुआ था, वह घर पर ज्यादा किसी से बात नहीं करती। हर शाम पढ़ाई का कोई बड़ा काम 'टर्न पेपर' वगैरह निपटाना होता था... वह आते ही पापा-मम्मी का कमरा बन्द कर वहीं पढ़ती रहती थी।

गुड्डो को यहाँ से काम पर जाने में सवा-डेढ़ घण्टा अण्डरग्राउण्ड ट्रेन से लग जाता था। राजू का भी यही हाल था। गुड्डो-राजू के अकेले ट्रेन में सफर करने से घबराती भी थी, पर कोई और चारा न था। उस दिन दुबारा उसके साथ हादसा हो गया। ट्रेन में सामने की सीट पर बैठे तीन युवा लड़के अचानक रिवाल्वर तान खड़े हो गए। डिब्बे की सवारियों की ओर मुखातिब होकर बोले कि जिस-जिस के पास जो कुछ है, निकाल दे। एक आदमी ने हल्की-सी आनाकानी की थी, उन्होंने उस पर गोली चला दी। गुड्डो ने अपने गले की चेन, घड़ी और डॉलरों के नोट—सभी कुछ उसके हवाले किए। ट्रेन रुकते ही वे लड़के सारा सामान थैले में भर भाग खड़े हुए... शोर मचा। ट्रेन बहुत देर स्टेशन पर रूकी रही। ...घायल आदमी को पुलिस के सिपाहियों ने उतारा, जिन्हें तभी बुलाया गया था। लूट जाने का यह सामूहिक अनुभव पिछले अनुभव की दहशत से कुछ कम था, पर गुड्डो का डर और भी बढ़ गया था। यहाँ तो कभी भी कुछ भी हो सकता है...जिस आदमी को गोली लगी, क्या वह बच जाएगा? घबराहट से उसका मुँह सूख रहा था... उसका राजू वह भी तो ट्रेन से आता-जाता है... और वे लड़के तो हाईस्कूल में ही पढ़ने वाले जैसे दीखते थे। उसने सुपरवाइजर से अर्ज किया कि शाम देर तक नहीं रूकेगी, चार बजे तक लौटना है उसे। राजू को पास ही किसी स्कूल

में भेजना होगा। राजू को रोज हिदायतें देती रहती... अकसर वह उसे स्टोर के पास मिल जाता था और वे दोनों साथ घर आते। ट्रेन में घुसते ही वही नजारा उसकी आँखों में आ जाता था और वह राजू और अपनी रक्षा के लिए मन-ही-मन मन्त्र बोलने लगती। उसने अपने आपको समझा लिया था कि जब भी मन्त्र स्मरण करके कोई भी काम करेगी, फिर वह चाहे ट्रेन में चढ़ना ही हो, तो वह सफल ही होगी। इस तरह उसने डर के साथ एक समझौता कर लिया था।

गीता ने गुड्डो से घर के खर्चे को लेकर सीधे-सीधे हिसाब कर लिया था। यहाँ सभी की आमदनी पूरी-पूरी है, महँगाई इतनी है कि और दो लोगों का खाना-खर्चा गीता का परिवार नहीं उठा सकेगा। सो गुड्डो उसे तीन सौ डॉलर महीना देती रहे... पाँच-छह सौ तो महीने का कमाती ही है वह। इस तरह उसे किसी के अहसान के नीचे दबने की भी जरूरत नहीं। गुड्डो को धक्का-सा लगा था कि बहन उसके सिर पर कमाना चाहती है, पर यह जीजाजी की ही सूझबूझ होगी। और कोई बिजनेस चला जो नहीं, यही सही। पर गुड्डो भी तो पिंकी के घर बैठ पैसे जोड़ रही थी। जब जिसका दाँव लगे।

जीजाजी बेचारे कौन-से सुखी हैं। डोरमैन की नौकरी है तो चपरासीगिरी ही—चोट तो उन्होंने गुड्डो से भी शायद बड़ी खाई है। अभी भी वीक-एण्ड पर पटरी बाजार में सामान ले जाकर बेचते हैं, सारे परिवार का वीक-एण्ड मनाने का यही शोशा होता है... सामान पहुँचाना-फैलाना-समेटना, बिक्री का हिसाब। पर ज्यादा बिक्री होती नहीं थी। पीतल की ऐशट्रे, कैंडल स्टैंड, नटराज और दूसरी मूर्तियाँ बड़ी आम-सी हो गई हैं। नयापन खोजने वाला यह समाज लगातार नए-नए देशों से अलग तरह का माल आयात करता रहता था। गुड्डो को अफ्रीकी देशों के इन्हीं बाजारों में दिखे मुखौटे बहुत पसन्द थे... जब घर बनेगा तो लेगी। जीजाजी कहते थे—यह बचा माल खत्म हो जाए तो दुबारा नया माल नहीं खरीदेंगे। जो काम भाता नहीं वह क्यों किया जाए? पर क्या चपरासीगिरी भाती होगी उन्हें? पर उससे तो रोटी चलती थी। जीजाजी ऊपर से बहुत निर्विकार-सा रखते चेहरा, पर भीतर बहुत रंज और शिकायत थी, जो उनके बोलने में जाहिर

हो जाती। इंसिक्योरिटी भी इतनी थी कि उनकी बिजनेस वाली प्रवृत्ति में घुल-मिलकर अजीब तरह की कंजूसी की वृत्ति बन गई थी। पाई-पाई का हिसाब करते और बहुत सोच-समझकर पैसा खरचते थे। यूँ खुली आमदनी तो थी भी नहीं, ऊपर से पढ़ने वाले बच्चों का खर्चा। कनिका को 'स्कॉलरशिप' मिल रही थी, वर्ना उसकी साल भर की फीस तो गीता और जीजाजी की तनख्वाह मिलाकर पूरी पड़ती। वह पढ़ाई के साथ कुछेक घण्टे लाइब्रेरी में काम करके भी कुछ कमा लेती थी। गुड्डो को जीजाजी की बातें तथा व्यवहार बहुत बदले हुए लगते या उसने अब तक नजदीक से उनको जाना ही नहीं था। उस दिन जीजाजी से कहा, "आपके काम वाली जगह के पास, सुना है, बादाम-पिस्ता बड़े सस्ते मिलते हैं। कोई जा रहा है, अणिमा-तनिमा के लिए भेजना चाहती हूँ उनके हाथ। मुझे छह-सात पाउण्ड के करीब ला देंगे?"

छूटते ही जीजाजी ने कहा था, "ठीक है, डेढ़ डॉलर उसके आने-जाने का सबवे का किराया मिलाकर वे पैसे दे दो जितना भी मँगाना हो।"

वर्षों पहले जब गुड्डो के पति की मौत हुई थी और वह तभी-तभी खरीदे पलंगों का जोड़ा बेचना चाहती थी, तो इन्हीं जीजाजी ने झट पाँच सौ रुपए निकालकर कहा था, "यह लो, पलंग मत बेचना, यह तो प्रेम जी की निशानी है।" कहाँ चली गई वह दरियादिली अब! एक-एक डॉलर मानो आँख पर उठाते हैं जीजाजी!

गीता के घर गुड्डो को चैन-आराम कतई नहीं था। मेहमानों जैसी ही पड़ी थी। राजू को पढ़ने की भी सुविधा नहीं थी, कोई निश्चित कोना तो उनके पास था नहीं। गुड्डो सोचने लगी, तीन सौ डॉलर तो देती है, ऊपर से घर भी अपने घर जैसा नहीं। उसने मकान देखना शुरू कर दिया। गीता के घर के थोड़ी ही दूरी पर एक पाँच मंजिली इमारत की बेसमेंट में बड़ा-सा कमरा खाली था। किराया एक सौ पिचहत्तर डॉलर। बेसमेन्ट में सीलन और अन्धेरा-सा था, पर गुड्डो को प्राइवेसी और शान्ति की बेहद जरूरत थी—राजू भी तो कितना लटक लिया उसके साथ-साथ। गीता को पता लगा तो भौंचक रह गई थी—चुपके-चुपके गुड्डो ने मकान भी ढूँढ लिया। जीजाजी को आती कमाई का रुक जाना बुरा लगा था, वरना गुड्डो और जीजाजी में इधर काफी तकरार चलती रहती थी। जीजाजी

की आशिक मिजाज वाली छेड़छाड़ गुड्डो को अब बिल्कुल नहीं भाती थी। उनका गुड्डो के कन्धों पर हाथ रखना, जब भी घर सोना, यही इसरार करना कि गुड्डो जमीन पर गद्दा क्यों बिछाती है, उन्हीं के बिस्तर पर क्यों नहीं आ जाती। गुड्डो उनकी ऐसी कोशिशें को बेदर्दी से दुत्कार देती। जीजाजी को कहीं यह आश्वासन मिल जाता कि गुड्डो उन्हें पसन्द करती है, तो गुड्डो का उस घर में स्वागत ही स्वागत था। पर गुड्डो ने अपनी किसी हरकत से ऐसा कभी जाहिर नहीं किया। गुड्डो तो पहेली बनी हुई थी जीजाजी के लिए। प्रेम जी की मौत के बाद एक बार जब वे गुड्डो के घर अकेले ठहरे हुए थे तो एक शाम बहुत जोर दिया था कि गुड्डो उनके साथ फिल्म देखने चले। तब गुड्डो ने यही कहकर इनकार किया था कि लोग उन्हें साथ-साथ घूमते देखेंगे तो जाने क्या-क्या बातें बनाएँगे? अब तो लोग नहीं थे... और गुड्डो को जीजाजी के 'साली आधी घरवाली' के मजाकों से भी कोफ्त होती थी।

जीजाजी की शक्ल ने उसे कभी आकर्षित तो किया नहीं था, अब वे अपने गौरव से वैसे ही चुके हुए थे। गुड्डो भी उन औरतों में से थी जिनके लिए पुरुष का व्यक्तित्व उसकी पदवी से बनता था। उसके विधवा होने में नब्बे प्रतिशत दुःख तो इस बात का था कि वह एक ऊँचे अफसर की पत्नी नहीं कहलाई जाएगी। अपने बच्चों को भी बढ़िया शिक्षा देने में वह अपनी औकात से ज्यादा खर्चती रही थी, ताकि वे भी उस स्तर को पा सकें। यहाँ अपने को लेकर भी उसने सोच रखा था कि कुछ-न-कुछ पढ़ाई करके उसे आमदनी का जरिया बढ़ाना ही है, जब बेटियाँ आएँगी तो सैल्सगर्ल की तनख्वाह में गुजारा थोड़े न हो सकेगा।

कुछ खोजबीन के बाद गुड्डो को पता लग गया था कि गरीब नागरिक और प्रवासियों के लिए फैडरल सरकार ने चाइना टाउन में ट्रेनिंग की एक योजना बनाई है। इसके तहत एकाउंटिंग में ट्रेनिंग का भी एक प्रोग्राम था, जिसमें पढ़ाई के साथ सौ डॉलर हफ्ते का वजीफा भी मिलता था। गुड्डो के पास अंग्रेजी में एम.ए. की डिग्री तो थी ही—दाखिले में मुश्किल नहीं होगी। बस, ठेस सिर्फ इसी बात की थी कि अफसर की बीवी होकर उसे गरीब तबके के आवासियों में नाम शामिल करना था।

काफी देख-परख के बाद गुड्डो राजू के साथ बेसमेन्ट वाले अपार्टमेन्ट में शिफ्ट कर गई। और कोई एक कमरे का अपार्टमेन्ट तीन-चार सौ से कम में नहीं मिलता था। इस वक्त गुड्डो की जरूरत थी अपना एक घर, जहाँ राजू और वह सुकून से रह सकें। वह बुझा-बुझा सा बेसमेन्ट वाला अपार्टमेन्ट उसके लिए राहत की साँस था।

फर्नीचर जुटाने में उतनी मुश्किल नहीं पड़ी। पलंग उसने नए खरीदे, बाकी छोटा-मोटा सामान कुछ सेकण्ड हैंड और कुछ कूड़े के ढेरों से मुफ्त में मिल गया। एक बार उसे मेज-कुर्सी और सोफा चेयर भी बाहर फिंके हुए मिल गए थे। बस, गुज़ारा चल गया।

अब गुड्डो को बेटियों की फिक्र थी। बड़ी लडकी एम.एस-सी. कर रही थी। उसका पी-एच.डी. प्रोग्राम में दाखिला कराना था। होस्टल में जवान लड़कियों को छोड़कर फिक्रमन्द रहती थी गुड्डो। घबराकर अकसर आधी रात नींद खुल जाती और उठकर सोचने लगती... कैसे सब पार लगेगा अकेली जान के बलबूते।

जब से बेसमेन्ट में आई थी, मुक्ति की चाह धीरे-धीरे अकेलापन बन रही थी। बहनों के घर लाख झगड़े हों, एक सुरक्षा की भावना भी थी। अब उसे हरदम डर बना रहता था। राजू या उसे कुछ हो जाए तो कौन करेगा देखभाल! कैसे सम्भालूँगी अकेले? राजू तो अभी बच्चा है... और सबको अपने कामों से ही फुरसत नहीं।

उस इतवार को अकेली गुड्डो की आँखों से दिनभर आँसू बहते रहे। न पढ़ा गया, न कुछ काम हुआ। राजू स्कूल से एक ट्रिप पर गया हुआ था। गीता का फोन राहत थी। “मुझे अभी-अभी पता लगा कि आज कृष्ण जन्म अष्टमी है, मन्दिर चलना है?”

“हाँ, जरूर, मैं वैसे ही खाली बैठी हूँ। पर मन्दिर है कहाँ?”

“मुझे मालूम है।”

गुड्डो को उस दिन मन्दिर जाकर अच्छा लगा था। सोचने लगी, हर इतवार को जाया करेगी, पर कितने ही इतवार गुजर गए। पाँच दिन लगातार अण्डरग्राउण्ड ट्रेन के दहाड़ते शोर को सहकर फिर से छुट्टी वाले दिन उसमें जाने की हिम्मत नहीं होती थी। घुप्प अन्धेरे को चीरती हुई सबवे ट्रेनें अपनी दहाड़ों से ज़मीन के अन्दर की खामोशी को भी दहाड़ में बदल देती थी।

एक बार दो स्टेशनों के बीच पैंतालीस मिनट अन्धेरे में खड़ी रही थी ट्रेन। बहुत घबराहट हुई थी गुड्डो को। इस बीच दूसरे यात्री खामोश ही खड़े या बैठे रहे, किसी ने किसी से बात करने की जरूरत नहीं समझी। बस किताब या अखबार पर नजरें टिकाए वे इन्तजार करते रहे। ड्राइवर थोड़ी-थोड़ी देर बाद माइक पर सूचना दे देता कि किसी गड़बड़ी की वजह से ट्रेन रुकी है, घबराने की कोई बात नहीं है। लोग सिर उठाते, पर ज्यों ही किसी से नज़र टकराती, उसे फिर से अखबार या किताब में टिका दिया जाता।

अपने अखबार वाले स्थल पर खड़ी-खड़ी गुड्डो पहले जो धक्का-मुक्की देखा करती थी, अब वह उसका अंग बन गई थी। वह भी वक्त पर पहुँचने की खातिर लोगों को धकिया देती थी। ऐसे वक्त कुछ शिकायती स्वर सुनाई पड़ते। काला आदमी 'डोंट पुश' कहता, गोरा अमरीकी कहता, 'प्लीज एक्सक्यूज मी!'' गुड्डो को हर सुबह होने वाला यह नाटक बड़ा प्रतीकात्मक लगता था आवासियों की स्थिति को लेकर। जैसे अमरीका में पहले से बसे लोग नए आने वालों से कह रहे हों, ''देखिए, वहाँ बाहर ठहरिए, ढकेलिए मत।'' जबकि वे खुद भी धक्का देकर ही अन्दर घुसे हैं। इतनी रंग-नस्लों के लोग यहाँ आकर बसे हैं कि ट्रेन के डिब्बे में नज़र घुमाती गुड्डो को एक साथ पन्द्रह देशों के नमूने वहाँ दीख सकते थे। सबकी अलग से पहचान मुश्किल थी, क्योंकि पहनावा तो सबका अमरीकी ही था। फर्क था तो सिर्फ स्टाइल में। कोई तो बहुत ही सलीके से सूट-बूट-टाई में लैस तो कोई पैबन्द लगी जीन में। मगर इससे यह ज़रूरी नहीं कि फटी जीन पहनने वाले के पास कम दौलत हो। कुछ लड़कियों का मेकअप इतना मुखर कि चेहरा मुखौटा ओढ़े-सा दिखता था और कुछ एकदम बेपरवाह, उलझे बालों में अस्त-व्यस्त नज़र आती थीं। इतनी रंग-नस्लों और विविध रुचियों के कंट्रास्ट एक साथ पहले नहीं देखे थे उसने। गुड्डो को अमरीकी पोशाक में देखकर लोग उसे स्पेनिश या लातिन-अमरीकी समझ लेते थे। एक बार एक पुरुष ने उसे स्पेनी भाषा में सवाल भी पूछा था। दो बार सुनकर भी जब उसकी समझ में कुछ नहीं आया तो गुड्डो को अपने गलत समझे जाने का अन्दाजा हुआ। तब वह झट बोली, ''इण्डियन, नॉट स्पेनिश!''

उस इतवार हिम्मत करके चली ही गई मन्दिर। राजू अपने होमवर्क के कारण साथ नहीं जा पाया। जब वह मन्दिर की घण्टिया बजा रही थी तब उसका हाथ किसी दूसरे के हाथ से टकरा गया।

"एक्सक्यूज मी प्लीज!" गुड्डो को यह आवाज पहचानी-सी लगी। शायद पंजाबी लहजे के कारण ऐसा लगा। आँखें मिलीं तो वैसा ही अपनापन और पहचानपन उस चेहरे पर भी था। वह अपनी उत्सुकता रोक नहीं पाई। बोली, "न्यूयॉर्क के रहने वाले हैं या हिन्दुस्तान से घूमने आए हैं?"

"नहीं, यहीं रहती हूँ!"

बस, बातचीत का सिलसिला शुरू हो गया। वे सज्जन डॉक्टर थे। न्यूयॉर्क के एक अस्पताल की पीडियाटिक डिवीजन के डायरेक्टर। उनकी पत्नी भी डॉक्टर थी। उनके दो बच्चे थे। उनकी माँ भी उनके साथ रहती थी। वे लोग भी मन्दिर में आए हुए थे। उनकी माँ गुड्डो की बीजी से वाकिफ थी। वे लोग एक ही तरफ के थे, दिल्ली में आर्य समाज मन्दिर में भी मिलते थे। उनकी माँ ने बताया कि इस दक्षिण भारतीय मन्दिर में वे कम ही आती हैं। उत्तर भारतीयों का एक गीता मन्दिर है जहाँ .ज्यादा गुजराती जाते हैं। वे स्वयं ज्यादातर न्यूयार्क के आर्य समाज मन्दिर में जाती हैं। वहाँ हवन-भजन करती हैं। उन लोगों ने वापसी पर गुड्डो को उसके घर छोड़ दिया। डॉ. जुनेजा ने अपना कार्ड गुड्डो को दिया और एक दूसरे कार्ड के पीछे गुड्डो का टेलीफोन नम्बर लिख लिया।

न्यूयॉर्क में पहली बार गुड्डो को ऐसा व्यक्ति मिला था कि अनायास दोस्ती के तार बँध गए हों। एक सहज आकर्षण, उन्मुक्त बातचीत, जैसे बहुत पहले से जानते हों। बहुत खुश थी गुड्डो।

फिर एक लम्बी चुप्पी। गुड्डो ने दो बार घर पर फोन किया तो श्रीमती जी ने उठाया। उनकी आवाज़ से कोई उत्साह जाहिर नहीं हुआ। बस हाल-चाल की रस्म-अदायगी ही हुई। गुड्डो ने महसूस किया, संगीत उपजाने वाले तार मिल नहीं रहे थे।

फिर से अपनी दिनचर्या में खो गई गुड्डो। उसकी एकाउंटिंग की पढ़ाई शुरू हो चुकी थी। सुबह नौ बजे से शाम पाँच बजे तक स्कूल

में काम चलता। उसके बाद होमवर्क, खाना, सफाई वगैरह। पैंतालीस साल की उम्र में फिर से पढ़ाई शुरू करना आसान नहीं था, हिन्दुस्तानी सिस्टम की वह आदी थी। सो पति की मृत्यु के बाद बी.टी.एम.ए. उससे आसानी से हो गया था। एकाउंटिंग उसके लिए एकदम नया विषय था। गुड्डो को बहुत मेहनत करनी पड़ती। पर पति के जाने के बाद से गुड्डो के भीतर जिजीविषा का जाने कौन-सा हैवान पैदा हो गया था, जो मार खा-खाकर भी लड़ने के लिए फिर उठ खड़ा होता है। वह अकसर अपनी बेबसी पर आँसू बहाने लगती। किस्मत को, रिश्तेदारों को गालियाँ देती। मगर फिर जूझने के लिए निकल पड़ती। अपनी जंग में वहाँ भी वह अकेली हो गई थी और यहाँ तो और भी अकेली थी। वहाँ आड़े वक्त पति के दोस्तों और भाई-बहनों का सहारा था। यहाँ बहनें भी पराई हो गई थी।

उसे याद है, पेन्शन, प्रॉविडेंट फण्ड पाने के लिए सारे कागजी काम उसके पड़ोसी वकील बतरा ने ही सम्भाल लिए थे। अहसास जताने के बजाय उलटे वे कहते, ‘‘हमारी तो खुशकिस्मती है कि आपने हमें किसी काम के लायक समझा।’’

मिसेज बतरा अपने पति से नाराज रहती थी कि वे जब देखो तब मिसेज चड्ढा की सेवा में ही लगे रहते हैं एक बार उन्होंने गुड्डो को सुनाते हुए कहा भी, ‘‘महीने भर से कह रही हूँ कि रसोई की छत चू रही है, किसी को बुला लाएँ। पर औरों के काम से फुरसत मिले तब न!’’

गुड्डो क्या कहती! ऐसी बातें वह पहले भी बहुत सुन चुकी थी। अब वह इनकी परवाह नहीं करती थी। करती भी क्यों... वकील साहब की उसे बार-बार जरूरत पड़ती थी... वे गुड्डो से फीस भी नहीं लेते थे। गुड्डो को वकील साहब के अपने प्रति आकर्षण का एहसास था और वह उसका पूरा फायदा उठाती थी। वकील साहब तो कहते भी थे, ‘‘देखिए मिसेज चड्ढा! अमरीका जाकर हमें भूल मत जाइएगा। आप कहें तो मैं वहाँ भी पहुँच जाऊँगा, आपकी खिदमत करने। ...क्यों, बुलाएँगी न हमें वहाँ?’’

गुड्डो हँसकर ऐसी बातें टाल देती थी। तब तो उसका अमरीका आने का भी पक्का नहीं था। पर बाहर जाने वाली सम्भावना की बात

करके ही वह कुछ खास हो जाती थी। वकील साहब की बीवी भी उसे सह लेती थी तब। अमरीका आ जाने के बाद अणिमा-तनिमा भी कभी-कभार छुट्टी होने पर उनके यहाँ आकर ठहर जाती थी।

जिन दिनों मकान बनवा रही थी उन दिनों लाइसेंस, गैस, मकान के लिए सीमेन्ट का परमिट वगैरह बनवाने के सारे काम बतरा ने ही तो करवाए थे। और फिर स्कूल में पढ़ाने की नौकरी के लिए भी तो बतरा ने अपने आई.ए.एस. अफसर दोस्त से सिफारिश लगवाई थी। गुड्डो ने इस सारे रिश्ते को किसी तरह के शारीरिक सम्बन्ध से परे रखा था। ऐसा नहीं कि गुड्डो में इच्छा नहीं उठती थी... पर गुड्डो की आर्य समाजी संस्कारों वाली माँ ने बचपन से ही बेटियों को यही सिखाया था कि कामेन्द्रियों पर विजय पाना जिन्दगी की सबसे बड़ी कामयाबी है। इससे आदमी काबू में रहते हैं और इज्जत भी करते हैं। बेटियाँ किसी अनचाहे रास्ते पर न बहकर जाएँ, इसका डर हर घर के चाल-चलन पर खासा हावी था। शुरू से ही वैसे उन्हें इस अवश्यम्भावी आपत्ति से मुकाबला करने के लिए तैयार किया जाता रहा था। हर इतवार घर पर होने वाले हवन पर काम, क्रोध, मद, मोह पर काबू पाने की शक्ति के लिए प्रार्थना की जाती। कामेच्छा के कीचड़ से बचने का अनुरोध होता।

बीजी कहा करती थी, "देख, यह आदमी बड़े कामी होते हैं। इनको तो बस एक ही चीज़ चाहिए रोज़। तेरे बाप का बस चले तो बुढ़ापे में भी बच्चे पैदा करता रहे। सात तो जन लिए... अब दो रहे नहीं तो मेरा क्या दोष! मेरी सेहत तो इसी में खत्म हो गई। पता नहीं कितनी बीमारियों ने जकड़ लिया है इस शरीर को। तुम अपनी सेहत का ध्यान करना।"

एक-दो अजीब-सी डरा देने वाली घटनाएँ गुड्डो के साथ पहले ही घट चुकी थी, जो वह बीजी को भी बतला नहीं सकी थी। बहुत बुरी थीं वे बातें, बीजी पता नहीं क्या सोचतीं। पता नहीं कितनी बड़ी थी तब, शायद सात-आठ बरस की होगी। सारे बच्चे मिलकर लुकाछिपी का खेल खेल रहे थे। एक सहेली के पिता का काम था एक बच्चे की तब तक आँखें बन्द करके रखना जब तक दूसरे बच्चे अपनी-अपनी छिपने

की जगह ढूँढकर आवाज़ नहीं देते थे। शाम का धुँधलका फैल चला था। पिछवाड़े वाली बगीची में गुड्डो भी अपनी पारी पर आँखें बन्द करवाने उन अंकल की गोदी में बैठी थी। अंकल ने एक हाथ को उसकी आँखों पर फैलाते हुए दूसरा उसकी जाँघिया में डाल दिया था, वह हाथ जाँघिया के अन्दर कुछ महसूस करने की कोशिश कर रहा था। गुड्डो उठने को हुई थी, पर हाथ के बोझ ने उसे वापस बैठा दिया। दूसरी कोशिश में उसने पूरी ताकत लगाई और भाग खड़ी हुई। सहसा शाम का धुँधलका उसे काले अन्धेरे जैसा भयानक लगा! वह किसी को ढूँढने नहीं गई। भूल ही गई कि कोई खेल चल रहा था। घर पहुँचकर गुमसुम कुछ देर दहलीज पर बैठी रही थी, बस, इतना ही याद है उसे।

फिर दो-तीन साल बाद की बात होगी। पड़ोसियों का लड़का बुल्लू और वह साथ पींग झूला करते थे। उस बार उसे जाँघिया के ऊपर से कुछ मोटा नरम-सा दबाव महसूस हुआ था। झट से पैर जमीन से सटा पींग रोक ली थी उसने और उतर पड़ी थी झूले से।

"मुझे नहीं खेलना तेरे साथ, तू गन्दा है!"

डरी भी थी कि कुछ बीमारी तो नहीं हो जाएगी उसे।

जब माहवारी शुरू हुई थीं तो पहला शक किसी खतरनाक बीमारी का हुआ था। खून से सने चीथड़े उसने एक-दो बार गुसलखाने में देखे हुए थे और सोचा करती थी—माँ को कोई खतरनाक बीमारी लगी हुई है।

जवान हो रही गुड्डो ने हर तरह की वर्जनाओं के रस्सों से अपने आपको कसकर बाँध रखा था, शादी के बाद भी उसका वही रुख था। अपनी सहेलियों में उसने देखा भी था कि शादी के कुछ सालों बाद भी उन्हें कोई-न-कोई रोग की शिकायत रहती थी। मोटी थुलथुली तो वे हो ही जाती थी। गुड्डो को शादी के बाद कमर में भी दर्द होता तो वह सोचती—उसने ऐसी ही कोई ज्यादती कर ली है अपने जिस्म के साथ। पति से कहती, "आज हाथ मत लगाना। रोज़-रोज़ एक ही बात। तुम तो मुझे बीमार करके छोड़ोगे।"

पति ने कभी लाड़-चाव, कभी जोर-जबरदस्ती से गुड्डो का ऐसा रुख कुछ नरमा दिया था। शरीरी रिश्ते का सुख लेना गुड्डो ने अपने पति से ही सीखा था। उसकी वर्जनाएँ धीरे-धीरे खुद-ब-खुद पिघलती जा रही थीं बाद में वह कभी खुद इच्छा प्रकट करती तो वह छेड़ते, "क्या से क्या हो जाते हैं लोग। मुझे नहीं पसन्द, गन्दा काम है। ...अब? तुम पंजाबी लड़कियाँ जितनी इन्हिबिटिड होती हो उतनी ही गरम भी। एक बार भाखड़ा बाँध टूट जाए तो देखो कैसा सैलाब बह निकलता है।"

एक बार उसकी टाँगों को सहलाते हुए बोले थे, "कहीं सुना था कि लड़कियों की टाँगों पर बालों का रिश्ता उनकी सैक्सुअल अर्ज़ से होता है। तभी तुममें कूट-कूटकर भरा है रस, जितना कसता हूँ उतना ही उमड़ता है।"

पति के बाद फिर से जकड़ ली थी सारी उमहन। मन यूँ ही बुझा रहता था। मन के भय और समाज के डरों ने सीमेन्ट की पक्की दीवारों से धार को रोका हुआ था। एक बार बतरा ने साथ कार में जाते हुए जब गुड्डो की जंघा पर हाथ रखा था तो गुड्डो ने उन्हें रोकते हुए कहा था, "प्लीज, मुझे यह सब अच्छा नहीं लगता।"

तब बतरा ने कहा था, "ठीक है, जब तक तुम नहीं चाहोगी, छुऊँगा भी नहीं।" यह कहने के बावजूद उनका हाथ कभी-कभार इधर-उधर लग ही जाता था। कभी जंघा, कभी कन्धों और कन्धों से फिसलकर छातियों पर।

जब वह अमरीका के लिए चलने वाली थी, उन दिनों भी एक बार कुछ उद्वेगपूर्ण घटा था। बतरा के साथ एक रेस्तराँ में बैठकर कॉफी पीते-पीते बातें हो रही थीं। बतरा का बहुत मन था गुड्डो को बाँहों में भरने का। गुड्डो इस बात से नाराज हो गई तो हमेशा के लिए रिश्ता टूट भी तो सकता था। बेचैन, अपने पर काबू पा बैठे रहे थे। फिर धीरे से बोले थे, "तुम मुझे वहाँ का बस एक बाल दे दोगी?" गुड्डो के पूरे जिस्म में से जैसे साँप सरसराकर निकल गया था। चुपचाप बैठे बस महसूस करती रही थी। उसके बाद वह बतरा से नहीं मिल पाई। अगले दिन दिल्ली के लिए रवाना होना था।

गुड्डो बहुत घबराई हुई थी। राजू को 103° बुखार था। वह किसी तरह से जुनेजा से सम्पर्क स्थापित करना चाहती थी। जुनेजा अपने कमरे में नहीं थे। गुड्डो के घर से कुछ दूर पर अस्पताल भी था, पर उसे लगता था डॉ. जुनेजा से बात करके ही तसल्ली होगी। फिर फोन मिलाया। इस बार डॉ. जुनेजा ने ही उठाया था। उधर से आवाज़ आई, "डॉ. जुनेजा स्पीकिंग!"

"माफ कीजिएगा, बहुत परेशानी की हालत में फोन कर रही हूँ। मेरा बेटा राजू..." बीच में ही काट दिया था आवाज़ ने।

"कौन, मिसेज चड्ढा बोल रही हैं... क्या हाल है... आप तो गायब ही हो गई।"

पहचान लिया डॉ. जुनेजा ने। गुड्डो की आँखें उस उलझी हालत में भी चमक गईं। डॉ. जुनेजा ने फोन पर ही राजू का हाल सुनकर दवाई बता दी थी, "इतने बुखार में राजू को लाने की जरूरत नहीं। अगर इस दवाई से बुखार नीचे नहीं हुआ तो बताना होगा।" राजू ठीक हो गया तो दुबारा फोन किया था गुड्डो ने।

"ढेर सारा शुक्रिया आपका। आपने तो फोन से ही दुरुस्त कर दिया उसे।"

"नहीं, वह कोई बड़ी बात नहीं। सारे सिम्पटम्स फ्लू के थे। इसी से उसे यहाँ बुलाना ठीक नहीं समझा। फ्लू तो अपना वक्त लेकर ठीक से ही जाता है। दाद तो आपकी देनी चाहिए जो राजू की तकलीफ इतनी अच्छी तरह से बयान कर दी।"

"तब तो डॉक्टर मुझी को होना चाहिए था।"

"डॉक्टर या रोगी?"

दोनों हँस पड़े थे।

"अच्छा, अब आप ज़रूर कभी हमारे घर आइएगा। राजू भी अपने डॉक्टर से मिलना चाहता है।"

"ज़रूर, आप हुक्म कीजिए, बन्दा हाज़िर हो जाएगा।"

पर गुड्डो अभी कहाँ किसी को बुलाने का दम रखती थी। उस पुरानी बेसमेन्ट में उसके अपने रहने को हो जाए, यही बहुत था।

कुछ दिन बाद डॉ. जुनेजा का ही फोन आया था। खिल गई थी गुड्डो। तो डॉ. जुनेजा भी उसमें रुचि ले रहे हैं... अभी भी वह आकर्षित कर सकती है... और वह भी जुनेजा जैसा आदमी... जिसके पास ओहदा था, पैसा था, जिससे हज़ार तरह के काम निकल सकते हैं, खासकर डॉक्टरी पढ़ने वाली उसकी लड़की को इस दिशा में आगे बढ़ाने में वह मददगार हो सकता था।

गुड्डो का खोया आत्मविश्वास फिर से लौट रहा था, वरना जब से न्यूयॉर्क आई थीं उस एक बूढ़े के सिवा उसके व्यक्तित्व में रुचि लेने वाला कोई पुरुष नहीं मिला था। गुड्डो सोचती कि ऐसा शायद उसके अमरीकी लिबास की वजह से था। स्कर्ट या पैंट में उसका भरा-भरा-सा शरीर उतना जँचता नहीं था। अगर अपनी सुपरवाइजर का डर न होता तो वह साड़ी पहनकर ही दफ्तर जाती। उसे मालूम था, वह सबसे .ज्यादा साड़ी में ही फबती है। जुनेजा ने उसे साड़ी में ही देखा था। उस दिन तो उसने मैसूर शिफॉन की एमरेल्ड ग्रीन साड़ी पहनी थी। यह रंग उसके सुनहरी आभा लिए गेहुँए जिस्म पर खूब खिलता है। जुनेजा को वह जरूर भायी होगी।

"आप शनिवार को घर आइए डिनर पर।" जुनेजा ने कहा।

"यह तो अच्छी बात है, लेकिन मैं रात को अकेले..."

"बस, आप आ जाइए। वापस छुड़वाना मेरा काम।"

जुनेजा ने शहर से दूर, हरियाली से घिरी अमीरों की एक बस्ती में घर लिया था। गुड्डो बस से गई थी। स्टेशन से जुनेजा का बेटा कार से उसे घर ले गया था। घर की हर चीज़ में नयापन था। लिविंग में हल्के रूपहले सलेटी रंग की वाल-टु-वाल कार्पेटिंग थी। वाईन रंग के वैलवेट के सोफे। वाईन और हल्के सलेटी रंग का कंट्रास्ट भला लगा गुड्डो को। बीचोंबीच शीशे की मेज पर जानवरों के आकारों वाले कीमती क्रिस्टल, दीवारों पर कमरे के कलर-कंट्रास्ट से मेल खाती पेंटिंग्ज, शैल्फ पर पोर्सलेन के स्पेनिश फिगरीन, शीशे की खिड़कियों के पास रखे ऊँचे-ऊँचे पाम के पौधे, चकाचौंध कर रहे थे गुड्डो को। ओह! तो यही है इस देश में सफलता का सुख-स्वप्न।

मेहमानों की बातों से गुड्डो को अन्दाजा लग गया था कि जुनेजा परिवार अभी-अभी ही इस घर में आया था। पहला घर इस घर से कहीं छोटा और मामूली था। जुनेजा की पत्नी बड़े चाव से मेहमानों को पूरा घर दिखा रही थी।

हर बेडरूम अलग-अलग रंग का था। बिटिया के सारे फर्नीचर, दीवारों और परदों पर रंग गुलाबी था, बिस्तर पर तना चन्दोवा एकदम परियों के देश में पहुँचा देता था। बेटे का कमरा हल्का नीला, नीली धारियों वाले परदे, सागर का नीलापन लिए पोर्सलेन के सीपाकार टेबल-लैंप और नीला कालीन बिछा था। जुनेजा दम्पत्ति के कमरे में सभी कुछ लैबेंडर रंग का था। ड्रेसिंग टेबल पर जामुनी रंग के फूलों का एक गुलदस्ता भी सजा था। गुड्डो ने ऐसे घर सिर्फ तसवीरों में ही देखे थे। बाथरूम में भी बड़ा-सा गोलाकार, शोख रंग के टब और टाइल्स एक राजसी नहान जैसे दिख रहे थे।

गुड्डो बहुत छोटा महसूस कर रही थी उस पराए वैभव के सामने। जुनेजा की पत्नी की आँखों का गर्वीला भाव भी चुभ रहा था उसे। घर दिखाने की रस्म पूरी होते ही वह लिविंग में आकर सोफे के एक कोने में दुबक गई। सारे लोग अलग-अलग गुट बनाए बार के पास शराब पी रहे थे। औरतों का अलग गुट बना हुआ था। वहाँ सभी अपनी नवीनतम खरीद-फरोख्त (एक्विज़िशन) की चर्चा कर रही थीं। गुड्डो के पास तो कुछ भी नहीं था दिखाने को। न घर, न नौकरी। था माजी जो अब एक बोझ था, जिसको ढोए किसी तरह घिसट रही थी। वर्तमान एक शर्मनाक स्थिति बना हुआ था। वह जी रही थी तो भविष्य में जहाँ वह अपने बच्चों को ऐसे ही किसी सुख-संसार में देखना चाहती थी, उसी के लिए कामनाएँ करती थी... यत्कामा!... वयं स्याम पतयो रयीणाम... भविष्य का स्वर्ग भूत के स्वर्ग से ज्यादा मोहक लग रहा था... वे भी होंगे ऐश्वर्यो के स्वामी। ऐसे ही होंगे महल जैसे घर! पल-भर में सारे मेहमान गायब हो गए थे और गुड्डो देख रही थी अणिमा-तनिमा को। अनजान-से चेहरे वाली राजू की बहू को।

लौटते हुए जुनेजा ही गुड्डो को अपनी गाड़ी में छोड़ने आए थे,

घर दूर था पर इतनी रात गए गुड्डो को अकेले बस से भेजने को राज़ी नहीं थे।

"पार्टी कैसी लगी?" जुनेजा के इतने से सवाल का उत्तर देने में गुड्डो की सारी चोटें, कुण्ठाएँ और जिन्दगी के शिकवे उसकी जुबान पर आ गए। ठाठदार बँगलों में अफसर पति के साथ गुजरा वक्त, पति की मौत के बाद का अकेला जीवन, अमरीका आना—सभी कुछ बताती चली गई। बेसमेन्ट के अपार्टमेन्ट में रहने की बात फिर भी नहीं कह सकी। पिछली बार की तरह गुड्डो अब भी घर आने से पहले मोड़ पर उतरना चाहती थी, वर्ना शिष्टाचार के लिए घर आने को कहना ही पड़ता है और गुड्डो ऐसा कोई 'रिस्क' नहीं लेना चाहती थी, पर जुनेजा माने नहीं।

"आज तो आपको डोर-टु-डोर सर्विस देना है। रात का एक बजा है, मोड़ पर कैसे छोड़ दें?" गाड़ी घर पर रुकी तो हल्के से गुड्डो के गाल पर चुम्बन देते हुए बोले, "होप टु सी यू सून!"

गुड्डो के सारे जिस्म में कँपकँपी दौड़ गई। सालों बाद किसी चाहे गए पुरुष का स्पर्श मिला था, कुछ पल के लिए वह यों ही बैठी रह गई।

होश आते ही झट से गाड़ी का दरवाजा खोलने की कोशिश करने लगी। हड़बड़ाहट में दरवाजे का कुण्डा ही उसके हाथ नहीं लग रहा था। कभी खिड़की का शीशा खुल जाता, तो कभी सही कुण्डे पर हाथ पड़ता भी तो उसे चलाना नहीं आता। नर्वस होती हुई बोली, "यहाँ हर कार का दरवाजा खोलने का तरीका अलग होता है?"

"लाइए, मैं खोलता हूँ।"

जुनेजा ने अपनी सीट पर बैठे-बैठे ही अपना हाथ गुड्डो की तरफ के दरवाजे की ओर बढ़ाया। जुनेजा के जिस्म का ऊपरी हिस्सा गुड्डो के जिस्म से सट-सा गया था... 'आफ्टर शेव' की भीनी-सी गन्ध गुड्डो के नथुनों ने महसूस की।

"लीजिए, खुल गया।" सुन्न हुई गुड्डो हल्के-से शुक्रिया कहकर गाड़ी के बाहर हो गई। जुनेजा ने हाथ हिलाया तो उसने भी हिला दिया और तब तक पटरी पर ही खड़ी रही जब तक कि गाड़ी ओझल नहीं

हो गई। सहसा उसने पाया कि आसपास एकदम सूना था। सड़क की बत्तियाँ चुपचाप टिमटिमा रही थी। सामने हाईवे पर अभी भी सर्राटे से निकलती गाड़ियों का शोर पसरा हुआ था। राजू कहीं जाग न जाए इस डर से घण्टी नहीं बजाई थी। चाबी से दरवाजा खोलकर अन्दर घुसी तो देखा राजू अभी भी टेलीविजन के सामने अधसोया-सा बैठा था। कमरे में आते ही वह उठकर पास आया और गुड्डो से लिपट गया, "इतना लेट क्यों कर दिया, ममी!"

राजू की शिकायत में उसकी घबराहट और फिक्र गुड्डो से छिपी नहीं रही। उसे अफसोस हुआ। पहले कभी राजू को इतनी रात तक अकेले छोड़ा ही नहीं। वह तो बेहद डरता रहा होगा। राजू बारह बरस का तो हो चुका था, इसी से बेबीसिटर को बुलाने की जरूरत तो थी नहीं। यूँ बेबीसिटर रखने लायक माली हालत गुड्डो की थी भी नहीं। गुड्डो को अचानक जैसे एक बन्दिश का नया एहसास हुआ—उसकी जिन्दगी सिर्फ उसी की नहीं है। उसने जुनेजा के ख़यालों से भरे दिमाग को जोर से झटका—हूँ! एक पार्टी के लिए राजू का रिस्क। कुछ हो जाता तो? ऐसा कभी नहीं करेगी वह। राजू को साथ ही क्यों नहीं ले गई? उन्होंने नहीं कहा था तो वहीं पूछ लेती। राजू का यूँ भी घर पर खेलने वाला कोई दोस्त नहीं है। घर से स्कूल और स्कूल से घर—बस यही रूटीन है। घर पर या पढ़ता रहता है या टेलीविजन देखता है। टेलीविजन भी तो पुराना, सड़ा-सा, पड़ोसियों का फेंका हुआ। तस्वीर भी साफ नहीं आती। एक नॉर्मल बच्चे की तरह थोड़े ही पल रहा है राजू।

आसपास खेलने की जगह नहीं और घर भी तो घर जैसा नहीं। वहाँ चण्डीगढ़ में घर आते ही बस्ता फेंक दोस्तों के साथ खेलने निकल जाता था, नाश्ते के लिए रुकने को भी तैयार नहीं होता था। यहाँ आते ही टेलीविजन खोलकर बैठ जाता है और उसी दौरान साथ-साथ चलता रहता है उसका होमवर्क और पढ़ाई। बीच में उसे गेंद खेलने का शौक चर्राया था। घर में ही छत या दीवारों की ओर उसे फेंककर खेलता था। एक दिन जब बल्ब पर जाकर लगी और फर्श पर शीशे के कतरे बिखर गए तो गुड्डो नाराज हो गई बोली, "घर में थोड़े ही बॉल से खेला जाता है। बाहर जाकर खेलो।"

राजू बाहर कहाँ जाता? उसका यह खेल भी बन्द हो गया।

राजू की अपनी निराली दुनिया बनती जा रही थी। इसमें टेलीविजन और किताबें—यही दो साथी रह गए थे उसके। गुड्डो खुद स्कूल, खरीद-फरोख्त, सफाई आदि कामों के चक्कर में इस तरह फँसी हुई थी कि वह खुद भी राजू को इतना वक्त नहीं दे पाती थी। राजू कभी-कभी मूड में आकर घर के कामों में भी हिस्सा बँटा देता था। अकसर गुड्डो जब थकी, सुस्ती महसूस कर रही होती तो राजू माँ को चाय पिलाता था। गुड्डो को टी बैग की चाय कतई पसन्द नहीं थी। रोज सुबह केतली में बनी चाय पिए बिना उससे कोई काम शुरू नहीं होता था। बरसों की लत थी। यहाँ पर केतली वाली चाय का आम रिवाज नहीं था। गर्म पानी और टी बैग, वह भी नींबू के साथ। भला यह भी कोई चाय है! उस सारी रात गुड्डो ठीक से सो नहीं पाई। 'घर' याद आता रहा। घर, जो अब कहीं नहीं था। बेटियाँ होस्टल में, राजू और वह परदेश में, पति किसी और लोक में और मकान किराए पर।

तनिमा का खत आया था—'पिछले दो महीनों से किरायेदारों ने किराया नहीं भेजा। इस साल कॉलेज की फीस अभी तक नहीं दी। या तो, ममी मनीऑर्डर कर दो या किरायेदारों को खत लिख दो।'' अणिमा पिछले इतवार मिलने आई थी। उसने भी बतरा अंकल से उधार लिया था।

खत के अन्त तक पहुँचते-पहुँचते गुड्डो को उसमें हल्की उदासी की झलक मिली थी—''ममी, मेडिकल की पढ़ाई बस सुबह से शाम तक लगाए ही रहती है... पर ज्यों ही खाली होती हूँ, आपकी और राजू की बहुत याद आती है। अणिमा, बड़े मामा जी और बतरा अंकल जब मिलने आते हैं तो बहुत अच्छा लगता है। ममी, मेरा बहुत मन होता है आपके पास आने का। पूरी पढ़ाई खत्म होने में तो तीन साल और लग जाएँगे. .. क्या मैं एक बार बीच में आपसे मिलने नहीं आ सकूँगी? मेरा टिकट भेज सकेंगी। अणिमा के साथ भी आ सकती हूँ।...''

गुड्डो का मन बहुत आगे दौड़ने लगा था। अगले साल गर्मियों तक उसकी एकाउंटिंग की पढ़ाई खत्म हो जाएगी। तब वह तनिमा को

बुला सकेगी। उसका मन बेटियों के प्रति गहरा वात्सल्य से उमड़ आया।

अगले दिन इतवार था। रातभर ठीक से न सो पाने से दिन में भी अलसाई-सी रही गुड्डो। इतवार को उसे लांड्री करनी होती है। सामने की इमारत की बेसमेन्ट में कपड़े धोने की मशीनें लगी हैं, वहीं सिक्के डालकर मशीनें चलाई जाती हैं। बड़ी मुश्किल से कपड़े टोकरी में इकट्ठे किए और मशीनों में डालने के बाद वहीं उस इमारत की बेसमेन्ट में बैठी उनके धुलने का इन्तजार करती रही... चालीस-पैंतालीस मिनट यूँ ही हाथ पर हाथ धरे सोचती-सी रही—कभी बेटियाँ, कभी राजू और कभी जुनेजा के बारे में। धुले कपड़े ड्रायर में सुखाकर दो-ढाई घण्टे बाद जब घर के अन्दर आई तो देखा—राजू टेलीविजन देख रहा था। उसे अच्छा नहीं लगा। कपड़ों का गट्ठर बिस्तर पर रख वह टी.वी. बन्द करने को हुई, पर रुक गई। इस वक्त वह राजू को टी.वी. बन्द करने की एवज में क्या दे सकती है वह खुद कपड़े धोकर लौटी है, चाय पिएगी और खाना बनाएगी। राजू का टी.वी. गेम, जो वह अकेले ही खेलता रहता है और ऊँचा से ऊँचा स्कोर पाने के लिए बार-बार खेलता है, जिस गेम में वह ऊँचा स्कोर पाने में सफल हो जाता है, फिर दुबारा उसे नहीं खेलता। तब वह कहने लगता है—"ममी, आय एम बोर्ड विद दिस गेम... एक नया गेम आया डंकी कांग। टी.वी. के ऐड्स में बड़ा दिलचस्प दीखता है। ला दोगी?" और गुड्डो अपनी किसी भी निजी जरूरत में कटौती कर राजू की हर फरमाइश को पूरा करती है।

"ममी, मैं बताना भूल ही गया, डॉ. जुनेजा का फोन आया था।"

"देखा न, टी.वी. के चक्कर में तू मुझे जरूरी मैसेज देना भी भूल जाता है।"

"पर ऐसा कोई खास मैसेज नहीं था।"

"फिर भी... कुछ तो कहा होगा?"

"बस, यही कि जब आएँ, फोन कर लें।"

"ठीक है!" कहकर गुड्डो ने मन में उठती हिलोर को दबा लिया। अभी नहीं करेगी फोन। शायद वही दोबारा करें।

गुड्डो को ज्यादा इन्तजार करना नहीं पड़ा। घण्टे भर बाद ही जुनेजा का दुबारा फोन आया।

"आप अपना स्कार्फ रात मेरी गाड़ी में ही भूल गई थी। अब या तो मुझे पहुँचाने आना होगा या आप आ जाएँ।"

गुड्डो चाहकर भी इतनी जल्दी दुबारा नहीं मिलना चाहती थी।

"उसकी कोई खास जरूरत नहीं। जब भी मिलेंगे ले लूँगी।"

"जैसी आपकी मर्जी। वर्ना कहिए तो मैं पहुँचा देता हूँ।"

"नहीं-नहीं! बिलकुल तकलीफ करने की जरूरत नहीं।"

"चलिए, फिर जैसा आप कहें।" जुनेजा के स्वर में हल्की-सी निराशा झलकी थी। गुड्डो को अच्छा लगा।

गीता का फोन था।

"अगले हफ्ते दीवाली पड़ रही है। शनिवार को सबकी छुट्टी होगी। तभी मनाने की सोच रहे हैं। तेरे और पिंकी के अलावा कुछ दोस्तों को भी बुलाया है। सब एक-एक चीज़ बनाकर ला रहे हैं।"

"मैं भी कुछ बना लाऊँ? जलेबियाँ याद आ गई मुझे तो दीवाली के नाम से।"

"आती है जलेबी बनानी?"

"हाँ, सीखी तो हुई है। सालों से बनाई नहीं। अब इसी बहाने ट्राई करूँगी।"

"जरा वक्त लेकर आना। खाने के बाद ये लोग जुआ खेलने की सोच रहे हैं।"

गुड्डो शनिवार को ही असली दीवाली मानकर दिनभर घर की सफाई करती रही, लक्ष्मी के आह्वान के लिए। खूब मेहनत से उसने ढेर सारी जलेबियाँ बनाई। शक्ल से थोड़ी टेढ़ी-मेढ़ी हो गई थीं, पर स्वाद में बढ़िया थीं। गीता के घर जाने से पहले उसने अपने घर में पूजा की थी। लक्ष्मी की तसवीर उसके पास हमेशा ही रहती थी। पर घर के अन्दर दीपक जलाने की जगह कोई नहीं थी, न कोई चारदीवारी, न तुलसी-चौरा, वैसी बन्नी वाली खिड़कियाँ भी नहीं। पूजा की थाली में ही उसने सारी मोमबत्तियाँ और आटे का दीया रख दिया। एक मोमबत्ती सिंक में ही नल के पास रख दी थी।

गीता के घर जाने के लिए राजू और गुड्डो जब बाहर निकले तो

बहुत सूना-सूना लगा। रोज जैसी वही न्यॉन बत्तियों की रोशनी वाले खम्भे ज्यों के त्यों खड़े थे। न दीप न पटाखे, न मिठाइयों की सजी-सजाई दुकानें, न फुलझरियाँ न आतिशबाजी। दीपों के बिना वह दीवाली सहसा बहुत उदास कर गई गुड्डो को।

ऐसा नहीं कि दीवाली यहाँ होती न हो। चार जुलाई को जब आजादी का दिन मनाया जाता है, तो पटाखों के धमाकों से सारा शहर गूँज उठता है। शाम के झुटपुटे अन्धेरे में जब आसमान में रंग-बिरंगे गुलदस्ते बनाती और सोने की कनियों की बौछार करती आतिशबाजियाँ छोड़ी जाती हैं, तो पूरा शहर खिलखिलाता-सा नज़र आता है। सारे लोग घरों से बाहर निकलकर बस वहीं जमा हो जाते हैं, जहाँ रोशनियों का यह मेला लगता है। वह भी गई थी बैटरी पार्क। अटलांटिक समुद्र में बने 'स्टेचू ऑफ लिबर्टी' के आसपास तैरती नावों में से छोड़ी जा रही थीं आतिशबाजियाँ। पर किसी तरह की अन्दरूनी खुशी नहीं जुटा पाती थी गुड्डो—भीतर गहरे कुछ महसूस नहीं होता था। बस, एक तमाशबीन बनी रहती थी। गीता के अपार्टमेन्ट में खूब रौनक लगी हुई थी। जरी के चौड़े किनारे वाली नीली बनारसी साड़ी में गीता खिली-खिली-सी लग रही थी। चेहरे पर बनाव-सिंगार भी बड़े चाव से किया गया लगता था। कानों में फिरोजे से जड़े सोने के झुमके नीली साड़ी के साथ फब रहे थे। गीता खूबसूरत लगती है—मन-ही-मन गुड्डो ने सोचा। अभी भी जिस्म वैसा ही दुबला-पतला है जैसे शादी के पहले। आँखों के नीचे गड्ढे और चेहरे पर हल्की-हल्की रेखाएँ दीखने लगी थी। आज मेकअप की तहों में वे दब गई थीं।

राधिका और कनिका भी सिल्क के कुरते-पाजामों में खूब खिल रही थीं। कनिका का स्कूल का आखिरी साल था। राधिका अभी नवीं में ही थी। पर दोनों खूब जवान लग रही थी। पिंकी से नजर मिलते ही गुड्डो ने आँखें दूसरी ओर घुमा ली थी। गुड्डो के कान गर्म हो आए थे। पेट में अजीब-सी खलबली मच रही थी। इस बीच दोनों ने एक-दूसरे से फोन पर बात तक नहीं की थी। जो कुछ एक-दूसरे तक पहुँचाना भी होता तो वह गीता के जरिए से पहुँचा दिया जाता। कामों में व्यस्त गीता ने पहले ध्यान ही नहीं दिया कि वे दोनों एक-दूसरे से आँख बचा रही थी—पर जब दोनों के चेहरे का तनाव उसने भाँपा तो अलग-अलग

दोनों से अपने कमरे में जाने को कहा। पिंकी और गुड्डो को अपनी दोनों बाँहों में समेट एक-दूसरे के करीब लाते हुए गीता बोली, "दीवाली वाले दिन सब गिले-शिकवे खत्म!"

दोनों बहनें गले मिल रो पड़ी थी। कितना प्यार था दोनों में! अब सालों एक ही शहर में रहकर भी एक-दूसरे से बात तक नहीं की थी। गुड्डो को लगा जैसे उसकी छाती पर से चट्टान उठा ली गई हो। बड़ा हल्का और तन्दुरुस्त महसूस किया उसने। फिर बातों का एक लम्बा सिलसिला चल पड़ा, पिछले दो-ढाई बरसों का हिसाब चुकता करना था। बाकी मेहमान लिविंग में थे। अब गीता को दोनों को अलग करना था। "इतने और लोग आए हैं, उनसे भी तो बात कर लो। चलो, बाहर आ जाओ। जल्दी से पूजा कर लें, वर्ना खाने में बहुत देर हो जाएगी।"

बैठक के एक सिरे पर ही चादर बिछाकर लक्ष्मी-गणेश, राम-लक्ष्मण और सीता की तसवीरें और मूर्तियाँ रख दी गई थीं। एक बड़े-से थाल में फुल्लियाँ, भुट्टा, गन्ना, फल, नारियल और मिठाई सजी हुई मूर्तियों के सामने रखी हुई थी। एक छोटी चाँदी की थाली में गीता ने आटे का दीया, चरणामृत, केसर और बीजी के दिए हुए चाँदी के रुपए रख दिए थे। बीजी ने तीनों बहनों को ब्रिटिश-राज के चाँदी के दस-दस सिक्के दीवाली पर लक्ष्मी-पूजन के लिए ही दिए थे। वह खुद हर दीवाली पर दीवार पर गणेश और गायत्री मन्त्र लिखकर दूध और केसर के चरणामृत से लक्ष्मी धोती थीं—ये चाँदी के रुपए ही साक्षात् लक्ष्मी थे। रातभर ये रुपए पूजा की थाली में पड़े रहते—अगली सुबह वे उन्हें पोंछ, पोटली में बाँध बड़े-से काले ट्रंक में कपड़ों की तहों में छिपा देतीं। इस ट्रक में हमेशा ताला लगा रहता था। माँ का यह ट्रंक गुड्डो को कोई तिलस्म या खजाने जैसा प्रतीत होता था। जब कभी उन्हें खोलते हुए देखती, तो वह पास जाकर उकड़ूँ बैठ जाती। रेशमी सूटों और साड़ियों की तहों में से झाँकती कितनी ही पोटलियाँ गुड्डो की जिज्ञासु आँखों को नचाने लगती। बीजी हाथ लगाने पर तो डाँट ही देती थी। फिर अपने-आप से कोई पोटली खोलकर उसे दिखाने लगती।

"सच्चे मोती हैं ये। मद्रास से लाए थे तेरे पिताजी। तेरी शादी में इसकी माला बनवाकर दूँगी।"

उसके बाद तो खुलती चली जाती पोटलियाँ। बीजी को भी आनन्द आता अपना भानुमती का पिटारा खोलने-समेटने में। उन्होंने कितनी ही चीज़ें सम्भालकर रखी थी। बेटियों के दहेज के लिए—दरिया, खेस, कढ़ाई वाले मेज़पोश, चादरें, बैड कवर, चाँदी की थालियाँ, सोने के गहने। जब जैसा मौका लगता।

गुड्डो ने कई बार पिताजी को कहते सुना था, "तुम सब कुछ बेटियों के लिए सम्हालकर रख देती हो। जब तक ये बड़ी होंगी, तब तक तो फैशन ही दूसरे होंगे।"

"रहने दो। तीन-तीन बेटियाँ ब्याहनी है। कहाँ से तब आएगा एकदम इतना पैसा?"

"रानी, तुझे किस बात की फिक्र। तेरी तीनों बेटियाँ सुन्दर हैं। माँगकर ले जाएँगे इनको लड़केवाले।"

गीता ने गायत्री मन्त्र का पाठ शुरू किया, तो बाकी सबने भी साथ गाया। पिंकी और गुड्डो साथ ही बैठी थी पूजा पर। आनन्दित गुड्डो खुद से कह रही थी, उसे त्योहारों में ही उत्सव का वास्तविक सुख मिलता है।

खाने के बाद तीन पत्ती शुरू हुई, तो देर रात तक चलती रही। अगले दिन इतवार था। किसी को जल्दी सोकर उठने की भगदड़ नहीं करनी थी। परदेश में बैठे बिन दीपों वाली दीपावली को सब अपने अतीत की मीठी यादों के दीपक जलाकर ही मना रहे थे।

गीता एक जवान आदमी का उससे परिचय कराती हुई बोली, "गुड्डो, अरुण हमारा अच्छा दोस्त है। इससे मैंने कहा है कि तुमको तुम्हारे यहाँ ड्राप करता हुआ जाएगा।"

"ओह, शुक्रिया!"

अरुण राजू और गुड्डो को लेकर जब गीता के अपार्टमेन्ट वाली इमारत के बाहर निकलकर एक पीली टैक्सी के पास आकर रुका और गुड्डो-राजू को उसमें बैठने को कहा तो हैरान रह गई गुड्डो! राजू से रहा नहीं गया। बोला, "अंकल, यह तो टैक्सी है।"

"है तो, पर आप से टैक्स नहीं लेंगे।"

"आपकी है?"

"सौ फीसदी मेरी। क्यों, मैं इसका मालिक नहीं लगता?"

अरुण देखने में ऐसा शालीन और तहजीबदार लगता था कि गुड्डो समझ ही नहीं पा रही थी कि वह टैक्सी-ड्राइवर कैसे हो सकता है। पूछ ही बैठी, "आप वैसे करते क्या हैं?"

"वैसे क्या? आप देख ही रही हैं, टैक्सी चलाता हूँ।"

"मेरा मतलब..."

"आप नई-नई आई हैं शायद हिन्दुस्तान से। तभी आपको मुझसे बात करने में इतना एम्बैरेसमेन्ट महसूस हो रहा है। बहरहाल, आय एम यूज्ड टु इट।"

गुड्डो को लगा शायद उसने चोट पहुँचाई है अरुण को।

"एम्बैरेसमेन्ट की बात नहीं। सिर्फ हैरानी थी। आप देखने में तो..."

"दीवाली थी न, कपड़े तो बढ़िया पहनने ही थे। खैर, अनुमान आपका भी ठीक ही है। मैं इंजीनियरिंग खत्म करके यहाँ तीन महीन के लिए ही आया था विजिटर वीसा पर। फिर मन हुआ यहीं क्यों न कोई नौकरी ढूँढ लूँ। हिन्दुस्तान में भी कोई ढंग की नौकरी तो मुझे मिली नहीं थी। इधर जहाँ-जहाँ भी पता लगाया, उन्होंने बिना वर्क परमिट के नौकरी देने से इनकार कर दिया। जिस रिश्तेदार के यहाँ टिका था उनकी सिफारिश पर एक हिन्दुस्तानी रेस्तराँ में वेटर की नौकरी मिल गई। कुछ दिन तो मुझे मज़ा आया। पैसे भी मिलते थे और खाना रेस्तराँ में मुफ्त हो जाता था। काम तो करीब दस-बारह घण्टे करना पड़ता था, पर एक दिन के पच्चीस डॉलर मिल जाते थे। एक-दो हिन्दुस्तानी वेटर और कुक थे सो मन भी लग गया था। वे लोग भी गैर-कानूनी तौर पर ही टिके थे, यहाँ एक दिन इमिग्रेशन वालों ने रेस्तराँ पर छापा मारा और हम सब पकड़कर जेलों में डाल दिए गए।"

राजू और गुड्डो दोनों के रोंगटे खड़े हो रहे थे।

"फिर छूटे कैसे?" राजू ने कहा।

अरुण मुसकराया।

"वह तेरे जानने लायक बात नहीं। कितने साल का है तू?"

"चौदह पूरे हो गए।"

"गर्ल फ्रेंड है कोई?"

राजू शरमा गया।

"खैर, कोई बात नहीं।"

फिर अरुण ने किस्सा बयान किया। उसकी एक गर्ल फ्रेंड थी जूडी। एक दोस्त ने उसे सलाह दी थी कि अगर वह किसी अमरीकी लड़की से शादी कर ले तो उसे ग्रीन कार्ड मिल जाएगा। अरुण ने फिलहाल इस सलाह पर ध्यान नहीं दिया था, न ही जूडी से ऐसा कुछ जिक्र किया था। सिर्फ इस वजह से शादी करना भी उसे गलत बात लगती थी।

पर जज के सामने जब उसकी अपील हुई तो उसने कहा कि उसकी एक मंगेतर है, जिससे वह शादी करने को अमरीका में रुका है। जूडी को बुलाकर जब पूछा गया तो जूडी ने इस बात को सही कहा। अरुण जूडी के इस व्यवहार से भीतर तक उसके प्रति कृतज्ञता से भर गया था।

उन्हीं दिनों दोनों ने शादी का निर्णय कर लिया और अरुण शादी करके यहीं टिक गया। सब कुछ इतनी हड़बड़ी में हुआ कि अरुण अपने माँ-बाप से भी शादी की बात बतला नहीं सका। उसके माँ-बाप अभी भी जोर दे रहे हैं कि वह भारत आकर शादी कर ले। उन्होंने बहुत-सी लड़कियाँ देख रखी हैं। अरुण इस बीच माँ-बाप से मिलने भारत गया भी। वहाँ उसने लड़कियाँ नापसन्द कर दीं पर माँ-बाप को अहसास नहीं होने दिया कि उसने अमरीका में शादी कर ली है। वे पूछते भी तो मुकर जाता। उसकी कशमकश बराबर बनी रहती है। माँ-बाप का इकलौता बेटा। न उनके सपनों को तोड़ सकता है, न जूडी को चोट पहुँचा सकता है।

"अंकल, टैक्सी कब ली आपने?"

"बस, शादी के बाद एकदम जूडी ने ही लोन के लिए अप्लाई कर दिया था। नौकरी अभी मिली नहीं थी। सोचा, क्यों न अपनी ट्रान्सपोर्टेशन कम्पनी खोल ली जाए। राजू जनाब, मैं टैक्सी ड्राइवर नहीं ए. एण्ड जे. ट्रांसपोर्टेशन कम्पनी का मालिक हूँ। हिन्दुस्तान में भी मैंने यही बताया है सबको। तभी तो लड़कियों के रिश्ते भी आते हैं। वैसे इसमें सच नहीं

तो झूठ भी नहीं। मैं भाड़े की टैक्सी तो चलाता नहीं... मालिक तो हूँ ही न। ज्यादा पैसा इकट्ठा हो जाएगा तो और टैक्सियाँ खरीद लूँगा, ड्राइवर 'हायर' करूँगा, तब तो मालिक हूँगा न कम्पनी का! पर सच कहूँ तो मन का पेशा नहीं है यह मेरा। सारा दिन स्टीयरिंग पर बैठे-बैठे बेहद ऊब जाता हूँ। शायद ज्यादा दिन हो नहीं पाएगा मुझसे यह धन्धा।"

गुड्डो हैरान और परेशान अरुण की बातें सुन रही थी। इतनी जल्दी कैसे अरुण उनके साथ इतना सहज हो गया। गुड्डो के मन में मोह-सा हो गया अरुण के प्रति। उसे राजू और अरुण का 'कम्यूनिकेशन' भी अच्छा लग रहा था। गुड्डो का घर ज्यादा दूर नहीं था। पर बात करते-करते अरुण बहुत धीमे चलता रहा था।

"जूडी क्या करती है?"

"एक छोटी-सी फर्म में स्टोनो-टाइपिस्ट है।"

"एक व्यक्तिगत सवाल पूछूँ? एक विदेशी से शादी करके कैसा लगता है?"

"बहुत मुश्किल है जवाब देना। कभी बहुत बेगाना-सा लगता है अपने ही अपार्टमेन्ट में। हर चीज़ वहाँ जूडी के मन-मुताबिक है। मैं भी जैसे उसकी एक मन-मुताबिक चीज हूँ, जैसा कि आमतौर पर आदमी घर में महसूस करता है। लगता है घर जूडी का है, और मैं वहाँ एक मेहमान की तरह ठहरा हूँ। मैं अपने मन से कुछ कर ही नहीं सकता, यहाँ तक कि तलाक की भी बात नहीं कर सकता। अभी भी सोचता हूँ किसी हिन्दुस्तानी लड़की से शादी कर सही ढंग का घर बसाऊँ, इसलिए माँ-बाप को मैंने लड़कियाँ देखने से रोका भी नहीं।

गुड्डो को फिर से अपने रोंगटे खड़े होते महसूस हुए।

बर्फ पड़ने लगी थी। गुड्डो को चण्डीगढ़ और उसकी सर्दियों की गुनगुनाती दोपहर खूब याद आती। बाहर लॉन में चारपाई डलवाकर धूप सेंकने का भी अपना मजा था। फिर किसी फेरीवाले की आवाज सुनकर उसे बुलाना और भुनी मूँगफली, मुरमुरे या गज्जक खरीदकर चबाते रहना या सन्तरे वाले से सन्तरे खरीद, नमक लगाकर एक-एक फाड़ी का रस लेना, कभी

दाँतों से छील-छीलकर गन्ना चूसना या रसवाले को रोककर नींबू और काला नमक मिला गन्ने का रस पीना—ये छोटी-छोटी बातें बड़े मीठे-से अनुभव बनकर स्मृति के कैमरे के फोकस में आ जातीं। कभी कोई पड़ोसन आकर बैठ जाती या अपने-अपने लॉन से ही आवाजें ऊँची कर हालचाल पूछा जाता। कभी कोई दूर-दराज का रिश्तेदार ही आ जाता। रोज ही बिना इन्तजार के मेहमान। लेकिन यहाँ कभी कोई बिना सूचना दिए किसी के घर थोड़े ही जा सकता है। बाकायदा फोन करके वक्त तय करके मिलने जाना—यहाँ तक कि अपनी बहनों के घर भी बिना 'अपॉयंटमेन्ट के नहीं जाया जा सकता। रिश्तों में सहजता और अनौपचारिकता की बहुत कमी महसूस करती थी गुड्डो।

हफ्ते भर में नया साल शुरू होने वाला था। पूरा शहर सज-धजकर क्रिसमस और नए साल की खुशियाँ बटोर रहा था। असली दीवाली तो अब मना रहा है शहर और वह भी लगातार इतने दिन। पेड़ों की शाखाएँ हजारों नन्हे-नन्हे रंग-बिरंगे बिजली के बल्बों से अँटी हुई और सड़कों पर मीलों तक ऐसे ही जगमगाते तारों के गुच्छों से अँटे पेड़ों की कतारें आँखों को बेहद भली मालूम देतीं। दुकान की शो-विण्डोज पर पुएनसैंटिया के बड़े-बड़े लाल पत्तों वाले फूल, लाल-हरे चमकीले कागजों में लिपटे उपहारों के डिब्बे—ये सब गुड्डो को बहुत सुन्दर लगते थे। पार्क और हरियाली जगहों पर बर्फ की सफेदी छितरी हुई थी। बर्फ की तहों के बीच से झाँकती पाईन ही सुइयों की हरियाली उस सफेदी को और भी उभार देती थी। सारे माहौल में बस यही तीन रंग थे, सर्दी के मौसम की रंगहीनता की कमी की पूर्ति करते हुए लाल, हरा रंग और उनको उभारने के लिए पृष्ठभूमि देता बर्फ की सफेदी का कैनवस।

ज्यों ही मौसम कुछ खुलता, पटरियों पर गर्म मोजे, ऊनी टोपियाँ, मफलर और दस्ताने बेचने वाले अपना सामान फैला देते। हर जगह भीड़। दुकानें, पटरियाँ ग्राहकों से अँटी हुईं। क्रिसमस के उपहारों की नई-से-नई स्कीमों के इश्तहार दुकानों के बाहर चिपके, रेडियो पर गूँजते और टेलीविजन पर बार-बार दिखाई देते थे। इतनी ठण्ड में भी हॉट-डॉग, गर्म प्रेतजल और भुने चेस्टनट के खोमचे वाले दिनभर पटरियों पर खड़े रहते।

सर्दी के धुन्ध-भरे, अपारदर्शी और रंगहीन माहौल को रंगमय बनाने में जैसे सारे शहर के लोग जुटे हों—वर्ना कैसे कटेंगी इतनी लम्बी सर्दियाँ। हर दिशा में जैसे सचेतनता। जिन्दगी को बेहतर और सुखतर बनाने के कितने ही कृत्रिम साधनों को इकट्ठा कर रहा है सारा का सारा समाज। सारी उम्र उन सुख के साधनों को जुटाने में ही खर्च हो जाती है। हर काम को आसान बनाने के लिए नई-से-नई मशीन की ईजाद और फिर उस मशीन को हासिल करने के लिए खुद पैसा कमाने की मशीन बन जाना। बस, एक मशीन से दूसरी मशीन के दौर से गुजरने में ही जिन्दगी की मशीन के कल-पुर्जों का धीरे-धीरे क्षय हो जाना।

गुड्डो भी जुत रही है इसी मशीन में। इस वक्त जल्दी से पढ़ाई खत्म कर डालने, गुजारे लायक पैसा कमा डालने और बच्चों को यहाँ सैटल करने के चक्करों में ऐसी उलझी है कि अपने बारे में सोचने का अहसास भी नहीं रहता।

फोन था जुनेजा का—''क्या कर रही हैं आप नए साल की 'ईव' पर?''

''कुछ सोचा नहीं। शायद कुछ भी नहीं कर रही।''

''तब तो हमारे साथ ही बिताइए वह शाम। कुछ और मत फिक्स कीजिए, मैं दफ्तर से आपको पिकअप करता जाऊँगा।''

बाहर सर्दी बढ़ती जा रही है। एकदम तूफानी मौसम है। तेज हवाएँ बर्फ के फाहों को धुनती हुई। गुड्डो की बेसमेंट बेहद ठण्डी हो रही है। हाथ-पैर रजाई में भी ठिठुर रहे हैं। हिमपात या किसी दूसरी वजह से सेन्ट्रल हीटिंग सिस्टम में कुछ खराबी हो गई है। गुजारे के लिए हीटर तो ला दिया है मकान-मालिक ने। बस हीटर से जुड़े बैठे रहो, जरा-सा किसी काम के लिए हटे नहीं कि ठण्ड और भी जोर से धर पकड़ती, दाँत-किटकिटाने लगते। गुड्डो को हिन्दुस्तान की सर्दियाँ याद आ गईं, जहाँ उसे घर के अन्दर ठण्ड लगती रहती थी। खासकर दिन में बाहर धूप में एकदम गर्म हो जाता है आदमी, अन्दर आते ही एकदम ठण्डा। पर ठण्ड का तापमान यहाँ के वसन्त जैसा होता है।

फोन फिर से बज उठा।

"प्रोग्राम कुछ बदल गया है। रमना को भारत जाना पड़ गया है। मेरी माँ भी मेरे भाई के पास मिशिगन गई हुई हैं, सो घर पर पार्टी कैंसल करनी पड़ रही है। आय एम सॉरी।"

"ऐसी तो कोई बात नहीं।"

"बट इफ यू डोंट माइंड तो हम लोग कहीं बाहर एन्जॉय करेंगे।"

गुड्डो असमंजस में थी, "आप कैंसल ही कर दें तो..."

"नहीं, घर बैठकर बोर ही होंगे। नए साल पर बोर हुए तो सारा साल बुरा गुजरेगा। इसलिए कुछ-न-कुछ तो करना ही है। आप तैयार रहिएगा। कहीं बाहर खाना खाएँगे। ओ.के.!"

नए साल की पूर्व संध्या पर गुड्डो ने कांजीवरम् के नीले और देसी गुलाबी रंग के कंट्रास्टिंग बॉर्डर की साड़ी पहनी थी। यह उसकी सर्वाधिक प्रिय साड़ी थी। हल्के मेकअप के बाद माथे पर नीली बिन्दी लगाई थी। होंठों पर साड़ी के गुलाबी किनारे से मैच करती लिपस्टिक लगाई थी और हल्का-सा इत्र भी छिड़क लिया था। बाल लम्बे थे उसके, जूड़ा बड़ी सफाई से बाँधा गया था। जुनेजा ने देखते ही कहा था, "आप तो बहुत खूबसूरत लग रही हैं आज।"

गुड्डो के चेहरे पर ढेरों कलियाँ फूट आई थीं। उम्र का एक बोझिल लम्बा हिस्सा कहीं दूर छिटककर जा गिरा। आँखों में चुलबुलाहट-सी भर गई।

उस शाम जुनेजा के व्यवहार में भी गुड्डो को एक नई तरह का खुलापन, उन्मुक्तता और अनौपचारिकता महसूस हुई।

"बताइए, कहाँ जाना चाहेंगी आप? फ्रेंच, इटालियन, चाइनीज या हिन्दुस्तानी रेस्तराँ?"

"डॉ. जुनेजा, मुझे तो कुछ खास मालूम ही नहीं यहाँ का। जहाँ भी आप ले चलें..."

"पहले तो आप 'डॉ. जुनेजा' कहना छोड़िए। मेरा नाम है चन्दर। यूँ अस्पतालवालों ने उसे चैट बना दिया है। आपसे तो सही तलअफ़ुज की उम्मीद है।"

"मैं भी चैट ही बुलाऊँ तो?" छेड़ रही थी गुड्डो।

"बुला लीजिए, पर कल को यह मत कहिएगा कि यह आदमी तो दोगला है।"

सहसा गुड्डो का माथा ठनका। जुनेजा ने दोगला शब्द का क्यों इस्तेमाल किया? अपने लिए। इस व्यक्ति के मन में भी गाँठ होंगी अपनी अस्मिता को लेकर। कितने ही हिन्दुस्तानी दूसरों के मुख-सुख के लिए अपने हिन्दुस्तानी नाम का विदेशी संस्करण स्वीकार कर लेते हैं। पर मन में एक हीनता और बेआरामी बनी रहती है। गुड्डो उन क्षणों को हल्का और सुखद ही बनाए रखना चाहती थी। बात को तूल देते हुए बोली—"आप भी मुझे उमा कहिए। मिसेज चड्ढा की जगह पर उमा कैसा रहेगा?"

"जरूर-जरूर। और इसमें कोई दोगलापन भी नहीं... एकदम प्योर और ओरिजिनल।"

पलभर ठिठकी गुड्डो। जुनेजा बड़े मूड में हैं आज। गुड्डो भी बहक रही थी। दीवारें टूट रही थी। धाराएँ उमड़ आना चाहती थीं। कुछ भी तो रोक नहीं रहा था आज उसे। पर ये मन की दीवारें... ये तो अभी भी खासी मजबूत हैं। पता नहीं कब, किसने यह निर्णय किया पर गुड्डो ने कुछ देर बाद एक फ्रेंच रेस्तराँ में खुद को ठीक जुनेजा के सामने वाली सीट पर बैठा पाया। गुड्डो ने फ्रेंच खाने का सिर्फ नाम ही सुन रखा था। मेन्यू में उसे कुछ समझ नहीं आ रहा था। नाम थे भी फ्रेंच भाषा में। बहुत देर तक जब वह उलट-पुलटकर देखती रही, तो जुनेजा उसकी मदद को मेज पर जरा आगे को झुक आया।

"यहाँ आरडर्वस और पहले कोर्स में एस्पैरेगस सूप और मुख्य कोर्स में भुनी सॉल्मन बहुत अच्छे होते हैं। ट्राई करेंगी?"

गुड्डो को राहत मिली, "हाँ, आपका चुनाव मुझे अच्छा लगेगा।"

"तब तो वाइन भी मैं अपनी मर्जी की मँगवाऊँ!"

"मैं तो पीती नहीं।"

"बस इतना बता दीजिए कि रेड या ह्वाइट?"

"मेरे धर्म में शराब पीना पाप है।"

"धर्म कौन-सा है आपका?"

"कोई नहीं। मेरा मतलब... मेरा मतलब किसी भी धर्म में चोरी, शराब ये सब बुरी बातें ही कही जाती हैं।"

"वाइन तो शराब नहीं। बाइबिल के हिसाब से तो दुनिया का पवित्रतम पेय है।"

"इतिहास पुराण के उद्धरण देने की ज़रूरत नहीं है। मैं लेने को ले भी सकती हूँ। ऐसी वर्जना भी नहीं है।"

गुड्डो को कुछ पता नहीं लग रहा था वह क्या खा रही है। खाना, वाइन और जुनेजा का साथ कितने ही नए एहसास उसे चकराए दे रहे थे और फिर भी गुड्डो हर नए अनुभव को आत्मसात् करने को तत्पर थी।

रेस्तराँ से बाहर निकले तो जुनेजा ने घड़ी की ओर देखते हुए कहा, "अभी तो नौ ही बजे हैं। बार में चलेंगी?"

"और कुछ पी नहीं सकती।"

"तो बताइए, क्या करना चाहती हैं?"

गुड्डो चुप थी। तब जुनेजा ने ही कहा, "चलिए, घर चलें। वहाँ आराम से बैठकर बातें करेंगे।"

गुड्डो के पैर ज़मीन पर नहीं ठहर पा रहे थे। उड़ी-उड़ी जा रही थी। ऐसा महसूस कर रही थी जैसे हवा में झूलता रूई का फाहा हो या सतह पर थरथराता पानी का बुलबुला। एक पल को डगमगा-सी गई। जुनेजा की बाँहों ने झट-से थाम लिया था। गुड्डो के कन्धे जुनेजा की बाँहों से घिरे थे। उसी के सहारे से चल रही थी वह। गाड़ी में बैठे तो जुनेजा ने उसका अपनी तरफ वाला हाथ धीरे से अपने दोनों हाथों में दबाते हुए कहा, "हाऊ आर यू फीलिंग?"

गुड्डो मुसकरा दी। एक बहुत नर्म-सी गर्माहट उसके भीतर धीरे-धीरे घुलती जा रही थी। अवश हो रही थी गुड्डो। जुनेजा का मैनहेटन में भी एक अपार्टमेन्ट था। अस्पताल में ज्यादा काम होने से वह वहीं रुक जाया करता था। जुनेजा की बाँहों में थमी गुड्डो जब एलीवेटर से ऊपर अपार्टमेन्ट में पहुँची तो एकदम सोफे पर लुढ़क गई।

रंगीन मदहोशी की हालत में लैम्प के मद्धम नीले प्रकाश में गुड्डो

ने खुद को जुनेजा की गिरफ्त में महसूस किया। गुड्डो का जिस्म थरथरा रहा था। जुनेजा के हाथ बहुत धीमे-धीमे पूरे जिस्म पर जैसे फूल काढ़ रहे थे। गुड्डो के पोर-पोर से कलियाँ-सी फूट रही थी। जुनेजा के होंठ उसके होंठों पर थे। सुन्न, बेहोश गुड्डो सिर्फ महसूस करती रही थी—उस जिस्म की हर हरकत को अपने जिस्म पर, उन उंगलियों की एक-एक छुवन को, उस जिस्म के हर दबाव को। गुड्डो किसी और ही दुनिया में थी। उसकी बन्द आँखों में हर अहसास, हर गन्ध-स्वाद एक स्वप्निल जगत की तरह तैर रहा था, जिसमें कितनी ही तसवीरें एक दूसरे में गड्डमड्ड हो रही थी...पति के जिस्म का जीवित स्पर्श, मृत पति की लाश के साथ अतृप्त मानसिक सम्भोग, बतरा के अधूरे अक्स। फिर तसवीरें ओझल हो जातीं। बच जाता बस एक अहसास। वर्तमान का अहसास। एक इच्छित पुरुष की सबल और कोमल गिरफ्त का अहसास।

गुड्डो के आसपास सब कुछ बहुत नया-नया, बदला-बदला और भरा-भरा-सा था। उसके बरसों के भटकाव में जैसे एक टिकाव आ गया था। झंखाड़ होती जिन्दगी में मुलायम कोंपलें उठने लगी।

उस रात बेसमेन्ट में गुड्डो अकेली थी। राजू गीता के बच्चों के साथ नया साल मनाने गया था और उसे वहीं सोना था। रातभर गुड्डो का जिस्म कँपकँपाता रहा। बीती बातें वर्तमान में सिमटती-फैलती रहीं। सुख और विजय की अनुभूति में एक अफसोस-सा महसूस होने लगता। खो देने और पा लेने का दुःख-सुख एक साथ। मन उड़ता और कोई उसके पर नोंच लेता।... कहाँ जा रही है गुड्डो? कहाँ पहुँचेगी? रास्ता आसान नहीं और शायद सही भी नहीं।

अपनी लगभग पुरुषहीन जिन्दगी में गुड्डो ने अजीब तरह की ताकत संजो ली थी, जिसके बूते पर वह आज तक लड़ती रही, सम्भलती रही। पुरुष था भी तो किनारे पर, केन्द्र में कभी नहीं आया। अब अचानक कमजोर पड़ने लगी थी। मन हो आया था कि कोई और सम्भाल ले, किसी और पर डाल दे शरीर और मन के सारे बोझ। पर यह सोचना भी कितना गलत था। शादीशुदा जुनेजा के साथ क्या कोई किसी तरह का भी रिश्ता सम्भव है?... यह कुछ पलों का सान्निध्य-सुख किसी स्थायी रिश्ते की नींव हो

सकता था?... जैसे वह सोच रही है क्या जुनेजा भी ऐसी ही गम्भीरता से उसके बारे में सोचता होगा?... घण्टों इन्हीं सवालों में जूझती रही गुड्डो। लौट आओ, गुड्डो, लौट आओ अपने में। ज़िन्दगी का सच है—ठण्डा बेसमेन्ट का कमरा और ढेरों कामों, फिक्रों, उलझनों का खत्म न होनेवाला रेगिस्तानी सिलसिला।

एकाउंटिंग कोर्स के आखिरी महीने में ही गुड्डो की इंस्ट्रक्टर ने उसे एक-दो नौकरी के इण्टरव्यू दिला दिए थे। इन्हीं दिनों पर्सनैलिटी और प्रेजेंटेशन की कुछ क्लासें भी दी जा रही थीं। व्यक्तित्व की खामियों को दूर करने के लिए मशविरा दिया जाता था। गुड्डो की इंस्ट्रक्टर ने उसको सलाह दी थी कि बाल छोटे कटवाकर और बिजनेस सूट पहन अगर इण्टरव्यू में जाएगी तो ज्यादा प्रोफेशनल लगेगी। गुड्डो मेहनती है, प्रबुद्ध है, पर अच्छी नौकरी के लिए अच्छी पर्सनैलिटी की भी जरूरत होती है। गुड्डो पहले घबराई। दोनों बेटियाँ ब्याहनी हैं, लोग क्या कहेंगे? बाल कटवाकर उपहासास्पद भी तो लग सकती है। पर इंस्ट्रक्टर अपने अनुभव से ही तो कह रही हैं। बहुत पशोपेश के बाद एक दिन उसने हेयर ड्रेसर से अपॉयंटमेन्ट ले लिया। कंधे तक कटे बाल सेट कराकर गुड्डो को अपना चेहरा खुद भी अच्छा लगा था। क्लास में सभी सहपाठियों से उसे बधाई के शब्द मिले, तो मन का आत्मविश्वास बढ़ा।

नौकरी के लिए गुड्डो को बहुत ठोकरें खानी पड़ी। जिस मध्यम किस्म की तनख्वाह की उम्मीद उसे थी, वैसी नौकरियों पर उसे हर दफ्तर से अस्वीकार ही मिला। एक-दो जगह उसे महसूस हुआ कि वह उसकी अंग्रेजी का हिन्दुस्तानीपन भी शायद अखरता है, क्योंकि एक-दो जगह पर इंटरव्यू लेनेवालों ने उससे बार-बार वाक्य दुहरवाए। पर गुड्डो जब अमरीकनों की तरह लफ्जों को खींचकर 'आ' को 'ऐ' जैसे कि 'कांट' को 'केंट' या 'ऑर नाट' को 'एंट' कहती थी, तो अपनी आवाज पराई और उपहासजनक-सी लगती थी। मन में भाषा का यह दोगलापन कहीं कचोटता। क्योंकर उसे दूसरों की नकल करनी पड़ रही है? अपना बोलचाल का सहजपन भी बरकरार नहीं रख सकती। गुड्डो अंग्रेजी स्कूलों में नहीं

पढ़ी थी। आर्य समाज स्कूलों में उसकी ज्यादातर शिक्षा हुई थी, पर उसने अंग्रेजी में एम.ए. की थी। उसका भाषाज्ञान, उसकी शब्द-क्षमता कई अमरीकियों से भी बेहतर ही थी पर बोलने का उतना अभ्यास न होने से फर्राटे से अंग्रेजी नहीं बोल पाती थी। वाक्य-रचना भी हिन्दी से प्रभावित थी। शब्द-प्रयोग और उच्चारण ब्रिटिश अंग्रेजी वाले थे। इंस्ट्रक्टर के बताने पर गुड्डो आईने के सामने खड़ी होकर अमरीकी तरीके से बोलने का अभ्यास करने लगी। अमरीकी हाव-भाव और कन्धे उचकाकर जवाब-सवाल करती। पर थोड़ी देर में ही खीझ जाती और कन्धे गिराकर कहती, ''टु हेव विद इट' (यह अमरीकी मुहावरा अनायास सहपाठियों से पाया था)। पिंकी के अमरीकी एक्सेंट का गुड्डो मजाक बनाया करती थी। अब खुद को यही करना पड़ रहा था। राजू के लिए गुड्डो का अभ्यास खासा मनोरंजक होता। राजू कच्ची उम्र का था, पढ़ा भी अंग्रेजी स्कूल में था। उसे उच्चारणों के अन्तर पकड़ने में देर नहीं लगी। वह ममी से मजाक भी कर देता, ''ममी, यह 'शिड्यूल' क्या होता है, 'स्कैजल' कहो न!''

एक-से शब्दों के अर्थ हिन्दुस्तान से अलग सन्दर्भ में इस्तेमाल होते और बाद में गुड्डो को अपने अज्ञान पर हँसी भी आती। राजू के लिए जब पैंट के साथ पहननेवाला कोट लेने गई तो कोट नाम से सेल्सगर्ल उन्हें ओवरकोट दिखाने लगी। गुड्डो ने कहा—शार्ट (छोटा) कोट, तो उसने हाफ ओवरकोट दिखा दिए। गुड्डो सोचने लगी—शायद वैसे कोट यहाँ अलग से मिलते नहीं होंगे। तब पिंकी ने बताया था कि जैकेट कहते हैं उसे।

दौड़-धूप के बाद एक बैंक में एकाउंटिंग क्लर्क की मामूली-सी नौकरी गुड्डो को मिल गई, पर गुड्डो खुश किस्मत थी। बीस लोगों की क्लास में अभी पाँच लोगों को ही काम मिला था। उसकी सहपाठिन जॉरजीना नाम की एक काली लड़की की जरूरत तो गुड्डो से भी बड़ी थी, पर उसे अभी तक नौकरी नहीं मिली थी। बाईस वर्षीया जॉरजीना के चार बच्चे थे। बाप न तो साथ रहता था, न बच्चों के प्रति किसी तरह की जिम्मेदारी समझता था। यूँ तो दोनों की शादी तो हुई नहीं थी, इसलिए उस पर कोई कानूनी जोर नहीं चल सकता था। गुड्डो को तब पता लगा

था कि जॉरजीना जैसी इस देश में हजारों ऐसी काली लड़कियाँ हैं, जो हाईस्कूल में ही इस तरह माँ बनकर पढ़ाई छोड़ देती हैं। इनके बच्चे वेलफेयर की रकम से पाले जाते हैं, वेलफेयर की अपर्याप्त रकम से न तो ये बच्चे ठीक से पलते थे, न माँ की जिन्दगी में ही कुछ बच रहता था। गली-सड़कों पर पलने वाले ये आवारा बच्चे ही बड़े होकर अपराधी, लुटेरे और हत्यारे बन जाते हैं, क्योंकि समाज में इनका कहीं कोई स्थान नहीं होता। बिना किसी शिक्षा के कोई नौकरी नहीं मिल पाती। गुड्डो खुद उस क्लास में सबसे आगे थी। जॉरजीना उससे नोट्स माँग लेती या मदद ले लेती। एक बार जब गुड्डो देर तक स्कूल के रीडिंग रूम में काम करके लौट रही थी, तो देखा स्कूल के बाहर सड़क पर जॉरजीना जोर-जोर से किसी को गालियाँ दे रही थी। सड़क पर ऐसे झगड़े उसने हिन्दुस्तान में तो देखे थे, पर यहाँ नहीं। पंजाबी गालियों से भी जबरदस्त गालियाँ...। शायद जॉरजीना खुद भी किसी की गैरकानूनी सन्तान हो। अगले दिन जॉरजीना खुद ही बता रही थी कि उसका ब्वॉय फ्रेंड उसे एक कौड़ी नहीं देता। आजकल बेकार है, तो उलटे उससे पैसे माँगने आता है। वजीफे की रकम में वह बच्चों को खाना तक तो ढंग से खिला नहीं सकती, इसे कहाँ से पैसा देगी... यह तो यूँ भी शराब में ही उड़ा देगा सब।

गुड्डो की क्लास में .ज्यादातर काले एशियाई और हिस्पैनिक नस्लों के लोग ही थे। गोरा कोई नहीं था। उम्र भी बीस से लेकर पचास वर्ष के बीच थी। शक्ल से आसानी से किसी की उम्र का अन्दाज भी नहीं होता था। एक काली लड़की को चिकने, बिना शिकन के चेहरे की वजह से वह पच्चीस-छब्बीस वर्ष का सोचती थी, पर जब उसने अपनी उम्र चालीस बतलाई तो गुड्डो हैरान रह गई। उम्र पहचानने के लिए भी संस्कार बनाने पड़ते हैं। गुड्डो को भी यहाँ के लोग अकसर काफी कम उम्र का समझते हैं—खासकर साड़ी में उसकी उम्र का अन्दाज कोई नहीं लगा पाता। एक बार एक एम्प्लायमेंट एजेन्सी में नौकरी ढूँढने के लिए खूब सज-धजकर साड़ी पहन गई थी। बातचीत के दौरान वहाँ की सेक्रेटरी ने उससे कहा था, "इस पहनावे में आप बहुत सुन्दर लग रही हैं। लेकिन अमरीकी

दफ्तर में अगर आप नौकरी करना चाहती हैं, तो यह पहनावा सही नहीं होगा।''

पैंट या स्कर्ट में गुड्डो खुद को कोई और ही लगती थी। दोगली भाषा, अब दोगला पहनावा। गुड्डो को अपने जिस्म पर अमरीकी कपड़े फबते ही नहीं थे। शरीर की बनावट कुछ ऐसी थी कि जहाँ साड़ी-कुरते में जिस्म ठीक-ठाक लगता था, वहाँ पैंट-स्कर्ट में पेट बाहर निकला-सा लगता। यूँ चीनी, जापानी, वियतनामी या और किसी भी देश के लोग यहाँ अमरीकी कपड़े ही पहनते थे, चाहे जैसे भी शरीर हों। पर दक्षिण एशियाई औरतें ही अपनी साड़ियों, कुरते-पाजामें को लेकर ज्यादा सचेत हैं और उन्हीं को पहनना चाहती हैं। लेकिन पैंट और स्कर्ट का पहनावा गुड्डो के लिए कभी-कभी रक्षक का काम करता था। खासतौर से सेल्सगर्ल की नौकरी में, जब वह किसी हिन्दुस्तानी द्वारा पहचाना जाना नहीं चाहती थी, तब साड़ी आड़े आती थी।

अमरीकी ड्रेस में .ज्यादातर लोग उसे हिस्पैनिक समझ लेते थे। हिस्पैनिक का वर्ण भी भारतीयों जैसा ही गेहुँआ-सा होता है। अगर कोई हिन्दुस्तानी जिज्ञासावश पूछ भी लेता तो वह गोलमोल-सा जवाब देती। कभी कह देती कि पाकिस्तान से है या अफ्रीका से। अपना सही परिचय नहीं देती थी। गुड्डो की पहचान, उसकी आइडेंटिटी उसके साड़ी पहनने से ही बनती। दफ्तर से घर लौटते ही वह कपड़े बदल सहज हो जाती थी। पिंकी इस बात से खुश थी कि लाइब्रेरी में पहनावे से खास सरोकार नहीं था। पर साड़ी वह खुद ही नहीं पहनती थी कि उससे बड़े कांसपिकुअस हो जाते हैं, प्रोफेशनल नहीं लगते। यहाँ बढ़ रहे बच्चों को हिन्दुस्तानी कपड़ों को पहनने में उलटे तकलीफ ही होती है। राधिका ने तो गीता से खूब झगड़ा किया था। एक बार स्कूल के फंक्शन में गीता ने उसे जबरदस्ती अपने देवर द्वारा भेजे गए नए कुरते-पाजामे को पहनने को मजबूर कर दिया था। घर लौटकर वह कह रही थी, ''ममी, बाई द वे, आई फेल्ट वैरी अनकम्फरटेबल इन दिस आउट फिट बट...।''

''बट क्या?''

''कुछ लोगों ने कॉम्पलीमेन्ट भी दिए थे।''

"मैंने कहा था न, बेटे! अपनी चीज का कम मोल मत आँका करो। हिन्दुस्तानी संस्कृति को तुम जितना जानने की कोशिश करोगी, उतना ही उसका वैभव तुम्हारे सामने खुलेगा। इस देश में क्या है! दो सौ वर्ष का तो सारा इतिहास है। तुमको तो भारतीय होने का गर्व महसूस करना चाहिए।"

"लेक्चर शुरू कर दिया न, मॉम!"

"तू फिर मॉम कह रही है मुझे। सीधे से ममी क्यों नहीं कहती?"

"ममी, साउंड्स लाइक इजिप्शियन ममीज़, डैड बॉडीज।"

"मुझे नहीं मालूम यह सब। जो हिन्दुस्तान में उसका मतलब है वही हम पर लागू होता है।"

"बट ममी इज नॉट इंडियन, इट इज़ ब्रिटिश। आई थिंक इन इण्डिया इट इज 'बीजी', एम आई राइट?"

राधिका के इस जवाब से गुड्डो को हँसी भी आई थी, साथ ही यह अहसास भी हुआ था कि यहाँ बड़े हो रहे ये बच्चे हिन्दुस्तानी जुबान, तौर-तरीकों और रीति-रिवाजों से कैसे अनजान होते जा रहे हैं

राधिका की सबसे बड़ी समस्या बनती जा रही थी कि उनका हिन्दुस्तानी होना। घर और घर से जुड़े रिश्तेदारों तक तो बात ठीक-ठाक थी, पर सहेलियों के सन्दर्भ में अपने हिन्दुस्तानीपन पर राधिका को शर्म आती थी। स्कूल में चीज हैम या सलामी का सैंडविच तो ले जाती थी लंच के लिए पर पराँठा कभी नहीं—चाहे भूखा ही रहना पड़े। कनिका ऐसी नहीं थी। वह अपने हिन्दुस्तानी होने को छिपाती नहीं थी। कनिका बहुत मेधावी, समझदार और पढ़ाई-लिखाई में सबसे आगे थी। सहपाठी भी उसकी तारीफ किया करते। कनिका की .ज्यादा सहेलियाँ नहीं थीं। अच्छे जानकार काफी थे। कनिका में अपने आपको लेकर एक सहज आत्मविश्वास था। वह शायद पिता से मिले संस्कारों का असर था कि हिन्दुस्तानी के रूप में वह खुद को एसर्ट करती थी—चाहे यह दावा हिन्दुस्तानी विरासत का उतना नहीं, जितना 'कनिका' होने का था। अपने कुछ खास होने का एहसास कनिका को हमेशा बना रहता था। घर और बाहर दोनों ने ही इस एहसास को पोसा था। प्रतिभा राधिका में भी

थी, पर कनिका के सामने वह घरवालों को बहुत 'मिडियाकर' लगती थी। राधिका घर में अपनी खास जगह न बना पाने की वजह से शुरू से ही घर से बाहर अपनी जगह खोज लेती थी। अशोक लड़का होने की वजह से खास था ही। घर पर कोई दोस्त या रिश्तेदार आता तो बातें कनिका को लेकर ही ज्यादा होती थी... बहुत ब्राईट है, फलाँ प्रोफेसर ने यह कहा, फलाँ इनाम मिला, फलाँ विषय पढ़ रही है, डॉक्टर बनने का इरादा है, वगैरह-वगैरह।

राधिका का संसार था उसकी ढेर सारी सहेलियाँ। कभी वह सहेलियों के घर होती, कभी वे उसके या फिर सब-की-सब सड़कों की पटरियों पर या पार्क में। ये लड़कियाँ स्कूल में उसके साथ पढ़ने वाली थी। इनमें कई नस्लें शामिल थीं—ज्यूइश, हिस्पैनिक और चौथी-पाँचवीं पीढ़ी के वास्प अमरीकियों की सन्तानें भी। उसकी ग्यारह खास सहेलियों में से नौ के माँ-बाप तलाकशुदा थे। ज्यादातर के माँ-बाप दोनों ही इसी शहर में रहते। बच्ची का वक्त माँ-बाप के बीच बँटा हुआ था, जैसे कि हफ्ते के स्कूल जाने वाले पाँच दिन माँ के पास तो वीक-एण्ड बाप के पास। टूटे परिवारों की ये लड़कियाँ अजीब बेपरवाह, अक्खड़ और कुछ उजड्ड किस्म की थीं। बहुत चीख-चिल्लाकर बोलना, बातचीत में आम गालियों को इस्तेमाल करना और तू-तड़ाक से ढीठ जवाब देना इनका स्वभाव ही बना हुआ था। एक लड़की के पिता की तभी-तभी तीसरी शादी हुई थी। गीता ने उससे पूछ लिया कि उसे कैसा लगता है, तो जवाब मिला—आई डोंट केयर। वाक्य में अनकही चोट जाहिर थी। यही अवमानना—भरा रुख तो उस लड़की ने पूरे समाज के प्रति अपनाया हुआ था।

गीता को यही डर बना रहता था कि राधिका भी इन लड़कियों की तरह गुस्ताख, बेशऊर और ढीठ न बन जाए। पर राधिका को उसकी सहेलियों से अलग करना मुमकिन ही नहीं हो पाता था। उसके प्राण वहीं बसते थे। स्कूल से ही सहेलियों के साथ कहीं-न-कहीं जाने का प्रोग्राम बन जाता। घर पर होती तो टेलीफोन पर सहेलियों से बातें। अगर रोको तो जवाब मिलता, "होमवर्क डिस्कस कर रही हूँ, तुम कहो तो न करूँ?"

गीता को राधिका के ऐसे जवाब काटने लगते। वह कभी उसे समझाने

लगती कि कनिका की तरह उसे भी शालीन और विनम्र होना चाहिए, तो राधिका और भड़क उठती थी, "आई कांट स्टैंड द टिरेनी ऑफ दिस सिस्टर। तुम हमेशा उसकी तारीफ करती हो, उसी की साइड लेती हो चाहे वह कितनी भी कुसूरवार हो, कितना ही मुझे तंग करें। वाय डू यू वांट मी टू बिकम ए लोनर लाइक हर।"

राधिका कनिका को 'टेरर', 'बोर' जैसे विशेषणों से सम्बोधित करती।

गुड्डो तब गीता के ही यहाँ थी, जब जीजाजी ने एक बार जोर से राधिका को झापड़ जड़ा था। बड़ी लड़कियों को बाप द्वारा मारा जाना तो गुड्डो ने भी कभी नहीं देखा था। उसके पिताजी ने तो किसी लड़की को हाथ तक नहीं लगाया था। भाइयों की पिटाई जरूर कभी-कभी हो जाती थी। बेटियों की पिटाई या गुस्सा करने का काम माँ का ही था।

बात छोटी भी थी और बड़ी थी—सवाल नजरिए का है। राधिका की एक सहेली के घर 'स्लम्बर पार्टी' थी। गीता ने उसे रात वहाँ बिताने की इजाजत दे दी थी, पर जीजाजी से बात हुई तो बोले, "ऐसे बाहर रात बिताने देंगे तो क्या पता कब लड़कियों से मिले और कब लड़कों से। ऐसी स्लम्बर पार्टियों की आदत ही मत डालो।" राधिका खूब चिल्लाई थी।

"आई टोल्ड देम डेज़ एगो दैट आई वाज़ गोइंग टु कम। ह्वाट विल दे थिंक। आई कांट डिच देम।' राधिका के लिए सबसे ज्यादा अहमियत उन सहेलियों की थी। उन्हें कैसे नाराज कर सकती थी। वह उसका समाज था और उनकी दोस्ती राधिका के लिए उसकी सामाजिक स्वीकृति का सुबूत थी। सहेलियों के इशारे ही उसकी जिन्दगी की दिशाएँ थी। उसे लगता कि ममी-डैडी को तो यहाँ का कुछ पता ही नहीं। हमेशा हिदायतें देते रहते हैं—ऐसे बात करो, ऐसे रहा करो, ऐसे कपड़े पहनो, यहाँ मत जाओ। अपना हिन्दुस्तानी रहन-सहन, रीति-रिवाज उस पर भी लादना चाहते हैं। वह उनके तौर-तरीके पर चलकर कनिका की तरह मित्रहीन नहीं हो सकती। कनिका को अकेले घर बैठना अच्छा लगता होगा, वह तो ऊब जाती है।

जीजाजी कह रहे थे, "तेरी सहेलियाँ हमसे ज्यादा इम्पार्टेंट हैं, जो

तू उन्हें नाराज नहीं कर सकती! हमारी बात की कोई अहमियत ही नहीं है।"

राधिका ने पैर पटककर कहा था, "आई डोंट केयर। आइ एम गोइंग।"

जीजाजी को तब बेतरह उबाल आ गया था। लगातार थप्पड़ जमाते हुए बोले, "बेशरम तू मुझे जवाब देती है! अभी निकालता हूँ तेरी सारी अकड़। हमने अपने बाप के सामने कभी आँख तक नहीं उठाई और तेरी यह हिम्मत। जुबान चलाती है मेरे सामने! आई डोंट केयर... फिर निकला मुँह से ये लफ़्ज़ कभी तो हड्डी-पसली एक करके रख दूँगा तेरी।... यही कुछ सीख रही हो तुम स्कूल में। माँ-बाप भोंकते रहें और तुम मनमर्जी करो!... कहे देता हूँ मैं—मैं तुम्हारा बाप हूँ और तुम्हें मेरी हर बात की परवाह करनी पड़ेगी। .ज्यादा बक-झक करने की जरूरत नहीं है। अभी तो तुम्हारा दिया नहीं खाता। जब सच में बूढ़ा हो जाऊँगा, तो पता नहीं क्या हाल करोगे तुम हमारा।"

राधिका उस स्लम्बर पार्टी में नहीं जा पाई थी। अपने क्रोध के प्रचंड आवेग को उसने भीतर ही रिस जाने दिया। विस्फोट और ज्यादा प्रहारों को आमन्त्रित कर सकता था। पर मन-ही-मन उसने कितनी ही बार अपने-आप से कहा था—आई हेट हिम, आई हेट हिम।'

जहाँ तक हो सके वह डैडी से बचती और बहुत कम बात करती। यूँ पहले भी बाप-बेटी में .ज्यादा सम्वाद तो था नहीं। उनके ड्यूटी के घण्टे ही ऐसे अटपटे थे कि जब बच्चों का घर आने का वक्त होता, उनके जाने का। बच्चों से मिलना एक तरह से वीक-एंड पर ही होता था, या ज़रूरत होने पर फोन कर लेते थे काम से। फोन पर .ज्यादा बात कनिका या गीता से ही होती थी। कनिका को जीजाजी बहुत मानते थे। उसकी मेधा का उन पर इतना असर था कि अपने से .ज्यादा कनिका के निर्णयों को अहमियत देते थे। उन्हें लगता था कि इतनी बड़ी उम्र में इस देश में आने से वे वक्त और मौका खो चुके हैं और अब नए सिरे से यहाँ के तौर-तरीके समझकर कुछ भी करने का दम उनमें नहीं रहा। 'डोरमैन' की नौकरी एक कामचलाऊ इन्तजाम था, पर धीरे-धीरे

उन्हें लगने लगा कि यहाँ इससे बेहतर वे कुछ कर ही नहीं सकते। बिजनेस शुरू करने के लिए दौड़-धूप की ताव नहीं रही थी उनमें। एक तरह से अपने आपको हीन और असफल मानकर अपने आप से समझौता कर लिया था। अब कनिका उनकी दमित महत्त्वाकांक्षाओं, उम्मीदों और सम्भावनाओं का मरकज थी। इसीलिए उसकी पढ़ाई में वे बेहद दिलचस्पी लेते थे। कनिका के जरिए से वे खुद उस स्तर की शिक्षा पा रहे थे। उसे डॉक्टरी पढ़ने का बढ़ावा देते। हर प्रवासी यह महसूस करता है कि डॉक्टरी का धन्धा इस देश में आदमी को खूब अमीर बना देता है, इसलिए चाहे कोरियन, जापानी या हिन्दुस्तानी हो, बच्चों को इसी दिशा में लगाकर वे अपनी जून सुधारने की कोशिश करते हैं। जीजाजी के लिए भी भविष्य की सबसे ज्यादा नफा कमाने वाली इन्वेस्टमेंट कनिका की पढ़ाई ही थी। कनिका का हर तरह से वे ध्यान रखते। दूसरे दोनों बच्चों ने कनिका जैसा मेधावी होने का सुबूत नहीं दिया था। जीजाजी उन्हें कनिका जैसे बनने-करने को कहते। उसके हर इनाम-इकराम हासिल करने पर एक रोल मॉडल के रूप में पेश करते।

कनिका पर यह बोझ भी बन जाता था। माँ-बाप की उम्मीदों के आकाश पर टिके रहने के लिए उसे अपनी बहुत-सी लड़कपन की ख्वाहिशों को मारना पड़ता, लगातार हर विषय में अव्वल आने के लिए उसे जबरदस्त मेहनत करनी पड़ती। इसी से वह अस्वस्थ भी रहने लगी थी। पढ़ाई की फिक्र हर वक्त दिमाग पर सवार रहती। गीता उसके खाने-पीने को लेकर खूब हल्ला मचाती।

''खाएगी नहीं तो पढ़ेगी कैसे? जब खाने का वक्त हो तभी तेरी भूख मर जाती है! आज मैं कुछ नहीं सुनूँगी। तेरी ही पसन्द की चीज़ें बनी हैं...आलू-बैंगन की सब्जी और पकौड़ों वाली खट्टी कढ़ी। नहीं खाएगी तो डैडी को भी बहुत बुरा लगेगा... तुझे पता ही है...।''

गीता जितना इसरार करती, कनिका उतनी ही बेज़ार होती। कनिका को जितना महत्त्व अपने घर में मिलता, वह उससे .ज्यादा का हकदार खुद को मानने लगी। माँ-बाप, भाई-बहन में से कोई उसके बराबर का हकदार नहीं लगता। घर के किसी भी मामले में वही जैसे हर चीज़ का

चार्ज ले लेती थी। मिलने-जुलनेवालों के प्रति भी उसका यही रुख बन रहा था। गुड्डो को लगता कि कनिका घमण्डी है। बातचीत में बहुत मुलायम और तहजीबदार। पर रुख ऐसा था जैसे और सब बहुत फालतू के लोग हैं। अंग्रेजी भाषा पर अधिकार की वजह से वह शब्दों का ऐसा इस्तेमाल करती कि ऊपर से दंश दीखता नहीं और बात भी पहुँचा दी जाती। गुड्डो ने नौकरी ढूँढने के सिलसिले में अक्सर ऐसी भाषा सुनी थी। यहाँ कड़वी बातों को मीठे ढंग से कहने के कुछ मुहावरे-से ही बन गए लगते थे जैसे कि उस एम्लायमेन्ट एजेन्सी की सक्रेटरी की बात, ''साड़ी में आप बहुत सुन्दर दीखती हैं, पर यह काम करने की पोशाक नहीं है।'' गुड्डो ने सारी उम्र साड़ी में ही चौका-बर्तन करते माँ को देखा था। तब दफ्तरी काम क्यों नहीं हो सकता साड़ी में! यह आदत की बात है। लेकिन जिन लोगों से नौकरी लेनी है, उनसे खामख्वाह विवाद छेड़ने से क्या फायदा!

कनिका का घर भर में कोई विरोध करता है, तो राधिका। उसे कनिका की तानाशाही कतई मंजूर नहीं। वह एक खुली, आज़ाद और अबाध अमरीकी लड़की की तरह रहना चाहती है हिन्दुस्तानी परम्परा और रिवाजों की बातों से उसको जरा भी सरोकार नहीं है।

गुड्डो और गीता जब हवन-मत्रों को गाती हैं, तो राधिका के लिए वहाँ बैठना एक सजा से कम नहीं होता। जिन बातों का उसका रोजमर्रा की ज़िन्दगी से वास्ता नहीं, जिनका अर्थ तक वह नहीं समझती, उनको राधिका पर क्यों जबरदस्ती लादा जाता है? ममी-डैडी का मन रखने के लिए उसने गायत्री मन्त्र सीख भी लिया है, कुछ भजनों की एकाध पंक्तियाँ भी आ गई हैं, पर इस सबका मतलब क्या है! उसे अच्छी लगती है तो बस चटकीली-चमकीली हवन की लपटें, सामग्री डालने से जब वे भड़कती हैं, तो राधिका को इस खिलवाड़ में बहुत आनन्द आता है।

उसके ममी-डैडी इतने रूढ़िवादी क्यों हैं? क्यों नहीं वे उसे वह सब कुछ करने देते, जो वह करना चाहती है? दूसरी लड़कियों के माँ-बाप उन्हें इतनी छूट देते हैं। तब राधिका पर बेवजह पाबन्दी क्यों लगाई जाती है?

एक नया संसार गढ़ने लगती है राधिका। ...उसका नाम है सेली... नहीं, जैनी या लोरा शायद सबसे सुन्दर नाम है। उसके ममी-डैडी हैं मिस्टर एण्ड मिसेज जॉनसन।

एक बार उसने ममी-डैडी से कहा था, "मैं स्कूल में अपना नाम बदलकर लोरा रख लूँ?"

"यह सब कहाँ से सीखी तू?"

"नाम बदलने में ऐसा क्या है?"

तड़क से तमाचा पड़ा था जीजाजी का—"कोई बात समझ में आती है तुझे। नाम बदल लेगी तो बता तेरा हमसे रिश्ता ही क्या है। तुम्हारी मर्जी है तो बदल लो नाम, उसके बाद चमड़ी भी बदल लेना, पर आत्मा को कैसे बदलोगी?"

"लेकिन आत्मा तो यह पहले ही बदल चुकी है।" यह फिकरा गीता ने कहा था। जीजा को कहीं गहरे लगा यह फिकरा... शायद इसमें सच्चाई थी।

राधिका ने अपनी सहेलियों को अपना नाम लोरा बतलाना शुरू कर दिया था। जो राधिका नाम जानती थी, उनसे कहा कि वे अब उसे लोरा ही बुलाएँ। राधिका के साथ शॉपिंग करते हुए स्टोर में ही गीता को जब उसकी एक सहेली मिली तो उसने अपना परिचय देते हुए गीता को मिसेज जॉनसन नाम से सम्बोधित किया। गीता कहने वाली थी कि आपको गलतफहमी हुई कि राधिका उन्हें बीच में ही टोककर टूटी-फूटी हिन्दी में समझाने लगी—"ममी, वह तो मजाक में मैंने अपना नाम इन्हें लोरा जॉनसन बतला दिया था। करें क्या, आपके हिन्दुस्तानी नाम किसी की समझ में नहीं आते। मुझे सब बुलाते थे—रै...डि... खा। इट इज़ सो फनी, इजंट इट!"

अपने नाम का मुँह बिगाड़कर उच्चारण करती राधिका पर गीता को हँसी भी आई और उसका माथा भी ठनका। गुड्डो को लगता कि एक तरह से तो अच्छा है कि राधिका यहाँ की जिन्दगी में घुल-मिल गई है। आगे चलकर एडजस्ट करने में आसानी रहेगी, वरना राजू यहाँ की जिन्दगी और समाज से कितना कटा-कटा और अकेला है। राजू के

सबसे करीबी मिलने वाले गीता के बच्चे ही थे। वीक-एण्ड वगैरह पर वह अशोक से मिल लेता था। दोनों फुटबॉल खेल लेते। स्कूल के लड़कों से मिलना-जुलना-खेलना स्कूल तक ही था। गुड्डो को ध्यान आया था कि कहीं बेसमेन्ट की वजह से ही राजू दोस्तों को घर बुलाने से कतराता हो। पर राजू ने ऐसी सम्भावना से इनकार कर दिया था। शायद माँ के मन को चोट न पहुँचाना चाहता हो। इसलिए नौकरी मिलते ही पहला काम गुड्डो ने किया घर ढूँढने का। बड़ी बेटी अणिमा के इम्तहान दो-तीन महीनों में खत्म होने वाले थे। उसके लिए अमरीका आने का टिकट भेजना था।

नौकरी के कुछेक महीनों में ही गुड्डो ने तीन कमरों का एक अपार्टमेन्ट ले लिया। किराया तीन सौ डॉलर ही था। पाँच सौ डॉलर में उन्होंने घर का सारा-का-सारा फर्नीचर भी गुड्डो को बेच दिया था। सौदा बुरा नहीं था। फर्नीचर ठीक-ठाक था। ध्यान से देखो तो कुछ मैल या झिंरीट या एकाध दाग दिख जाते थे। दूर-दूर से देखने पर सही-सलामत लगता था। खिड़कियों पर गिरे परदे और फर्श पर बिछा वॉल-टु-वॉल कालीन ताजे धोये गए दिख रहे थे। पहली जुलाई से वह अपने मकान में चली जाएगी... सोचकर रोमांच हो आया था उसे। अब वह किसी को भी घर पर बुला सकती है...डॉ. जुनेजा को भी... न सही उनके जैसा महल, पर घर, इन्सानों के घर जैसा तो लगेगा वरना वहाँ रहते हुए तो लगने लगा था कि मानव योनि छोड़ किसी और योनि में रूपान्तरित हो गए हो। अब राजू के लिए अलग कमरा था, गुड्डो के लिए अलग। तीसरे कमरे को बैठक बनाया गया था। खाने की मेज़ रसोई में ही थी। कमरे छोटे थे, पर राजू-गुड्डो के लिए काफी थे। अणिमा भी आएगी तो चल जाएगा, वह राजू या गुड्डो—किसी के भी साथ कमरा शेयर कर लेगी।

पहले-पहल गुड्डो ने गीता और पिंकी के परिवारों को बुलाया था खाने पर। राधिका नहीं आई थी। गीता ने बताया उसने अपनी सहेलियों के साथ प्रोग्राम बनाया था। गीता मज़बूरी-सी महसूस कर रही थी। लगता था कि बहुत मिन्नतें की होंगी गीता ने उसकी। यूँ यहाँ न आने में ऐसी

बड़ी बात नहीं थी, पर गुड्डो को सहसा अहसास हुआ कि टीनेज की ऐसी समस्याएँ अणिमा-तनिमा को लेकर उसे नहीं झेलनी पड़ी। जैसे खेलते-खाते ही दोनों कॉलेज जाने की उम्र में पहुँच गई। हो सकता है गुड्डो ही अपने रोजमर्रा के कामों में उनसे बेखबर रही हो। लेकिन पति की मौत के बाद से तो वह बच्चों के बहुत करीब हो गई थी। उसकी दोनों बेटियाँ हर छोटी-बड़ी बात उससे शेयर करती थी। गुड्डो ने अपनी ही तरह की एक मजबूत नैतिकता में दोनों को ढाला था। बड़ी बेटी अणिमा तो पूरी तरह माँ से प्रभावित रहती थी। बहुत गहरा विश्वास था उसे माँ पर—उसके आचरण और त्याग पर। पिता के न होने पर माँ सब कुछ थी। घर और बाहर के हर काम में उसे माँ के दिशा-निर्देश पर भरोसा था। गुड्डो ने अपने तौर-तरीकों और विचारों को अणिमा के दिमाग में इस तरह से भर दिया था कि वे अणिमा के निजी विश्वास और विचार बन गए थे।

घर की समस्याओं में भी अणिमा हिस्सा बँटाने लग गई थी। गुड्डो के अमरीका आ जाने के बाद से अणिमा ने ही तनिमा का भी दायित्व अपने कन्धों पर लिया हुआ था। उम्र में चाहे दो ही साल बड़ी थी उससे, पर पूछताछ माँ-जैसी ही करती—"पैसे तो नहीं चाहिए? या माँ तो नहीं याद आ रही? अगले इतवार को आऊँगी तो साथ-साथ मूवी देखने चलेंगे।"

अणिमा लम्बी-लम्बी चिट्ठियों में गुड्डो को पूरे हाल लिखती है। "मम्मी, आप बिलकुल फिक्र न करना। सहेलियों के साथ मेरा होस्टल में खूब मन लगा हुआ है। तनिमा मेडिकल कॉलेज में भी अव्वल ही रहती है अपनी क्लास में। बाई द वे उसका एक दोस्त है वहाँ... शायद वह सीरियस भी है... वह खुद आपको लिखेगी।"

दोस्त लफ्ज गुड्डो को चौंकाता है। एक साथ कई भाव मन में उभरते हैं—बेटियों के लिए अनाम-से डर, अपने यौवन की भूली-सी याद. .. शिवोभवतम्... सब ठीक-ठाक हो जाए बस। मन-ही-मन दुआ देती गुड्डो राजू की ओर देखती है। कितना खुश होगी वह भी जब घर भर जाएगा अणिमा-तनिमा से! गुड्डो भूल गई कि कितना खीझती-झगड़ती

थीं दोनों बहनें आपस में! अब तो बस मिठास थी उसकी याद में। अणिमा-तनिमा के खतों में किसी खटपट का जिक्र नहीं मिलता। अचानक जैसे बड़ी हो गई थीं दोनों।

गुड्डो की आँखों के सामने अपने भरे-पूरे घर की सुबह का उजाला छा गया। रूपहली धूप की चिन्दियों से टँकी वह सुबह कितनी अपनी, कितनी पहचानी-सी थी। चिड़ियों की चहक ही उसके लिए सुबह का अलार्म था, उसके बाद दूधवाले की हाँक उसे पूरी तरह जगा देती। फिर तो बस आवाजों का ताँता लग जाता था—सड़क पर झाड़ू की सरसराहट, बुहारे जाते सूखे पत्तों की खड़-खड़, सड़क पर जाती साइकिल या रिक्शा की घण्टियों की टनटनाहट, सब्जीवाले और डबलरोटी वाले की भारी-सी आवाजें—''बीवीजी, सब्जी लेगी', या 'बीजी डबलरोटीवाला।' एकबारगी गुड्डो की सारी इन्द्रियाँ इन पहचानी आवाजों के लिए छटपटा उठीं।

कितनी सूनी लगती है उसे अब यहाँ की सुबहें। अपार्टमेन्ट के अन्दर खासकर परदे गिरे रहने से सुबह का पता नहीं चलता। रेडियो अलार्म के पॉप संगीत या तेजी से बोले जाते किसी विज्ञापन की आवाज़ से उठती है, तो बस काम पर जाने की हड़बड़ी मच जाती है—इधर चाय का पानी रखती है उबलने, उधर साथ ही टूथब्रश वगैरह शुरू कर देती है। बाहर सड़क पर तेजी से गुजर जाने वाली कारों, लॉरियों का भयानक शोर, पुल पर से गुजरती ट्रेन की नसों को तड़का देने वाली घड़घड़ाहट, जैसे सुबह के साथ बलात्कार किया जा रहा है।

सर्दियों की सुबह का तो उजाला भी सलेटी-सा होता है—बदलाया आसमान या बर्फ की गद से धुँधलाया। न कोई कच्ची ओस धुली दूब की महक, न ही हरियाली या फूलों की गीली खुशबू। सब कुछ एकदम कंक्रीट का। पक्की इमारतें, पक्की सड़कें, पक्के घर। किसी यहूदी डेलीकटासन ग्रासरी के पास से गुजर जाओ, कॉफी का भभका-सा लगता था। फास्ट फूड वाली जगहों पर सुबह के नाश्ते के लिए तले जाते अण्डों, सॉसेज, कद्दू कसकर भुने आलुओं और मक्खन लगे टोस्टों की चिकनी गन्ध हवा में मिली-जुली रहती थी। पटरियों पर जगह-जगह काले प्लास्टिक के कूड़े से भरे विराटाकार थैले जो सैनीटेशन डिपार्टमेन्ट के कूड़ा उठाने

वाले ट्रकों के इन्तजार में गिरते-पड़ते एक-दूसरे से सटे बदबू दौड़ते रहते हैं। सुबह-सुबह इन थैलों के ढूह का सामना करते ही गुड्डो को हिन्दुस्तानी शहरों की गन्दी-खुली नालियों की याद आ जाती है और वह अपने से कहती है कि हम साफ रहने का वैसा दम तो नहीं भरते। गंदे बदबूदार चीकटों में लिपटे बेघर अधपगलाये अध-इन्सानों की भयावह तसवीरें भी उसने इन्हीं पटरियों पर देखी हैं। इतनी सम्पन्नता और मानवता का दम भरने वाले इस देश की इमारतों के कदमों में भी ऐसी शर्मनाक इन्सानियत बसती है।

उस शाम शॉपिंग की वजह से वह मैनहैटन से देर से घर आ रही थी। राजू उसके साथ था। बहुत तेज सर्द हवाएँ चल रही थी। ओवरकोट पहनने पर भी जिस्म ठण्डा होने लगता था। रेडियो-टेलीविजन पर इन दिनों ठण्ड से बचने की चेतावनियाँ दी जा रही थी। राह में उसने देखा था दुकान के आगे पटरी पर चीथड़ों में लिपटा एक व्यक्ति पुराने-फटे कम्बलों का बिस्तर बिछाकर सोने की कोशिश कर रहा था।

राजू ने कहा–"ममी, इतनी ठण्ड में तो यह मर जाएगा। इसे घर ले चलो।"

गुड्डो को उस आदमी से बदबू और घिन-सी आई। पर वह राजू की उदारता में आड़े नहीं आना चाहती थी। बोली–"ले तो चलें, पर यह मानेगा नहीं।"

"बात करें! मैं पूछता हूँ इससे।" राजू ने अंग्रेजी में उससे पूछा, "क्या तुम्हारे पास घर है? हमारे साथ चलोगे?"

उस आदमी ने उसकी ओर देखा ही नहीं। शायद उसे यह भी सड़क पर जाते लोगों का आम शोर जैसा लगा हो। जवाब न पाकर राजू अपना सवाल दुहराने ही जा रहा था कि एक गुजरते आदमी ने इससे कहा–'डोन्ट ट्राई टु टॉक टु हिम। ही इज ट्रंक एण्ड मैड।"... और गुड्डो ने राजू को कन्धे से खींचकर जबरन दूर हटा लिया।..." अगर सच में पागल या शराबी है, तो कहीं मार-वार ही न बैठे। "रहने दे तू। यहाँ लेने-के-देने ही न पड़ जाएँ। वह कहते हैं न 'होम करते हाथ जलना!' बस, वैसे ही कुछ न हो जाए। चल-चल।"

गुड्डो राजू को कोट से खींचती सब-वे की ओर बढ़ चली। पर राजू अपने उद्गारों से अभी उबरा नहीं था।

"मम्मी, अगर इसी डर से लोग इन लोगों की मदद नहीं करेंगे कि कि कहीं शराबी, पागल न हो, तब तो बेचारे ऐसे ही मर नहीं जाएँगे?"

"देख, राजू! अपनी जान का खतरा लेकर परोपकार करने की कोई जरूरत नहीं। और हम तो खुद ही इतनी खस्ता हालत में हैं। मुश्किल से तो गुजारा होता है। हमसे उम्मीद ही नहीं की जानी चाहिए कि हम कुछ इनके लिए करें। जो यहाँ करोड़पति हैं, वे क्यों नहीं करते? जब हमारे पास भी ढेर सारा पैसा आ जाएगा तो कर देंगे कुछ।"

"मेरे सोशियोलॉजी के टीचर कहते हैं कि हर काम में कुछ-न-कुछ रिस्क होता है, किसी की मदद करने में भी। पर मम्मी, रिस्क लेने में क्या बुरा है?"

"अब तू ज्यादा महात्मा बनने की कोशिश मत कर। घर को भी देरी हो रही है। उसे आना तो है नहीं, तू फालतू में वक्त जाया करेगा। बड़ा मन करता है मदद करने का तो हिन्दुस्तान में तुझे हजारों ऐसे मिलेंगे। इससे बदतर ही।"

दिमाग के पिछवाड़े में डाल भुला दिया था गुड्डो ने पटरीवालों को। यूँ भी यहाँ के लोगों से उसका ऐसा रिश्ता जुड़ा ही नहीं था कि कोई गहरी सहानुभूति हो सके। घर के नौकर, महरी या धोबी के बीमार पड़ने पर उनकी मदद करना एक स्वभाव-सा ही बना हुआ था। यहाँ उसे किसी के प्रति जिम्मेदारी महसूस नहीं होती थी। वह जैसे यहाँ एक मेहमान थी। एक मकसद था आने का और उसी से सरोकार था उसका। इस देश के पटरीवालों की जिन्दगी उसकी निजी जिम्मेदारी नहीं है। दूसरे प्रवासियों की तरह वह भी यही सोचती थी कि कमा-धमाकर उसे वापस लौट जाना है। जब तक यहाँ मन लगता है और दम है, कमाती रहेगी। बच्चों की पढ़ाई-लिखाई, नौकरी-शादी का इन्तजाम हो जाय तो ढेर सारा पैसा ले जाकर शान से अपने चण्डीगढ़ वाले मकान में रहेगी।

पिंकी इस बात पर कह देती थी, "जब बच्चों को यहाँ नौकरियाँ मिल जाएगी तो आप अकेली हिन्दुस्तान में कैसे रहेंगी! सारे हिन्दुस्तानी

बस कहते ही हैं लौटने को। लौटता कोई नहीं। एक बार डॉलरों का चस्का लग जाता है, तो फिर और कहीं गुजारा नहीं होता।"

गुड्डो अभी ज्यादा सोच नहीं पाती। उसकी मंजिल अभी दूर है। वह कह देती, "अभी से इन बातों को सोच परेशान क्यों होऊँ? जहाँ वक्त की धार ले जाएगी, चल देंगे। इतना आगे का किसको क्या पता! मैं तो साल-दो साल का प्लान करके ही आगे बढ़ती हूँ।"

गुड्डो की इस प्लानिंग में वह और उसके तीन बच्चों के बाहर कुछ नहीं होता। इससे ज्यादा का बोझ अपने मौजूदा हालत में वह ढो भी नहीं सकती। गुड्डो यह बात महसूस भी करने लगी है कि यहाँ आकर वह बड़ी स्वार्थी होती जा रही है। चण्डीगढ़ में पड़ोसियों, स्कूलों के कुलीग वगैरह के दुःख-दर्दों में न चाहने पर भी शिरकत हो जाती थी। यहाँ किसी तरह का कमिटमेन्ट है ही नहीं। ज्यादातर हिन्दुस्तानी अपने फायदे और तरक्की के सिलसिले में ही बात करते हैं। सामाजिक या राजनीतिक स्तर पर किसी तरह की सक्रियता भी नहीं। न ही व्यक्तिगत रूप में वे अपने से कमज़ोर और ज़रूरतमन्द की मदद का बीड़ा उठाते हैं। इनमें से कुछेक भारत में अपने परिवारों को पैसा जरूर भेजते हैं—इसके आगे उनकी दुनिया का विस्तार नहीं होता। बस जी-जान लगाकर काम करना और उनसे अपने लिए नई-से-नई सुविधा जुटाना। सभी इसीलिए तो आते हैं इस देश में!... अपनी जात, अपने वर्ग, या समाज और परिवार के बन्धनों से, दायित्वों से निकल मुक्त जीवन जीने। गुड्डो का विधवापन भी तो वैसा दंश या सामाजिक दोष नहीं है। उसका रंगीन चटकीली साड़ी पहनकर और मेकअप करके निकलना किसी पड़ोसन के मन में ईर्ष्या और सन्देह तो नहीं जगाता।

पर दूसरी ओर इनकी बेजारी भी तो खलती है। इसलिए रोज नई फैशन, ज़्यादा चौंकाने वाले पहनावे, रेडियो, टेलीविजन, इश्तहार चौंकाकर सबका ध्यान खींचने पर आमादा रहते हैं। एशियाई देशों में रुचि की जड़ में भी शायद यही चौंकाने का भाव है। वहाँ के रूप, रंग और नमूनों को फैशन में इस्तेमाल कर या दूसरे कला-रूपों में मिलाकर नयापन खोजना, ताकि वह चौंका सके। नया ही बिकता भी है। सभी कोई नए के पीछे

पागल। नएपन के लिए नया खोजना सिर्फ आकारों को जन्म देता रहता है, तत्त्व गायब हो जाता है और लोग सतह के आकारों में ही उलझकर रह जाते हैं। जहाँ पहनावे और मेकअप से व्यक्तित्व का स्तर मापते हैं। गुड्डो तो पिछले साल के फैशनों के घिस-पिटकर सस्ते दामों पर उतर आने पर ही कपड़े खरीदती है। इसकी भी बिसात मुश्किल से ही बनती है। एकाउंटिंग क्लर्क की नौकरी तक शायद इसीलिए पहुँच पाई है। उसकी सुपरवाइजर उससे कम पढ़ी है, बी.ए. किया है लेकिन स्मार्ट, सुन्दर और बढ़िया कपड़े पहनती है—कीमती सूट और नए फैशन के कटे बाल। सुना है प्रमोशन होने वाली है उसकी। गुड्डो के मन में चुभन हाती है उसकी एम.ए., बी.टी. की कोई पूछ ही नहीं। उससे कहीं कम उम्र की लड़की उसकी बॉस है। पर गुड्डो को अब और भी बातें समझ में आ रही हैं। दो बातें बहुत जरूरी हैं यहाँ के समाज में तरक्की के लिए—पहला चुस्ती-चालाकी यानी कि जिसे स्मार्टनेस कहा जाता है, दूसरा सबको पीछे धकेल खुद को आगे बढ़ाने की एक अदम्य भूख यानी कि एग्रेसिवनेस। इस समाज में ये 'दो शब्द' गुण माने जाते हैं। जिसमें ये गुण नहीं उसे नौकरी पाने के लिए भी धक्के खाने पड़ते हैं और नौकरी पाकर भी।

तभी तो स्मार्ट और एग्रेसिव बनने की दौड़ में हर कोई शामिल होने की कोशिश कर रहा है। स्मार्ट बनने की कितनी दुकानें और स्कूल खुल गए हैं। दर्जनों किताबें इस विषय पर छपती हैं और ढेरों की तादाद में बिकती हैं। कुछ जो बेस्ट सेलर हैं। वे इस तरह की किताबें छापते हैं—'हाऊ टु टॉक', 'हाऊ टु ड्रेस', 'हाऊ टु मेक फ्रैंड्स'। हर फन को हासिल करने के लिए रोज नए से नए बने-बनाए फार्मूले। हर कोई दूसरे के फार्मूले को गलत ठहराकर अपना गुस्सा पेश कर देता है।

समाज और राजनीति में भी यही फार्मूले। मुक्ति और स्वतन्त्रता की जो बड़ी-बड़ी बातें बघारी जाती हैं, वे भी क्या नए फार्मूले गढ़ने और फिर उनमें बँध जाने की नहीं है? पहनावे, बोलचाल और व्यवहार तक तो पाबन्दियाँ हैं। पूँजीवाद की लगाम जिस तरह इस देश की हर हरकत, हर पहलू को कसे है, प्रजातन्त्र और स्वतन्त्रता का ढिंढोरा पीटते हुए भी क्या यह दूसरी तरह की रूढ़ियों में बँध जाना नहीं है?

मानवता का कर्णधार बनता हुआ हर अमरीकी न्यायाधीश की चौखट पर बड़े मसीहाई ढंग से पूछता है, "आपके हिन्दुस्तान में तो इस सदी में भी जात-पाँत का इतना बोलबाला है। इंसानियत का इस तरह का विभाजन कैसे सह लेते हैं आज के पढ़े-लिखे हिन्दुस्तानी?"

तब गुड्डो कहना चाहती है, "अगर जात-पाँत नहीं है, तो ऊँचाइयों पर बैठा हर अमरीकी एक ही जाति का क्यों है? क्या मैं कभी वास्प हो सकती हूँ?" वाइट-एंग्लो-सेक्सन, प्रोटेस्टेंट वास्प कहलाते हैं, यही शुरू-शुरू में यूरोप से आने वाले प्रवासी हैं जो राजनीतिक, आर्थिक और सामाजिक क्षेत्र में अब शिखर पर हैं।

यहाँ जाति का आधार है पैसा और जिस्म का रंग। यहाँ ब्राह्मण है वास्प, क्षत्रिय हैं यहूदी, वैश्य हैं एशियाई और शूद्र हैं काला।

इधर राजू मुझसे रूस के सम्बन्ध में तरह-तरह की शंकाएँ जाहिर करने लगा है। "ममी, मैंने सुना है कि वहाँ लागों को खाना नहीं मिलता। सारा पैसा न्यूक्लियर हथियार बनाने में लगा देते हैं। कोई इसके खिलाफ आवाज उठाए तो एकदम गोली मार देते हैं। बड़ा खतरनाक देश है।"

तो अमरीकी शिक्षा का असर राजू पर भी हो गया! यहाँ स्कूली उम्र से ही बच्चों को सिखा दिया जाता है कि एक राक्षस है समुद्र पार. .. उसका नाम है सोवियत रूस.. उस राक्षस से सिर्फ नफरत करनी चाहिए. .. उसके विनाश के लिए तैयार रहना चाहिए... क्या सचमुच में आज़ाद ख्याली है यहाँ... सरकार नहीं लगाम खींचेगी तो मल्टीनेशनल कम्पनियों के कर्णधार खीचेंगे। वे सरकार को ही दाँतों में भींचे रहेंगे। ब्रेनवाशिंग और क्या है?

हिन्दुस्तान में जहाँ गरीबी, रूढ़िवादिता, सामाजिक हस्तक्षेप और तर्कविहीन नैतिकता के भूत हैं, तो यहाँ घोर स्वार्थ, अतिभोगवादिता और अकेलेपन के भूत बसते हैं और यह भी करोड़ों की तादाद में।

स्वस्ति वाचन बोल रही है गुड्डो... स्वस्ति मित्रावरुणा स्वस्ति पथ्ये रेवति—मित्र और वरुण सुखमय हों... धन के मार्ग में कल्याण हो... ओ अखण्ड व्रत परमेश्वर हमारा कल्याण करो...। हवन में जलते देसी घी

की चिकनाई कमरे की हवा को नम और भारी-सा बना रही थी। राजू चुपचाप बेलाग-सा, जब पंडित कहता, आग में घी डालता चला जाता। राजू को किसी धर्म में आस्था नहीं... फिर यह अनुष्ठान क्यों...? प्रतिवाद क्यों नहीं किया उसने? क्या यह अनुष्ठान राजू, राधिका, कनिका, तनिमा, अशोक, अर्जुन—सबको हिन्दुस्तानी संस्कृति का वाहक बना देगा? और संस्कृति का मतलब क्या ये अनुष्ठान ही हैं? जो मूल है उसे क्या गुड्डो ने भी पाया है? या कि कामनाओं के यज्ञ में मूल का भी होम किया जा रहा है? इन अर्थहीन कर्मकाण्डों को ढोते-ढोते वे न हिन्दुस्तानी रह पाते हैं, न अमरीकी... एक जड़हीन हस्ती... हमेशा, बाहर का होने का एहसास।

अर्जुन चुप बेसरोकार-सा बैठा है। अणिमा, तनिमा, कनिका और अशोक भिनभिना-से रहे हैं हवन की किताब समाने रखे। राधिका इस सारे तमाशे की खिल्ली उड़ाने जैसी मुद्रा में बैठी देख रही है। एक सहेली भी साथ है जिससे आँख मिलते ही, आती हँसी को ऐसे दबा रही थी जैसे चलते हुए फव्वारे पर कोई एकाएक आग लगा दे। पिंकी आँखें बन्द कर अपने भीतर ही गुनगुना रही है कुछ। कमरे के कोने गुड्डो और गीता की मन्त्रपाठ करती जोशीली आवाजों से गूँज रहे हैं। एक कोने में गुड्डो का बचपन दुबका है।

आर्य-समाजी माँ-बाप के यहाँ हर इतवार की सुबह हवन होता था। एक मास्टर महेशजी आया करते थे। गुड्डो, गीता और गुड्डो का भाई अजीत उनसे वैदिक मन्त्र और भजन सीखते हैं। पिंकी तब पैदा भी नहीं हुई थी। मास्टर महेश बीजी के धर्मभाई बने हुए थे। बच्चों को सिखाकर वे जीजी से बातचीत करते, उनको भजन सुनाते और कभी सुनते भी जब तक मास्टर महेश रहते, बीजी बहुत शान्त, स्थिर-सी दीखती। उनके जाने के कुछ देर बाद ही कभी नौकर-महरी से गाली-गलौज शुरू कर देती या कभी बच्चों को ही सीख देते पीट देतीं। पिताजी को भी भला-बुरा कहती रहती थी। सब लड़कियों की शादियाँ हो जाने के बाद घर में गाली-गलौज के लिए भी पिताजी ही बच गए थे। बीजी को हर बात में शिकायत रहती थी उनसे... हर गलत चीज के लिए पिताजी ही जिम्मेदार

ठहराए जाते। माँ जितने घण्टे ध्यान-भजन करतीं, उतने ही घण्टे शिकायतें और गाली-गलौज। गुड्डो अक्सर बीजी-पिताजी के रिश्ते को लेकर सोचती ... क्या बीजी को शरीर-सुख कभी मिला होगा.. अगर मिला होता तो बीजी कष्ट और बीमारी को ही सेक्स के साथ क्यों जोड़ती... और वे मास्टर महेश जो माँ के धर्मभाई थे... वह क्या रिश्ता था? और वह गाली-गलौज! पर अब वह वर्जित क्षेत्र में प्रवेश कर रही है। माँ के बारे में तो ऐसा सोचना भी पाप है।

बाद में दिल्ली में बस जाने के बाद हवन कम होता। गुड्डो की तो शादी ही हो चुकी थी... बड़े-बड़े बच्चों के अपने कार्यक्रम। महेशजी साल में दो-एक बार आ जाते थे। बीजी उन्हें घर पर ठहरा लेती। जितने दिन रहते, रोज सुबह-शाम हवन होता और लम्बा हवन। वरना हवन अब भाइयों के जन्मदिन पर ही होते, मीठा हलवा, खीर और पूड़ी का प्रसाद आहुति में डलता। लड़कियों के जन्म पर हवन की मनाही थी। छूटपन में एक बार गुड्डो ने बीजी से अपने जन्मदिन पर हवन के लिए कहा था तो बोली थी, ''न! लड़कियों के जन्मदिन पर हवन करो तो लड़कियाँ ही पैदा होती हैं। आगे कम हैं लड़कियाँ जो और पैदा करनी हैं।''

गुड्डो को सारे संस्कार, नैतिकता और मूल्य इन्हीं हवन से मिलते थे। हवन के बाद पिता प्रार्थना करते सारे परिवार के लिए—हे प्रभो! इस यज्ञ से सबका कल्याण हो। सबकी कामनाएँ पूर्ण हों। सब शुभ कर्मों में लगे हुए सफलता प्राप्त करें। हमें ऐसा मानसिक बल दो प्रभो कि छल-कपट से दूर रह हम शुद्ध मन से अपनी इच्छाओं को फलीभूत करें। हमें ज्ञान दो, धन-धान्य दो और हम पर सुख और शान्ति की वर्षा करो।

गुड्डो यही तो कर रही है—अपने मानसिक बल को संजोकर धनधान्य और सुख की खोज। तब इसमें स्वार्थ कहाँ है? गुड्डो तो धर्मपालन ही कर रही है न! परिवार की कार्य-सिद्धि के लिए अगर कोई हाथ बँटा देता है, तो वह छल-कपट या दूसरों का इस्तेमाल करना तो नहीं हुआ? तब यह मन में शंका और दुविधा कैसी?

हवनकुण्ड में और लकड़ियाँ डालते हुए घी के एक साथ न पड़ने की वजह से सहसा धुएँ का एक तेज भभका उठा। हवनकुण्ड पर झुकी

गुड्डो की आँखों से धुएँ का कड़वा गुब्बार टकराया। गुड्डो को आँखों में जलन महसूस हुई। आँखें पनिया गईं। मिचमिचाती आँखों को खोलने की प्रक्रिया में जो चेहरा उसकी दृष्टि पर उतर रहा था वह उसे बहुत उदास, पीला और उजड़ा-सा लगा। यह तो अणिमा है... कैसी सूख गई है! शादी के तीन-चार सालों में ही मानो दस साल बड़ी हो गई हो। आँखों के नीचे काले गड्ढे-से दीख रहे हैं। चेहरे की खाल पर वैसी ताजगी चमक नहीं रही। जब यहाँ पहुँची थी तो कैसी फुदक रही थी। कैसे हुलस कर बता रही थी, "ममी, बहुत अजीब लगता था यह सोचकर कि अमरीका जा रही हूँ और अपने घर... सब पूछते थे कि घबराहट नहीं होती विदेश जाने में! मैं कहती थी कि मेरी तो ममी ही वहाँ हैं मैं कोई परदेश थोड़े ही जा रही हूँ...सच, इट वाज डबल एकसाईटमेंट और फिर यहाँ पढ़ने का मौका। साइन्स में हायर स्टडीज के लिए अमरीका से बेहतर जगह कौन-सी हो सकती है?"

न्यूयॉर्क यूनिवर्सिटी में दाखिला और स्कॉलरशिप सब पहले से ही हो चुका था। गुड्डो ही तो करती रही थी सारी भाग-दौड़। पहले एम. एस-सी. और फिर पी-एच.डी.। एम.एस-सी. दुबारा ज़रूर करनी पड़ रही थी, पर कुछेक विषयों की छूट मिल गई थी। अणिमा बेहद उत्साहित थी। अगले पाँच साल खूब मेहनत करके रसायन में पी-एच.डी. कर लेगी, फिर किसी इंडस्ट्री में नौकरी करेगी। अणिमा को लगता था, वह सच में किसी स्वर्ग में पहुँच गई है। उसे मैनहैटन की इमारतों के आकार बहुत दिलचस्प लगते। इतनी ऊँची इमारतें कि करीब से देखो तो इस इमारत का मजबूत आधार ही दिख पाता था। इतना शीशे का काम, पूरी की पूरी शीशे की इमारतें। कितनी खूबसूरत लगती हैं। हर इमारत की वास्तुकला में अपने ही किस्म की नवीनता। जैसे पूरी की पूरी इमारत आधुनिक बिस्कुटनुमा आकार की और शीर्ष पर गुम्बद। एम्पायर इस्टेट बिल्डिंग और क्राइस्लर बिल्डिंग के त्रिकोण शीर्ष रातभर बिजली के प्रकाश में दमकते रहते। दिनभर इमारतों के अन्दर भी तेज बिजली की रोशनी। अन्धेरा तो जैसे इस शहर ने देखा ही नहीं। रात भर रोशनी का खेल। इतनी तेज रोशनी कि शहर के आसमान के तारे भी उसकी सफेदी में

ओझल हो जाते हैं। अणिमा की यूनिवर्सिटी का माहौल एकदम खुला और स्वच्छन्द था। हर कोई अपने-आप से ही मोटिवेटिड, घण्टों लाइब्रेरी में काम करना, सोचना, सवाल पूछना। विषय चुनने की छूट, यहाँ तक कि प्रोफेसर चुनने की भी छूट। यूनिवर्सिटी के अलग-अलग डिपार्टमेन्ट अलग-अलग इमारतों में थे। बीच-बीच में बाज़ार, घर, रेस्तराँ गलियाँ, सड़कें थी जहाँ से आम ट्रैफिक गुजरता था—एक पूरी नगरी थी यूनिवर्सिटी की। मुख्य इमारत-समूह के बीचोंबीच पार्क था। शाम को इस पार्क में खूब रौनक होती। गिटार, अकार्डियन और ड्रम पर जाज़ संगीत बजाते विद्यार्थियों का एक ग्रुप और उनको घेरकर खड़े सैकड़ों लड़के-लड़ियाँ एक-दूसरे की कमर या कन्धों पर हाथ रखे, ढीले-ढाले टॉप और जींस में लहराते-मँडराते, कभी खोमचों से हॉट-डॉग खरीद कर खाते और टिन में स्ट्रा   डालकर सोडा पीते बहुत बेफिक्र लगते थे। यूनिवर्सिटी के बाजार में ढेरों कैफेटेरिया, कई तरह के देशों के भोजनों के रेस्तराँ, फैशनेबल कपड़ों के बुटीक, पेन्टिंग और स्कल्पचर की गैलरियाँ थीं। सभी कुछ तो था यहाँ जो एक छात्र का सपना हो सकता था। अणिमा को लैब की सुविधा थी, विशाल लाइब्रेरी और पढ़ने का वक्त सभी कुछ था और माँ के पास पहुँचकर मन भी बहुत चैन से था।

अणिमा के लिए सभी कुछ बहुत नया, आकर्षक और अजनबी था। उस दिन एक इश्तहार यूनिवर्सिटी के मेन ऑफिस में लगा था, जिस पर मोटे-मोटे अक्षरों में छपा था—'गे और लेस्बियन छात्रों की मीटिंग मंगलवार शाम छह बजे।''

उसे किसी ने बताया था कि इस यूनिवर्सिटी के आसपास के इलाके में ज्यादातर न्यूयॉर्क के होमो सेक्सुअल बसते हैं। सड़कों पर पैदल घूमते हुए किसी ने इशारा किया था कि फलाँ गे-बार है। उसकी क्लास में भी एक इटालियन लड़का था—डेनिस, जिसके हाव-भाव अणिमा को बड़े अजीब-से लगते—थोड़ा हाथ मटकाकर और जिस्म को झटकाकर बात करने का औरताना-सा ढंग। सिवा इसके वह लड़का बहुत ही समझदार, शालीन और बातचीत में बहुत दिलचस्प था। उसे हिन्दुस्तानी खाने में भी बहुत चीजें पसन्द थीं और वह उनके मसालों की खासियत के बारे में अणिमा

से सवाल पूछता रहता। डेनिस की दोस्ती पूरी क्लास में बस एक और लड़के से थी, जिसका नाम मार्क था। यह लड़का दाढ़ी-मूँछ रखता था, आँखों पर चश्मा लगाता था। और लोगों से फर्क किस्म के ढीले-ढाले सूती या खुरदरी ऊन के कपड़े पहनता था। डेनिस और मार्क शायद कमरा शेयर करते थे। अणिमा अक्सर उनको क्लास के बाहर भी होस्टल की तरफ इकट्ठा जाते हुए देखती। अणिमा सोचती—शायद इन दोनों का कोई रिश्ता हो ही। क्लास के दूसरे लोगों को भी ऐसा शक था, पर खुले तौर से कभी कोई ऐसी बात नहीं करता था। डेनिस-मार्क से भी सबकी हलो-हलो होती। कोई किसी को कुछ जानने का एहसास नहीं देता था। पर अन्दर ही अन्दर तनाव का एक सूत्र जरूर था जैसे कि डेनिस या मार्क के बारे में बात करते हुए एक अवज्ञा का भाव बोलने वाले की जुबान में महसूस होता। खैर, वे दोनों भी ज्यादातर क्लास से अलग-थलग ही रहते थे और क्लास में एक ग्रुप थोड़े न था। कितने ही छोटे-छोटे झुण्ड या जोड़े या एकाकी इकाइयाँ थीं। अणिमा भी अलग-अलग गुटों से जुड़ती और फिर अकेली इकाई रह जाती। अभी उसे अपनी जगह बनानी है।

भारत में भी उसने जब गे लोगों के बारे में सुना था तो सोचती कि कैसे होते होंगे ये लोग। डेनिस और मार्क दोनों ही बातचीत में प्रबुद्ध लड़के थे... और अच्छे लड़कों जैसे। बल्कि बड़ी दोस्ताना बातें होती थीं उनसे। तो फिर यह सब्लीमेशन नहीं होता—अणिमा सोच रही थी। उतनी ही सहज अनुभूति जैसे उसकी किसी पुरुष के प्रति हो सकती थी। उसे भी आकर्षण हुआ था होस्टल में एक गोरी, गुलगुली-सी लड़की के प्रति। उससे एक साल जूनियर थी। दो-तीन रातें वे एक साथ सोई थी। पर सिर्फ जिस्म से जिस्म सटाकर एक-दूसरे की गर्माई लेती रही थी। उसने इसे दमित इच्छाओं का एक निकास ही माना था। अणिमा का सहज आकर्षण तो लड़कों के प्रति ही था। पर पढ़ाई खत्म करने से पहले यह किसी तरह के जिस्मानी रिश्ते में आबद्ध नहीं होना चाहती थी... उसके डर, सुख से कहीं ज्यादा दिखते थे। माँ से ही सीखा था उसने अपनी जिस्मानी ज़रूरतों को नकारना। यूँ भी अपने को एक ही बार समर्पित करना चाहती थी... एक उसको... जिसे उम्रभर प्यार दिया जा सके। बचपन

से ही वह को-एड स्कूलों में पढ़ती रही, इसलिए पुरुषों से बेझिझक बातचीत उसका स्वभाव था, पर छोटी-मोटी चुस्त करारी बातों के अलावा कुछ सम्भावना भी होती तो वह वहीं रिश्ता दबोच देती थी। अब इतना मुक्त माहौल था, पर अणिमा को मालूम था कि वह वही है, जो चण्डीगढ़ में थी।

रंग-बिरंगे कढ़ाई वाले कुरते-पाजामें में सजी अणिमा को देख कोई मुसकराकर कह देता–'ओह! हाऊ ब्यूटीफुल!' तो अणिमा मुसकरा देती। निर्दोष-सा लगता उसे यह कम्प्लीमेन्ट। चण्डीगढ़ में कोई लड़का छेड़ता तो वह त्योरियाँ चढ़ा लेती थीं।

अणिमा अण्डरग्राउण्ड ट्रेन और यूनिवर्सिटी के बाथरूम की दीवारों पर जब भी लाल, नीले, हरे, काले रंगों में चित्रकारी या ग्राफिती के वाक्याँश देखती तो अनायास ही उन्हें पढ़ने लग जाती। कुछेक वाक्यांश में अणिमा ने महसूस किया कि यहाँ के युवा-वर्ग के राजनीतिक, सामाजिक और सेक्स सम्बन्धी ख़यालातों को यह ग्राफिती बड़े दिलचस्प ढंग से पेश करती थी। लेडीज रूप में उसको एक ग्राफिती पढ़कर बहुत मजा आया था, क्योंकि उसमें भारत का भी जिक्र था। "इस बढ़ती आबादी वाले संसार में होमो सेक्सुएलिटी एक सही राजनीतिक चुनाव है।" किसी और ने उसमें जोड़ा था–"यह बात भारत जैसे देश के लिए सच हो सकती है। पर यदि आप सच में होमो सेक्सुअल हैं, तो उसकी पैरवी का यह सही तरीका नहीं है, यह तो आपको शर्म छिपाने का बहाना है। आपका सवाल फर्क होना चाहिए। अगर आपसे कोई पूछे कि आप होमो सेक्सुअल क्यों हैं, तो आपका जवाब होना चाहिए कि आप हीटरो सेक्सुअल क्यों हैं?"

अणिमा ने महसूस किया इस समाज के होमो सेक्सुअल एक नॉर्मल जिन्दगी की तलाश में हैं। उसे क्लास के सन्दर्भ में डेनिस और मार्क का ध्यान आया–क्या सच में उन्हें नॉर्मल जिन्दगी मिल सकती है या कि यह भी जैसे कि हिन्दुस्तान में हिजड़ों का अपना अलग संसार है, वैसा ही अलग संसार ब़नाने को मजबूर हो जाएँगे। लड़ाई अभी जारी है। सरकारें अधिकार दे भी दें... क्या समाज और परिवार इसको नॉर्मल कहकर स्वीकार कर लेगा?... असली स्वीकृति तो तभी है, जब समाज

की इकाई इसे माने। वर्ना कानूनी स्वीकृति तो हरिजनों को भी है भारत में, पर कितने लोग सच में उनके साथ एक ही थाली में खा सकते हैं?

अणिमा सोच रही थी कि क्या यह ग्राफिती कुछ लड़कियाँ एक साथ मिलकर लिखती होंगी या कि किसी एक वक्त में लिखे एक वाक्य में अलग-अलग लड़कियों ने अपने-अपने वक्त पर वाक्य जोड़े हैं, क्योंकि एक ही बात पर अलग-अलग लिखावटों में लिखे ये नजरिए थे। अब वह साठवें दशक वाला अमीरी और सत्ता-विद्रोही युवकों का युग खत्म हो चुका था। गरीबी, बेकारी और प्रवासियों की भरमार ने यहाँ के सचेत युवक को बड़ा कंजरवेटिव बना दिया था। ज्यादा युवक-युवतियाँ पढ़-लिखकर अच्छा कैरियर बनाना चाहते थे। हर विषय को लेकर 'जॉब अपॉरच्युनिटीज' के सवाल उठाए जाते। जिस विषय से जुड़ी 'जॉब अपॉरच्युनिटीज' सर्वे के दौरान सबसे ज्यादा होती, उसी विषय को पढ़ने वाले भी बहुसंख्य हो जाते। 'कम्प्यूटर साइंस' और 'मास्टर ऑफ बिजनेस एडमिनिस्ट्रेशन' की क्लासों में सबसे ज्यादा भीड़ थी। नौकरियों की दिन पर दिन कमी और लगातार नए प्रवासियों के आगमन ने कहीं-कहीं इस युवा वर्ग को अमरीका की इस प्रवासी स्वागत नीति के खिलाफ भी कर दिया था। व्यक्तिगत रूप में वे हर एशियाई से दोस्त के रूप में पेश आते थे, पर प्रवासियों के पूरे समाज के प्रति उनमें विद्रोह का भाव था। उन्हें लगता उनकी नौकरियाँ, उनके हक छिन रहे हैं। कोई संगठित विद्रोह जैसी बात नहीं थी, पर इस तरह का अनुदार नजरिया तो अकसर महसूस हो ही जाता था, तभी तो इस देश का उदारवादी दल भी कमज़ोर पड़ रहा था। अणिमा के आने के दो साल बाद ही सन् '80 के चुनावों में रिपब्लिकन नेता की इतनी भारी जीत हुई थी कि लगता था लोग उदारवाद से एकदम आजीज आ गए हैं। पर उदारवादी रूख की चिनगारियाँ अभी भी ढेरों युवकों में थी। एक ग्राफिती में उसने पढ़ा था—"रेगन और रिपब्लिकन पार्टी पूँजीवादी सूअर हैं।" दूसरी लिखावट थी—"यह रेगन की सही परिभाषा है।" तीसरे ने जोड़ा था—"मैं तो सोचती हूँ कि रेगन की जगह मिकी मॉउस प्रेसिडेंट की कुर्सी पर बैठता तो ज्यादा अच्छा रहता।" चौथी लिखावट थी—"फर्क क्या है मिकी मॉउस और रेगन में?" पाँचवें ने लिखा

था—"थोड़ा-सा फर्क है और वह यह है कि मिकी मॉउस हार्मलेस हैं।" खूब हँसी थी अणिमा। उसे यूनिवर्सिटी का सारा माहौल बड़ा 'स्टिमूलेटिंग' लग रहा था।

बातचीत के दौरान कोई जिज्ञासा करता—"क्या तुम हिन्दू हो?" तो अणिमा को अजीब-सा लगता। एक हिन्दू के रूप में उसने खुद को कभी महसूस करके नहीं देखा था, वह धार्मिक है भी नहीं। सिर्फ जब स्कूल-कॉलेज के फार्म भरने होते थे तभी हिन्दू शब्द का इस्तेमाल किया होगा। पर बाहर के देश कितने अलग तरह से देखते हैं। हिन्दू बहुसंख्यक हैं और मुस्लिम, सिख, ईसाई अल्पसंख्यक। अणिमा को अजीब लगता है इस देश में आकर। वह भी माइनॉरिटी में गिनी जाने लगी है। मन में कचोट-सी हुई...वह मेन स्ट्रीम में कभी नहीं होगी। हमेशा भिन्न होने का एहसास, किन्तु इस दौरान फिर वह कुछ हिन्दुस्तानी छात्रों से भी मिली। एशियाई छात्रों ने अपना एक एसोसिएशन बनाया हुआ था। वे साल में दो बार संगीत-नृत्य के कार्यक्रम पेश करते। इसी बहाने उनकी मीटिंग चलती रहती थी। एक बंगलादेशी लड़की नज़मा अजीज़ अणिमा को बहुत मेधावी और आकर्षक लगती थी। लम्बी, दुबली, कटावदार देह, साँवला मोहक कॉम्पलेक्शन, बाल बुद्ध की मूर्ति जैसे सिर के बीचोंबीच जूड़े में बँधे, जिन पर वह चाँदी के मनके लगे पिंन खोंस लेती। कलफ लगी करारी ढकई साड़ी में बहुत अभिजात-सी लगती थी। बोलचाल में ऑक्सफोर्ड की अंग्रेजी का लहजा। उम्र में वह अणिमा से अठारह-बीस साल बड़ी होगी।

बहुत जल्दी खुल गई थी वह अणिमा से—तुम नहीं समझोगी चालीस वर्ष की तलाकशुदा औरत की उघड़ी, अकेली जिन्दगी। हम शादीशुदा लोगों से दोस्ती करें तो बीवियाँ घबराने लगती हैं। तुम जैसी कम उम्र की लड़कियाँ जैसे ही हममें कम रुचि रखती हैं। अब उतने जवान तो रहे नहीं कि जवान दिलचस्पी लें। कोई अधेड़ या बूढ़ा रुचि ले भी तो ज़रूरी नहीं कि मैं उसको सुख दे सकूँ। बस, अपने पास तो रह जाता है एक बेचैन सिसकता या कभी हाहाकार करता अकेलापन।

कुछ ही देर में पूरा इतिहास जान लिया है अणिमा ने। भारतीय

सिविल सर्विस के उच्चाधिकारी की बेटी। पढ़ाई ज्यादातर लन्दन में—हाव-भाव और व्यवहार में कलकत्ता के अंग्रेजी-दा समाज की महक। अणिमा खुद को उसके सामने बहुत अदना, बड़ा मध्यवर्गीय महसूस करती थी। एक देश के होते हुए भी दोनों के माहौल, समाज और परवरिश में कितना फर्क था।

नज़मा एक कॉलेज में अंग्रेजी साहित्य पढ़ती है और यूनिवर्सिटी में रिसर्च कर रही है—रेनेसां साहित्य पर। कैम्पस में ही एक स्टुडियो (एक कमरे के अपार्टमेन्ट) में रहती है। बहुत सुरुचि से सजी है यह छोटी-सी जगह। सिल्क के एंटीक ईरानी कालीन फर्श पर बिछे, शेल्फ पर बुद्ध की मूर्ति और अंग्रेजी साहित्य और दर्शन की किताबें। कमरे का सारा फर्नीचर महागनी लकड़ी का था। सोफा बेज रंग का जो रात को बिस्तर में तबदील हो जाता था। रसोई की ओर वाले कोने में खाने की महागनी लकड़ी की ही मेज और दो कुर्सियाँ। जरूरत का सामान भरा होने से कमरे का भरापन खलता नहीं था। लगता था बहुत सुघड़ता से स्पेस का इस्तेमाल किया गया है। एक अमरीकी युवक से शादी की थी उसने। उन्नीस बरस की थी तब वह। पिता उन दिनों पेरिस में भारत के राजदूत पद पर थे। सोरबोन में पढ़ती थी वह। पति आर्कीटेक्ट। दोनों को एशियाई देश घूमने का शौक था—इण्डोनेशिया, जापान, हांगकांग और फिर न्यूयॉर्क। बहुत कुछ पाया नज़मा ने। पर जाने क्या था उस रिश्ते में कि खोने का एक एहसास हमेशा बना रहता। सैलानियों जैसी उस जिन्दगी में जॉन का साथ छूट जाने का डर बार-बार बना रहता।

"जॉन, क्या सचमुच प्यार करते हो मुझे?"

"तुम हर वक्त यही सवाल क्यों करती हो, विश्वास नहीं मुझ पर?"

"विश्वास है। पर उससे भी बड़ा डर है तुम्हें खो देने का।"

"नज़मा, अगर कभी ऐसा वक्त आया कि हमें लगने लगे कि एक-दूसरे से ऊब गए हैं या एक-दूसरे का साथ देकर थक गए हैं, तो क्या हमें अलग ही नहीं हो जाना चाहिए?"

नज़मा के डर और भी बढ़ जाते। वह जॉन को किसी लड़की से बात करते देखकर भी पैनिक करने लगती। दोनों के नजरिए बहुत फर्क

थे। नज़मा हर हालत में एक स्थायी रिश्ता बनाए रखना चाहती थी। जॉन के अनुसार जो रिश्ते अनायास बनें या टिकें, उन्हें तोड़ ही देना बेहतर है।

फिर एक मध्यवर्गीय तेज-तर्रार बंगाली लड़की ने ही जॉन को उससे छीन लिया था। शादी तो कलकत्ता में मुस्लिम रिवाज से ही हुई थी। तलाक में भी ठगी गई। मुस्लिम तरीके से ही तलाक-तलाक कहकर उसे तज दिया गया था। नज़मा किसी तरह के अधिकार के लिए लड़ भी नहीं सकी। सन्तान कोई थी नहीं। अजनबी देश के कानून से लड़ने की ताकत भी नहीं थी। न अपने अधिकारों का ही ठीक से अता-पता था। पिता ने सलाह दी, वहाँ रहकर अपनी पढ़ाई पूरी करे। मेधावी वह थी ही। अंग्रेजी उसकी अपनी जुबान थी।

उसके माता-पिता विभाजन के बाद तो भारत में ही रहे थे, पर रिटायर होने के बाद बंगलादेश जाकर बस गए। वह खुद अमरीकी नागरिक है। बंगलादेश में परिवार के अलावा कोई नहीं। कलकत्ता में कुछेक मित्र हैं, परिवार नहीं। यहाँ पहले पति था, अब अकेली... बस, खुद ही है।

दरवाजे की घण्टी बजती है। एक ऊँचे कद का अधेड़ अंग्रेज अन्दर आता है। हाथ में छोटा-सा सूटकेस है। नज़मा परिचय कराती है—

"यह है मेरे बहुत अच्छे दोस्त एड्र्यू विल्सन। लन्दन में हैं।"

"अभी आप लन्दन से आ रहे हैं?"

"जी हाँ, सीधे एयरपोर्ट से।"

नज़मा ने साथ ही जोड़ दिया, "एक कांफ्रेंस के लिए आए हैं। यह आते ही रहते हैं किसी-न-किसी कांफ्रेंस के लिए।"

नज़मा का व्यवहार बड़ा संयत, शालीन और आत्मविश्वास से भरा था। अणिमा को अच्छा लग रहा था। पर मन के सन्देह वैसे ही काम कर रहे थे। ऐसे सन्देह किसी भी मध्यवर्गीय समाज के लिए बड़े सहज थे।

यह जरूर इसका ब्यॉय फ्रेंड होगा, वरना एयरपोर्ट से सीधे इसके पास ठहरने क्यों आया? नज़मा ने पहले उसे बताया क्यों नहीं कि कोई आने वाला है। या उसे अन्दाजा नहीं था कि मैं इतनी देर तक बैठी रहूँगी।

वह उठती हुई बोली, "मैं चलती हूँ, तुम अपने मेहमान की देखभाल करो।"

"ऐसे कोई मेहमान नहीं कि तुम्हें भगा दूँ। खाना खाकर जाना।"

नज़मा ने बहुत गर्माई से उसका हाथ पकड़कर बैठा दिया। अजीब लग रहा था अणिमा को। कितनी सहज है नज़मा उस पुरुष के साथ। ऐसे और भी पुरुष उसके पास ठहरते होंगे—उस अनप्रोटेक्टेड होने वाली बात से क्या मतलब था? पर ये रिश्ते तो अस्थायी होंगे। सुरक्षित होने का आश्वासन क्या विवाह दे सकता है? पर नज़मा को वह विवाह से भी कहाँ मिला था।

नज़मा ने जो बहुत-सी बातें कहीं, अणिमा को उनसे कुछ नए आयाम मिले—नज़मा-जॉन के रिश्ते के। दोष जॉन का ही नहीं रहा होगा। यूँ इस टूटने में दोष वाली बात तो रहती भी नहीं। सिर्फ दो बहुत अच्छे लोगों का भी एक साथ न रह पाना रिश्ते की ही मजबूरी बन जाती है। नज़मा ने उसे बताया, "जॉन शायद बँधी-बँधाई जिन्दगी में खुश था। मैं ही कुछ और, कुछ ज्यादा अपेक्षाएँ करती रही और हमेशा असन्तुष्ट रही। हमेशा कुछ और पाने के लिए बेचैन, शिकायतें करती, खीझती। जॉन के बस का नहीं था यह। तभी वह उस मिडिल क्लास बंगालन के साथ खुश है।"

नज़मा ने उस शाम इटैलियन खाना तैयार किया था। चीज के साथ फतुचीनी पहले कोर्स में, इसके बाद चिकन पारमिजियाना और सलाद। बड़ी एहतियात से पकाया और सर्व किया गया था सारा खाना। खाने पर ज्यादा बातें यूरोपीय देशों की संस्कृति और न्यूयॉर्क के कल्चर के प्रति तीव्र प्रेम या तीव्र घृणा जाहिर करने से जुड़ी थी। अणिमा का ज्ञान अभी यहाँ के रहन-सहन के बारे में अपेक्षाकृत कम था, इसलिए वह ज्यादा देर बातें सुनती ही रही।

प्रोफेसर विल्सन कह रहा था, "न्यूयॉर्क मुझे दुनिया का सबसे बदसूरत शहर लगता है। सारी की सारी इमारतें ऐसी-ऐसी बेढब और वर्ण-संकर...अब अगर आधुनिक इमारत बनी है, तो ऊपर गुम्बज चिपकाने का क्या मतलब है.. या फिर आधुनिक इमारतों पर बारीक पच्चीकारी

मुझे तो एकदम कुरूप लगती है। लेकिन फिर भी न्यूयॉर्क का सांस्कृतिक जीवन मुझे खींचता है। कला प्रदर्शनियाँ, ओपेरा, बैले ऑफ ब्राडवे थियेटर और संगीत कॉन्सर्ट मुझे बहुत पसन्द हैं।''

नज़मा ने कहा था, ''पर यहाँ के सांस्कृतिक जीवन में बनिया मनोवृत्ति घर कर गई है। कौन कितना बिकता है, यही कला की श्रेष्ठता की कसौटी बन जाता है। आप ज्यादा बिकते हैं तो आप उतने ही ज्यादा महान कलाकार हैं। इसलिए होड़ कला को श्रेष्ठतर करने की नहीं, बिक्री में बाजी मार ले जाने की होती है।

नज़मा खुद अंग्रेजी में कविताएँ लिखती थी और उनकी बिक्री में मात भी खा चुकी थी। संघर्ष जारी था।

नज़मा बहुत अरसे से रह रही थी न्यूयॉर्क में। उसकी खूब जान-पहचान थी। नज़मा के यहाँ वह अलग-अलग क्षेत्रों में काम करने वाले बहुत से हिन्दुस्तानियों से मिली। भारतीय कौन्सलेट में काम करने वाले अफसर, साठवें दशक में पढ़ने के लिए आए और फिर यहीं बस जाने वाले भारतीय कलाकार। कई जाने-पहचाने नामों वाली भारतीय नर्तकियाँ भी जब शास्त्रीय नृत्यों के प्रदर्शन देती तो अणिमा के लिए वे क्षण असीम सुख के होते, जबकि इनके लिए भरे हॉल कम ही होते हैं। हॉल छोटे लिए जाते, वे भी अकसर भरते नहीं। पर कहीं कोई फिल्मी कलाकार और गायक आते तो शहर का सबसे बड़ा हॉल रिजर्व किया जाता। न्यूयॉर्क में हिन्दुस्तानी इतने थे कि टिकटें ब्लैक में बिकतीं। नज़मा तो पश्चिमी शास्त्रीय संगीत कॉन्सर्ट में भी जाती थी। वह कहती, ''अगर मेरा कोई बच्चा होता तो मैं उसे वहाँ का शास्त्रीय संगीत जरूर सिखलाती। पश्चिमी संगीत की परम्परा बहुत पुरानी और सम्पन्न है। हम हिन्दुस्तानी उसमें पैठने और उसकी बारीकियों को समझने के लिए कतई जिज्ञासु नहीं होते। यहाँ कई अमरीकी हैं, जो भारत जाकर वहाँ का शास्त्रीय संगीत सीखते हैं, उसकी साधना करते हैं पर हममें से कितने हिन्दुस्तानी हैं, जो यहाँ रहकर भी उसे जानने-समझने की कोशिश करते हैं। हम लोग तो विज्ञान पढ़ते हैं, कम्प्यूटर पढ़ते हैं ताकि अच्छा कमा सकें, भौतिक स्तर, कल्चरल सुपीरियॉरिटी का ढिंढोरा पीटते रहें।

ढिंढोरा तो नज़मा खुद भी पीटती है। प्रोफेसर विल्सन से भी झड़प पड़ी थी किसी बात पर। उसने कह दिया था, "देखो एड्रयू, तुम लोग एक डिसिप्लिन पढ़ते हो, फिर उसकी गहराई में जाने की कोशिश करते हो पर उससे हटकर तुम्हारा ज्ञान कुछ नहीं होता। अब इस्लाम धर्म की जो गहरी बातें उस धर्म को पढ़ने के साथ-साथ उसे जीकर मैंने सीखी है, वे तुम कितने साल लगे रहो, नहीं कर पाओगे। मैं कुरान को हृदय और बुद्धि दोनों स्तरों पर ग्रहण करती हूँ और उस समाज का हिस्सा हूँ, जो आज भी इसे जी रहा है। तुम उसकी सारी डायमेंशंस में उसे नहीं समझ सकते, सिर्फ बौद्धिक स्तर पर विश्लेषित कर सकते हो।"

अणिमा को मालूम था कि नज़मा तलाक के दंश से अभी मुक्त नहीं हुई, पर अणिमा ने महसूस किया कि नज़मा में एक सुपीरियॉरिटी का भाव भी है। फिर भी वह उसके आत्मविश्वास से प्रभावित है। अणिमा और नज़मा की बातचीत जमती रहती। एक बार यूनिवर्सिटी कैफेटेरिया में बैठी वह अपने नौकरी पाने के सारे संघर्ष की कहानी सुना रही थी। इस देश का नागरिक होने के नाते अधिकारों का एहसास भी उसमें था। वह कहती थी, "मैं तो हूँ यहाँ की नागरिक। सो मुझे ये ऐसे-वैसे ट्रीट नहीं कर सकते। अंग्रेजी मेरी इनसे बेहतर है। इसके अलावा बंगला और हिन्दी मुझे वैसे ही आती हैं, मैं तो लड़ पड़ती हूँ अगर कोई अमरीकी जरा-सा भी अपना रौब दिखावे तो।

इस कॉलेज की नौकरी के लिए भी इण्टरव्यू से पहले सब इसी तरह का शक मन में डाल रहे थे—एशियाई महिला और अंग्रेजी पढ़ाए अमरीकनों को। पर मेरे क्रेडेंशियल सबसे बढ़िया थे। इनका खेल इन्हीं के पत्तों से खेलो, तब मिलती है सफलता।

अणिमा को अक्सर नज़मा के आत्मप्रशंसा भरे आत्मालाप सुनने को मिलते। अणिमा को थकान-सी होती इन आत्मलापों के दौरान। बहुत अकेली थी नज़मा। बाहर से जितना आकर्षक व्यक्तित्व लगता था, भीतर से उतनी ही खोखली और वीरान थी। अकेलेपन और असुरक्षा के घुन उसे अन्दर ही अन्दर खा रहे थे।

इस समाज का सरवाइवल का तरीका भी यही था। अपनी हिफाजत

के लिए आत्मप्रशंसा और आत्मरति की ऊँची चारदीवारी। अणिमा जिस भी हिन्दुस्तानी से मिलती, थोड़ी ही देर में वह बता देता कि वह कितना सफल व्यक्ति है... कमाई, ओहदा—सभी का खुलासा दे देता। छोटे-से-छोटे पद पर काम करने वाला भी अपने पद को अहम बताता। अगर बिजनेस होता तो बात करोड़ों तक पहुँचाई जाती। कोई नहीं कहता कि उसने नौकरी के लिए अर्जी दी है, बल्कि यह कि नौकरी उन्हें ऑफर हुई भी। अणिमा उलटे अपने बारे में सही बात कहने से भी इसलिए कतराती थी कि वह 'मुँह मियाँ मिट्ठू' जैसी न लगे। यूँ भी उसे विश्वास था कि इन्सान के सच्चे गुण मौके पर खुद ही जाहिर हो जाते हैं।

साल देखते-ही-देखते निकल गया। क्लासें, पढ़ाई, लैब, इम्तहान, नज़मा, जैक, सुज़न। अणिमा के लिए सबसे नायाब चीज़ हो गई थी फुरसत। गर्मी की छुट्टियों में भी उसने पढ़ने के कोर्स लिए थे, साथ ही ट्यूशन भी पढ़ा रही थी।

गुड्डो को अब दूसरी ही फिक्रें सताने लग गई थी। वह अणिमा के पढ़ाई खत्म करने तक उसकी शादी नहीं रोकना चाहती थी। कम-से-कम चार और सालों में तो छब्बीस की हो चुकी होगी अणिमा। ज्यादा-से-ज्यादा तेईस बरस तक तो शादी कर ही देनी चाहिए। वह खुद तो बीस की ही थी, जब शादी हुई ज्यादा देर कर दो तो अच्छे वर नहीं मिलते।

गुड्डो ने लोकल हिन्दुस्तानी अखबारों में लड़कों के इश्तहार ध्यान से पढ़ने शुरू किए—ब्राह्मण लड़का, फोर-फिगर सैलरी, और जरूरत है सुन्दर घरेलू लड़की की या डॉक्टर लड़का, उम्र तैंतीस बरस, जाति जो भी हो, लड़की डॉक्टर होनी चाहिए—गुड्डो ने खुद भी इश्तहार निकलवाया।

अणिमा शादी का विरोध कर रही थी। वह पढ़ाई खत्म करके ही शादी के झंझट में पड़ना चाहती थी। यूनिवर्सिटी में आए दिन वह नए लोगों से मिल रही थी। फुरसत होती तो क्लास के बाद कहीं कॉफी पीने बैठ जाती—जैक, सुजन, नज़मा, अरविन्द के साथ!

"सुजन कहती थी—'आय एम नॉट द मैरिइंग काइंड'?"

"क्या मतलब तुम्हारा? तुम शादी करोगी ही नहीं?" अणिमा पूछती।

"नहीं!"

"तो फिर क्या करोगी?"

"कुछ भी!"

"कुछ क्या? शादी नहीं की तो बस स्पिनस्टर रह जाओगी।"

"शेम! तुम भी उन्हीं दकियानूसी लफ्जों का इस्तेमाल करती हो।"

"पर सच में! मैं तो सोच भी नहीं सकती कि आजीवन शादी नहीं करूँगी। कुछ समय टाला जरूर जा सकता है।"

"देखो, अणिमा! कुछ तुम्हारी सामाजिक व्यवस्था तुमसे कहती है कि तुम शादी करो, घर बसाओ, बच्चे बनाओ। वरना एक इन्सान होने के नाते शादी के चक्कर में पड़ना जरूरी नहीं। यह झूठ है कि शादी के बिना जिन्दगी फुलफिल नहीं होती।"

"पर औरत माँ बने बिना कहाँ फुलफिल होती है?"

"अगर तुम माँ बनना ही चाहो तो उसके लिए शादी की जरूरत नहीं। मैं तो खुद सोचती हूँ कि जिन्दगी के किसी पड़ाव पर भी यदि मुझे महसूस हुआ कि माँ बनकर ही मैं पूर्ण हो सकूँगी तो मैं जरूर बच्चा पैदा कर लूँगी।"

"बिना शादी के!"

"कहा तो शादी का बच्चे से क्या मतलब! हाँ, उसकी परवरिश के लिए पैसा होना चाहिए, पति नहीं।"

अणिमा को अपनी माँ से जो नैतिकता और मूल्य मिले थे, उनके लिए ये बातें बेहद शॉकिंग थीं। कहाँ तो वह शादी से पहले शारीरिक सम्बन्ध तक रखने की कायल नहीं थी और माँ बन जाना तो आत्महत्या से कम नहीं होता। शारीरिक और मातृत्व की पूर्णता उसे विवाह से ही पानी थी।

किन्तु अणिमा सोच-समझकर किसी ऐसे पुरुष से ही शादी करना चाहती थी, जो उसे माँ से पूरी तरह काटे नहीं बल्कि जुड़ा रहने दे। विधवा माँ के प्रति उसकी कुछ जिम्मेदारी थी।

पढ़-लिखकर अरेंज्ड शादी का यह सिलसिला उसे बहुत खल रहा था। पर उसका कोई ऐसा पुरुष मित्र भी नहीं जिससे वह शादी करना चाहे, तब क्या ममी के ही तरीके मुनासिब नहीं? हो सकता है उसकी अपनी पसन्द का ही लड़का मिल जाए। गुड्डो की तो एक शर्त यह

भी थी कि लड़का डॉक्टर ही होना चाहिए, ताकि इस देश में अणिमा का रहने का स्तर तो अपर-मिडिल या अपर क्लास का हो। उसे गुड्डो की तरह दैनिक जरूरतों के लिए पैसे की फिक्र तो न करनी पड़ेगी। डॉक्टर तो अच्छा कमाते ही हैं सो सुखी रहेगी, खुद कमाए या न, यह उसकी मर्जी। बात बन नहीं रही थी। गुड्डो ने अपने भाई-भाभी को दिल्ली में लिख दिया कि वे अखबारों में इश्तहार देकर कुछ डॉक्टर लड़के छाँट लें। अगले साल वह भारत आने का कार्यक्रम बनाएगी, फिर उन्हीं लड़कों में से जो अणिमा को पसन्द हो, उससे कर देगी बिटिया की शादी।

सुन्दर पढ़ी-लिखी लड़की और साथ में अमरीका जाने का मौका! गुड्डो के भाई अजीत के पास इश्तहार के ढेरों दिलचस्प जवाब आए थे। उन्होंने देख-देखकर कुछ लड़के छाँट भी लिए थे।

इधर गुड्डो ने कितनी ही बार बढ़िया-बढ़िया खाना बनाकर लड़कों को उनके माँ-बाप या जो भी रिश्तेदार शहर में मौजूद थे, उसके साथ बुलाया था। अणिमा ने गुस्सा भी किया था।

वह कहती, ''ममी, यहाँ भी वही हिन्दुस्तान वाले रिवाज चला रही हैं आप! इतनी फालतू की मेहनत और खातिरदारी का मतलब क्या है? वे लोग खाने का रिश्ता करने आ रहे हैं या लड़की का। सच में आप तो यहाँ आकर भी फिजूल के रीति-रिवाजों से चिपकी हुई हैं। आई रियली हेट ऑल दिस। आपको भी पता नहीं क्या भूत सवार हुआ है मेरी शादी का! मुझे नहीं करनी इस तरह से शादी! इट इज सो ह्यूमिलेटिंग, सो रिडिकुलस।''

जेन उससे कहती है, ''तुम जैसी इतनी आधुनिक हिन्दुस्तानी लड़कियाँ माँ-बाप द्वारा चुने लड़के से कैसे शादी के लिए मान जाती हैं। शादी में तो लड़के-लड़की का आपसी आकर्षण और सहवास की इच्छा ही बुनियादी बात है। उसके बिना यह रिश्ता सम्भव ही कैसे हो सकता है?''

अणिमा सोच रही थी कि हमारे यहाँ शादी का आधार परस्पर आकर्षण तो है ही नहीं। आकर्षण तो पुरुष-नारी में सहज ही माना जाता है। इसलिए अगर बाकी बातें यानी कि परिवार, ओहदा, शक्ल-सूरत

ठीक-ठाक हो तो मान लिया जाता है कि हर बात सही होगी और न हुई तो लड़के-लड़की की किस्मत। पर अमरीकियों के सामने अनजाने ही वह हर भारतीय व्यवस्था को तर्क द्वारा सही ठहराने की कोशिश करती।

''जेन, किसी-न-किसी तरह से तो लड़के को मिलना ही होता है, चाहे माँ-बाप मिलवाएँ या किसी और जरिए से मिलो। मैं खाली शक्ल देखकर किसी से शादी थोड़े ही करूँगी। कुछेक बार मिलूँगी, बातचीत करूँगी, तब फैसला करूँगी। तुम लोग अरेंज्ड शादी को जैसा हौवा समझते हो, वैसी बात नहीं। अब देखो, तुम्हारे देश में माँ-बाप वक्त पर बच्चों की शादी में रुचि नहीं लेते, तो अक्सर लोग सारी उम्र शादी चाहने के बावजूद कुँवारे रह जाते हैं।

अणिमा की एक अमरीकी जानकार ही थी, जो पैंतीस वर्ष की थी और शादी के लिए उत्सुक। वह किसी के रुचि न लेने के कारण अभी तक कुँवारी थी। यूँ यह सारा फलसफा अणिमा को गुड्डो से ही मिला था। मन-ही-मन देखे-दिखाए जाने के सारे काण्ड से उसे बहुत चिढ़ और परेशानी होती थी। उस दिन वह गुड्डो से बोली—

''ममी, आपने कैसे शादी की थी इस तरह। मुझे तो बहुत स्टुपिड, बहुत अटपटा लगता है। न्यूजर्सी वाले लड़के के साथ भेज दिया आपने मुझे सिनेमा देखने... अब सबके सामने न मना करते बनती थी, न हाँ। न जान, न पहचान... कोई ठीक से बात होती है इस तरह भला। आई वाज सो सेल्फकॉन्शस एण्ड नर्वस। मुझसे कहता है—'डू यू हैव एनी आइडियाज़, वट काइंड ऑफ मैन यू वांट टू मैरी? वट ए स्टुपिड क्वेश्चन! आइडियाज़ का क्या मतलब—जो अच्छा लगेगा, उससे शादी करूँगी। ऐसे कोई आइडियाज़ तो फार्म्यूलेट करके रखे नहीं कि उसमें फिट कर दो। सारा टाइम सिनेमा-हॉल में बस चुपचाप बैठे रहे। बात करो तो एक-दूसरे पर इम्प्रेशन जमाने के लिए या कुरेदने के लिए। इतनी-सी देर में ज़िन्दगी के मसले तो उठाए नहीं जा सकते। इम्प्रेस करने के चक्कर में सही बात तो वैसे भी कुएँ में पड़ी रहती है।

''ममी, वह जो लॉग आइलैंड वाला लड़का था न, कहता था—'मेरी बहुत सारी गर्ल फ्रेंड्स रही हैं, पर मैं शादी किसी हिन्दुस्तानी लड़की से

ही करना चाहता हूँ, क्योंकि वह पति को पति समझती हैं। मुझे यहाँ की लड़कियों का फैमिनिस्टिक रवैया पसन्द नहीं... तुम ऐसी हो तो अभी से बता दो।'' ममी, प्लीज आई वांट टु स्टॉप दिस नॉनसेंस।''

गुड्डो का कहना था कि यह एक 'टेम्प्रेरी फेज' है। उसे खुद इस दौर से गुजरना पड़ा था। शुरू में उसे पति का चेहरा और व्यक्तित्व बहुत पसन्द नहीं आया था, क्योंकि वह छह फुट लम्बा नौजवान नहीं था। साधारण-सा कद और शक्ल। पर शादी के बाद जैसा नेक, मेधावी और प्यार करने वाला पति उसे मिला तब लगा था कि शादी का यह तरीका कुछ गलत नहीं था। गीता की बात और थी। उसकी रुचि अपने एक सहपाठी में थी, पर उसके सेटल होने तक बीजी-पिताजी इन्तजार नहीं कर सकते थे। उसकी अनिच्छा से ही ब्याह दिया गया था उसे। इसीलिए शादी के बाद उसे कभी खुश नहीं देखा। एक बलि के बकरे जैसी बेचारगी और आत्मविश्वासहीनता उसके चेहरे पर बिछी रहती है। ससुराल में हमेशा दबी-दबी, गुमसुम-सी दीखती थी। कोई पहचान भी न सकता कि वह छोटी-सी बात पर बवाल मचा देनेवाली गीता है। बवाल तो शादी के विरोध में भी खासा मचाया था, पर फिर बीजी-पिताजी और लड़केवालों के दबाव में आकर हाँ कर देनी पड़ी थी। आत्मदमन और आत्महिंसा की अजीब वृत्ति थी गीता में अब भी जब औरों पर गुस्सा आता है, तो खुद को पीटती है। पर इधर पहले से कहीं ज्यादा आत्मविश्वस्त दीखने लगी है। अकसर चेहरे पर मुसकान भी दमक जाती है। आर्थिक परेशानियों और उलझनों के बीच भी यहाँ आकर गीता ने जो पाया, वह है—एक अपनापन, अपना घर, अपने बच्चे। हर तरह की परेशानियों से लड़ने के लिए बड़े संयत ढंग से जूझ जाती है—बड़े रूखे और हिसाबी-किताबी ढंग से भी। विद्रोह नहीं जागता उसमें। स्वीकार—बस, मूक स्वीकार। विद्रोह किया था, तो पिंकी ने। बहुत आवेश था उसमें। किसी भी बात का भूत सवार हो जाए तो उसे करके छोड़ती है। पिताजी ने उसे सतिन्दर से शादी के लिए रोका था—पता नहीं कब जाकर इसकी विलायत की पढ़ाई खत्म होगी—इतनी देर लड़की को घर नहीं बिठाया जा सकता। पिंकी ने एक दफ्तर में सेक्रेटरी की नौकरी कर ली, ताकि खाली बैठी

माँ-बाप की आँखों को चुभे न! छोटी भी थी सबसे सो वैसी जल्दबाजी उसके साथ की भी नहीं गई। गीता के साथ जल्दबाजी का पछतावा ही कहाँ मिटा था। बी.ए. करके पूरे चार साल इन्तजार करना पड़ा था पिंकी को।

"खैर, शादी है तो एक जुआ ही।" गुड्डो यही बताती थी अणिमा को–"तुक बैठ जाए तो ठीक, वरना निभाने वाली बात रह जाती है। प्रेम-विवाह हो या अरेंज्ड विवाह जोखिम तो सभी में है। शादी करना भी जरूरी है, लड़की के लिए वही सही ठिकाना है। घर में बिठाकर भी क्या मिल जाएगा?" गुड्डो कहती थी–"शादी किए बिना बच्चों की जिम्मेदारी थोड़े ही खत्म होती है। यहाँ के लोग तो बच्चों को हाईस्कूल या कॉलेज जाते ही अपना दायित्व पूरा हुआ मान लेते हैं। शादी किए बिना थोड़े ही कोई तोड़ तक पहुँचा जा सकता है–यह तो मझधार में छोड़ देने वाली बात हुई।

अणिमा को भी गुड्डो ऐसे मंजर तक पहुँचाना चाहती थी, जहाँ से वह जिन्दगी की बागडोर खुद सम्भाले। खुद नहीं तो कोई और सम्भाले, पर गुड्डो की जिम्मेदारी तो तभी खत्म होती है। तनिमा का भी खत आया था। लिखा था–"ममी, अणिमा ने आपसे खुलासे में बात की ही होगी। मैं पिछले हफ्ते अनुज के माँ-बाप से मिली थी। वे तो बहुत अच्छे हैं। वे लोग कह रहे हैं कि शादी एम.बी.बी.एस. पूरा करते ही हो जाए और मैं उसके बाद ही अमरीका आऊँ। अनुज के ममी-डैडी शादी भारत में ही करना चाहते हैं ममी, अनुज तो अमरीका आना ही नहीं चाहता। इकलौता लड़का है न! मना रही हूँ उसको। ममी, मेरी बहुत इच्छा है कि हम अमरीका से रेज़िडेंसी और स्पेशलाइज़ेशन करके लौटें तो चण्डीगढ़ में पापा के नाम से एक नर्सिंग होम खोलें। ममी, जो चण्डीगढ़ वाला हमारा घर है, उसे नर्सिंग होम बना दें तो कैसा रहे? आप हमारी एडमिनिस्ट्रेटिव मैनेजर होंगी। सारे एकाउंट्स आप सम्भालिएगा। हमारे यहाँ गरीबों का मुफ्त इलाज होगा और अमीरों से तगड़े दाम वसूलेंगे।"

नर्सिंग होम का यह सपना तनिमा और गुड्डो ने साथ-साथ ही देखा था–प्रेम नर्सिंग होम। अच्छा लगता है यह नाम। वह अपना घर खाली

करवाकर, वहीं बनवाएगी नर्सिंग होम। उस घर की नींव भी तो उसके पति ने ही रखी थी। हजारों मील दूर बैठी गुड्डो अचानक अपने घर की उस परिचित दुनिया में कल्पना की तूलिका से रंग भरने लगी, साफ-सुथरे उजले कमरों में, सफेद गाउन पहने तनिमा और एक युवक, सफेद धुली चादरों से ढके बिस्तरों पर लेटे मरीज, ट्रे में इंजेक्शन, दवाइयाँ लिए खड़ी नर्स... और जाने कब भविष्य की यह दुनिया अतीत में प्रवेश कर गई...अस्पताल के बिस्तर पर लेटे उस बेहोश व्यक्ति का चेहरा तो जाना-पहचाना है, बार-बार लम्बी-लम्बी सुइयाँ चुभा-चुभाकर निकाला जाता है खून... टेस्ट.. पता नहीं कितने नामों के कितनें सारे टेस्ट... गुड्डो को लगता है कोई उसका खून, उसका प्राण खींचे लिए जा रहा है... कोई दवा हिन्दुस्तान में मौजूद नहीं... लन्दन में कोशिश की जा सकती है... जब तक लन्दन से दवा आती है, पति के प्राण-पखेरू उड़ जाते हैं। गुड्डो का जिस्म और दिमाग सुन्न, ऐसे जैसे लकवा मार गया हो। जब आँसू की धार बही तो ऐसी कि बरसों थमी नहीं। तनिमा करीब दस बरस की थी तब। पूछती रहती थी, "पापा क्यों मर गए?" मरना शब्द तब उसने सुना जरूर था, पर उसका अर्थ ठीक से नहीं जानती थी। गुड्डो ने बताया कि भारत में इलाज हासिल न होने की वजह से बच नहीं सके। तभी से कहती थी तनिमा, "मैं बहुत बड़ी डॉक्टर और साइंटिस्ट बनूँगी। सारी नई-नई बीमारियों का इलाज सीखूँगी। फिर चण्डीगढ़ में एक क्लीनिक खोलूँगी।" ...घण्टों गुड्डो की आँखें बरसती रहीं। उसकी बिटिया का इरादा आज भी ज्यों-का-त्यों है और उसे पूरा करने में साथ देने वाला एक साथी भी। कितनी धन्य है वह आज!

गुड्डो को आज अणिमा की शादी की और भी जल्दी थी। वह बड़ी है, उसी की शादी पहले होनी चाहिए वरना फालतू में लोग लड़की में खोट निकालने लगेंगे। सोच-समझकर गुड्डो ने सारी योजना बना ली। तनिमा के फाइनल इम्तहान खत्म होते ही भारत जाएगी। अजीत ने जिन लड़कों का प्रपोज़ल अणिमा के लिए रखा है, उन्हीं में से किसी एक अच्छे-से लड़के से उसकी शादी कर देगी। उसके बाद तनिमा या दोनों बहनों की शादी एक-साथ भी कर सकती है।

अणिमा का स्कॉलरशिप और गुड्डो की तनख्वाह मिलाकर गुजारा ठीक चल रहा था। जरूरत की सभी चीज़ें—टेलीविजन, रेडियो, टेपरिकॉर्डर, कानिंग वेयर के डोंगे, सोफा, टेबललैम्प आदि खरीदे जा चुके थे। राजू के स्कूल की भी फीस नहीं लगती थी। आजकल थोड़ी बचत हो रही थी। गुड्डो ने दो शादियों के लिए साड़ियाँ और दूसरा सामान खरीदकर रखना शुरू कर दिया। दुकानें बहुत दूर नहीं थीं—साड़ियाँ, बिजली का सामान, रिश्तेदारों के उपहार—हर शनिवार और इतवार को यही काम करती वह।

फिर दूसरा खत था तनिमा का—"मैं आपको बहुत मिस करने लग गई हूँ। पीछे बहुत बीमार हो गई थी। प्रिंसिपल कहती हैं, वहीं किसी अस्पताल में इण्टर्नशिप मिल जाए तो वह मुझे तीन महीने की दिसम्बर के ब्रेक के साथ ही छुट्टी दे देंगी। यहाँ भी इण्टर्नशिप ही करनी है, अब मुझे। जरा पता कर दो। इतने सालों से घर पर रही ही नहीं मैं। शादी करके आने में वह बात थोड़े रहेगी।"

गुड्डो सोच रही थी—डॉक्टर जुनेजा से बात करनी होगी तनिमा के बारे में। बहुत निर्भर करने लग गई है वह डॉक्टर जुनेजा पर। उसकी बेटी डॉक्टर बन रही है, इससे वे और भी दिलचस्पी लेते हैं बच्चों की बात में कहते थे, "मेरा भतीजा भी डॉक्टर बन रहा है। वह डॉक्टर लड़की से ही शादी करना चाहता है। तनिमा से मिलवा देंगे उसे। मुझे लगता है यह रिश्ता बहुत अच्छा रहेगा।"

तनिमा ने तो अपना रिश्ता जोड़ लिया, पर अभी कुछ नहीं कहेगी डॉक्टर जुनेजा से। तनिमा नहीं तो अणिमा से मिलवा देंगे उसे। पी-एच.डी. करके डॉक्टर तो वह भी बन जाएगी।

डॉक्टर जुनेजा की सलाह के बिना तो वह कुछ नहीं कर पाती थी। छोटी-छोटी घर की समस्याएँ, बीमारियाँ या बीमारियों के डर—मुल्ला की दौड़ बस मस्जिद तक। तनिमा के बारे में बात की। डॉ. जुनेजा ने बताया कि बाहर से आने वाले डॉक्टरों को यहाँ रेजिडेंसी मिलना असम्भव हो रहा है। खासकर बड़े शहरों में डॉक्टरों की ओवर सप्लाई है और अस्पतालों की आमदनी में इजाफे की जगह कटौती हो रही है। तनिमा को इण्टरर्नशिप

तो उन्होंने अपने अस्पताल में ही दिलवा दी थी। तनिमा की रेजिडेंसी के लिए भी पूरी कोशिश करेंगे—"भई, वह तो अपनी ही बेटी है।"

तनिमा के काम से सब खुश भी थे। डॉ. जुनेजा ने तनिमा को बताया, "अभी मुझे शायद कहना नहीं चाहिए। तुम्हारी रजिडेंसी तो बस पक्की है, इसी अस्पताल में तुम अगले साल से शुरू कर सकती हो काम।"

और थोड़े दिन बाद तनिमा ने कहा था, "अंकल! मेरा एक मंगेतर है।"

डॉ. जुनेजा एकदम धक्क से रह गए।

"हाँ, अंकल! ममी मान गई है उससे मेरी शादी करने के लिए। यूँ अभी कोई रस्म नहीं हुई मँगनी-वँगनी की, पर बात तो पक्की ही है। अंकल, कैन यू डू समथिंग फॉर हिम? हम लोग शादी करके ही साथ आएँगे।" तनिमा की आँखों में झलकते विश्वास को ठेस लगाने की हिम्मत नहीं हुई डॉक्टर जुनेजा की। अभी एकदम कोई सम्भावना थी भी नहीं। अभी तो तनिमा के शादी के निर्णय के हादसे से ही वह उबरे नहीं थे। पर अपनी बात से मुकर नहीं जाना था। तनिमा की नियुक्ति तो होगी ही, पर उसका मंगेतर।

"तनिमा, एकदम अभी तो कुछ नहीं कह सकता, पर कोशिश जरूर करूँगा।"

"अंकल, प्लीज! आई विल बी वेरी ग्रेटफुल टू यू।" तनिमा की चुलबुली आँखों में याचना का वह भाव जुनेजा के भीतर कहीं गड़ गया। बाद में जुनेजा ने गुड्डो से कहा था, "इतने लोग कहते हैं नौकरी दिलाने को और मैं सबको मना कर देता हूँ। हालत बहुत खराब है। मैं अगर किसी हिन्दुस्तानी को लगवाऊँ तो मेरी अपनी रेपूटेशन बिगड़ने का भी खतरा है। मालूम नहीं, मैं आपसे न क्यों नहीं कर पाता!"

गुड्डो ने आँखों में कृतज्ञता भरकर कहा था, "मुझे भी आपका ही भरोसा है।"

गुड्डो जुनेजा को लेकर सोचती तो कई तरह के सवाल मन को कचोटते—क्या जुनेजा के साथ उसका रिश्ता बच्चों की नौकरियाँ दिलवाने या उन्हें ठिकाने लगाने भर का ही है? यह खुद को बेचना नहीं है? या

वह सच में जुनेजा से मन से कहीं जुड़ गई है और हर बात उससे बात करने का बहाना बन जाती है... और जुनेजा! क्या वह भी जुड़ा है उससे उतना ही? या कि वह उसकी जिस्मानी जरूरतों का सामान भर है—उसके अहं और शरीर को तुष्टि देने वाली एक स्त्री—सिर से पाँव तक सिहर उठी गुड्डो।

कोई वादे भी तो नहीं इस रिश्ते में। प्यार शब्द का इस्तेमाल जुनेजा ने आज तक नहीं किया—शायद वह अपनी पत्नी के लिए ही सहेज कर रखा हो उसने... वह खुद भी तो पति के बिम्ब से मुक्त नहीं हुई... जुनेजा में भी कहीं शायद उसी बिम्ब का आभास था, तभी तो अनायास ही इतना भरोसा-सा हो गया था उस पुरुष पर कि समर्पण भी जैसे उसकी एक सहज परिणति बन गई। पर यह कैसा अनकहा, अनलिखा-सा एग्रीमेन्ट है... समानान्तर चलते हुए दोनों के जीवन की कोई घटना, कोई समस्या, कोई पार्टी या उत्सव एकाएक पास ले आते हैं, फिर दोनों अपनी-अपनी ज़िन्दगी की रवानगी में खो जाते हैं। कभी उसे पाने की बेचैनी बहुत तीखी हो जाती है, तो परेशान हो-होकर फिर भटकने की कोशिश करने लगती है... आड़े आ जाते हैं उसके आर्यसमाजी नैतिक संस्कार... एक झगड़ा लगातार अपने आपसे...क्यों ढील दे दी इतनी... अब यह मन किसी दूसरे पुरुष का गुलाम होता जा रहा है... पुरुष भी वह जिसे पराया ही रहना है... ये आग... ये आग...तो उसे भस्म किए दे रही है... कहाँ है वह पवित्र करने वाली अग्नि... अग्नि ने तो उन राक्षसों को भस्म किया था... वासनाओं के राक्षस को जलाकर वह भी पवित्र होगी...

जुनेजा के हाथ हौले-हौले गुड्डो की कनपटियाँ सहला रहे थे। गुड्डो कुछ छिटककर दूर बैठ गई और कहा—

"प्लीज, ये नहीं..."

"ये क्या हो जाता है तुमको?" जुनेजा की आँखें अभी भी सहला रही थीं उसको।

गुड्डो बैठ रही थी, फिर एकाएक बोली, "आपका—मेरा रिश्ता तो कुछ भी नहीं।"

"रिश्ता कैसे नहीं? इससे बड़ा रिश्ता क्या होगा?"

"हम एक-दूसरे से शादी तो कर नहीं सकते। मैं विधवा हूँ, अकेली हूँ, इसलिए क्या तरस खाते हैं मुझ पर?"

"तुम इस नज़रिए से क्यों देखती हो? हम दोनों के बीच जो इतना कुछ शेयर करने को है—लगातार एक-दूसरे के साथ की चाह, घण्टों बातें करना, एक-दूसरे की तकलीफों का मिलकर सामना करना—यह क्या रिश्ता नहीं? परदेस में कितने अकेले हैं हम! क्या ये रिश्ता हमें जिन्दा रखने के लिए ज़रूरी नहीं!... क्या इनके कुछ भी मायने नहीं तुम्हारे लिए?"

गुड्डो को कैसे कुछ समझ में आ रहा था, "सो तो है पर कब तक... कैसे चलेगा यह रिश्ता? आपको रमा जी को लेकर कोई अपराध-भाव नहीं महसूस होता?"

जुनेजा पलभर रुके, फिर बोले, एक-एक शब्द पर जोर देकर, "अपराध-भाव नहीं। ये दोनों रिश्ते अलग-अलग हैं मेरे लिए दोनों अहम् हैं। तुम रमा की जगह नहीं ले रही। न रमा तुम्हारी जगह ले सकती है। तुम मेरी दोस्त हो...दोस्ती की नींव भी प्यार होती है—उस नाते से तुम इसे प्यार भी कह सकती हो।"

गुड्डो एकटक जुनेजा को देखती रही थी, फिर साहस करके बोली—"जानते हैं, मेरे अन्दर हमेशा एक लड़ाई रहती है। कभी मन होता है पूरी तरह खुद को तुम्हें सौंप दूँ... तभी उस नए साल की शाम... पर तब से मन में एक गहरा पछतावा-सा उठता रहता है... ऐसा मैंने क्यों होने दिया? आज मैं तुम्हें कहना चाहती थी कि तुम फिर कभी भी ऐसा कुछ मत होने देना..."

"पर यह सब तो बहुत सहज होता है.... अब मन में तुम किसी को ला सकती हो, तो जिस्म तो महज़ उस भावना का एक मेनिफेस्टेशन ही करता है।"

"यह शायद आप ठीक कह रहे हैं... पर मुझे तकलीफ होती है।"

"क्यों तुम अपनी नैसर्गिक ज़रूरतों को नकार रही हो... क्या कोई डर महसूस होता है तुम्हें?"

गुड्डो ने उसाँस भरी।

"डर भी कहीं बाहर से नहीं, मेरे अन्दर ही कुछ है जो बिखरने लगता है। मुझे लगता है कि अपने आपको जुड़ा, मज़बूत और साबुत

रखने के लिए मुझे किसी भी पुरुष के आत्मीय स्पर्श से बचना है... तुम्हें शायद मेरी बातें अजीब लगती होंगी... पर मेरे भीतर ऐसा महसूस होता है कि पुरुष की नजदीकी मुझे कमजोर, पर निर्भर और अकेला कर देगी... तुम तो अपने परिवारवालों के बीच लौट ही जाओगे... तब इस रिश्ते का अर्थ क्या है? ...सिर्फ उदासी, तड़पन, मन का अपराध-बोध... और फिर बच्चों की जिन्दगी में बेबात ही एंग्जाइटी और असुरक्षा पैदा हो। मैं तो माँ हूँ, मुझे तो उस जमीन की तरह कड़े बने रहना है, जिससे पैदा होकर सारी जिन्दगियाँ फलती-फूलती हैं।''

गुड्डो आवेश में बोले चली जा रही थी। जुनेजा ने एक अनजाने आवेग में उसे बाँहों में कस लिया। गुड्डो फफक-फफककर रो पड़ी।

''मैं बहुत कमजोर हूँ, बेहद अकेली और बेसहारा... पता नहीं कैसे काटूँगी जिन्दगी...''

जुनेजा ने कोमलता से उसे दोनों गाल थपथपाते हुए कहा था—

''तुम तो उमा हो.. यानी कि शक्ति। सारे देवी-देवताओं से बड़ी है शक्ति... जानती हो राम ने भी रावण को मारने के लिए शक्ति की पूजा के लिए यज्ञ करके ही वर लिया था। तुम तो सच में माँ हो, जीवन देती हो। कमजोर कहाँ हो तुम!''

मुसकरा दी थी गुड्डो। आँखें जुनेजा पर गड़ाती हुई बोली, ''भूल गए, उमा को ही दक्ष के यज्ञ में भस्म होना पड़ा था!''

फीकी-सी मुसकान के साथ जुनेजा बोले, ''वह सती थी, तुम भस्म हो रही हो वर्जनाओं और आत्म-निषेध के यज्ञ में।''

गुड्डो ने उसके होंठों पर उंगली रख जैसे चुप कराते हुए कहा—''नहीं...शिव के लिए। सबके शिव के लिए।''

अपनी योजना के अनुसार गुड्डो दोनों बेटियों की शादियाँ करने हिन्दुस्तान पहुँच गई। एयरपोर्ट पर जहाज से निकलते ही हवा की एक पहचानी गन्ध, आसमान के खुले रंग और जिस्म पर धूप की छुअन गुड्डो के पोर-पोर को पुलकित कर गई। फिर इमिग्रेशन की लाइन, सामान का इन्तजार और एयरपोर्ट से बाहर आते ही भीड़ का गर्दभरा एहसास। उसने अपने

आपसे कहा—मैं तो भूल ही गई थी यहाँ की धूल को। भैया-भाभी, माँ, भतीजे-भतीजियाँ सभी आए थे एयरपोर्ट पर। राजू और अणिमा भी गुड्डो के साथ ही आए थे। तनिमा कुछ महीने पहले ही इंटरर्नशिप के बाद लौटकर आ गई थी। वह अभी लुधियाना में ही थी—आखिरी इम्तहान अभी खत्म नहीं हुए थे।

सिर्फ बच्चों को देखकर ही पता चलता था कि इतना अरसा गुजर गया। पूरे पाँच साल बाद आ रही थी गुड्डो। बातें, ढेरों बातें, चाय के दौर पर दौर, शादी की सलाहें—बस शुरू में कुछ दिन यही चलता रहा। दोनों भाई उसकी हाजिरी में मौजूद थे। रोज अणिमा के लिए लड़के देखे जाते—सब कुछ खूब जल्दी-जल्दी और भागा-दौड़ी में हो रहा था। गुड्डो को बैंक से पाँच हफ्ते की छुट्टी मिली थी। उसमें तनिमा की मँगनी और शादी और अणिमा के लिए लड़का चुनना और मँगनी-शादी करनी थी। अणिमा का फैसला अभी नहीं हुआ था।

गुड्डो तनिमा के भावी ससुरालवालों से मिलने फगवाड़ा पहुँची। अनुज और तनिमा लुधियाना से सीधे वहीं पहुँच गए थे। अनुज सुन्दर, सुशील और होनहार लगा था। तनिमा सुखी रहेगी। दोनों लगातार एक-दूसरे को छेड़कर मजा लेने का कोई भी मौका हाथ से न जाने देते। गुड्डो कहती, "बहुत बचपना है अभी तुम दोनों में।" उसे तनिमा-अनुज के ये नटखट खेल अच्छे ही लगते। अनुज के परिवार की माली हालत ठीक थी। पढ़े-लिखे लोग थे और तनिमा का खूब चाव कर रहे थे। गुड्डो ने खूब खुला खर्च किया था। जहाँ से उधार मिला, वह भी ले लिया कि रुपए लौटाना ज्यादा मुश्किल तो होगा नहीं, उसकी अमरीकी कमाई में। रिश्तेदार, भाई, वकील, बतरा सभी गुड्डो के इर्द-गिर्द थे, उसके सारे काम सम्भालने को। गुड्डो ने शगुन पर इकतीस थाल मिठाइयों और फल के दिए, सारे रिश्तेदारों को एक सौ एक रुपए लिफाफों में बन्द करके दिए, ससुर को पाँच सौ एक, सास को सोने की चैन और साड़ी, लड़के को मुँदरी, सूट और हजार रुपया शगुन में चढ़ाया। पर शादी-ब्याह के मामले बिना किसी शिकायत, तनाव या झिक-झिक के निपटे कब हैं! किसी ने सुना दिया, "हमारे यहाँ तो सास को सोने का सेट चढ़ता है।"

गुड्डो के तन में आग लग गई। इतना बढ़-चढ़कर कर रही है, तब भी ये बातें! अगर यहीं रह रही होती तब तो इतना भी न कर पाती। पलभर को गुड्डो को अच्छा लगा कि वह बिरादरी की चिक-चिक से दूर बैठी है।

शाम को जब चुन्नी चढ़ाने और मेहँदी की रस्म अदा करने लड़केवाले घर पर आए तो गुड्डो भी नापे-जोखे बिना नहीं रह सकी—सोने के सेट खासे भारी-भारी थे। पर सच में ही दिए हैं या दिखावे के हैं। यूँ तो एक ही पुत्तर, मिलना तो चाहिए उसे। पर अभी दो-दो बेटियाँ भी ब्याहने वाली घर मे हैं, सो क्या जानें। अमरीका लौटने से पहले गुड्डो ने तनिमा से कहा भी था, "वे सारे सेट, जो तेरी सास ने चढ़ाए हैं, साथ लेती आना। लॉकर खुलवा दूँगी तेरा न्यूयॉर्क में ही—सास के पास मत छोड़ आना।"

पर तनिमा की सास ने न केवल वही बल्कि गुड्डो के दिए गहने भी रख लिए थे कि परदेश में गहने खो जाएँगे, सो यहीं ठीक से पड़े रहें।

तनिमा से निबटकर फिर अणिमा पर ध्यान दिया। लौटने में दस दिन रह गए थे, पर अणिमा की शॉपिंग तनिमा के साथ होती ही रही थी।

तीन-चार लड़कों के परिवार शादी के लिए उत्सुक थे। अजीत-रम्या को एक लड़का बहुत पसन्द आया था। अणिमा उससे तीन बार मिली। अच्छा लगा था, पर अणिमा का कहना था कि उतना सोफिस्टीकेटेड नहीं है जैसा वह चाहती है। वह निर्णय नहीं ले पा रही। भाभी ने कहा था—"तुम अमरीका से आई हो, तभी तो सोफिस्टीकेशन की बात कर रही हो। हिन्दुस्तान में तो ऐसे ही होते हैं लड़के। अमरीका जाएगा तो उसमें आ जाएगा सोफिस्टीकेशन।"

मामा, मामी, नाना—सभी ने यही कहा कि लड़का देखने में भी अच्छा है लम्बा-ऊँचा है, डॉक्टर है और परिवार भी ठीक-ठाक, तो कमी क्या है जो इतने नखरे कर रही है।

अणिमा तो थक गई थी सोच-सोचकर। समझ नहीं आ रहा था, क्या

करें। यूँ ही लौट जाए तो सारा का सारा आयोजन, माँ-भ्राता-भाभी की दौड़-धूप, सारा ट्रिप हिन्दुस्तान का ही जाया चला जाएगा। इतने ढेरों लड़के तो देख लिए। वहाँ भी, अरेंज्ड मैरिज में देखते ही तो प्यार पनपता नहीं–जानने पर ही मुमकिन हो सकता है और हर बात में अलग-अलग नम्बर दिए जाएँ, तो अनुपात में तो राकेश एक अच्छा लड़का ही साबित होता है। अमरीका में वह अमरीका भाषा और तौर-तरीकों की जरूर आदी हो गई है, तभी उसे कुछ कमी-सी महसूस होती है। सब कुछ तो अच्छा है, इतना शरीफ-सया भी है। उसने बार-बार कहलवाया है कि अणिमा उसे बेहद भायी है।

आखिर अणिमा ने 'हाँ' कर दी। फिर चट मँगनी पट ब्याह। पाँच दिन बाद बारात ढुक गई। खाने का इन्तजाम गुड्डो ने चण्डीगढ़ के सबसे बढ़िया होटल में किया था। उधार और लेना पड़ा। किसी ने आनाकानी नहीं की। डॉलरों की शक्ल में पैसे वापस मिलने का लालच भी था। खास तौर से, जो कभी अमरीका पहुँचने का सपना देखते थे, उन्हें।

सब कह रहे थे–"कमाल की हुई है दोनों शादियाँ। ऐसे उम्दा इन्तजाम थे। बड़ी बढ़िया खातिर हुई बारात की। बहुत होशियार है गुड्डो। बहुत स्मार्ट हो गई है अमरीका जाकर। कैसे तो फुर्ती से भागती-दौड़ती थी। दो-दो लड़कियों की शादी में भूतनी घूम जाती है सारे कुनबे की। यहाँ तो उसने अकेले सम्भाल लिया सब।"

बीजी थके स्वर में कह रही थी, "चलो, भार उतरा बेटियों का। वरना साल भर से तो लगे हुए हैं अजीत और उमेश। ये तो बस खत लिख देती थी वहाँ से–ये कर दो, वह कर दो। पहले से सब तैयारियाँ न करके रखी होती दोनों ने, तो कोई होना था काम।"

शादी के दो हफ्ते बाद अणिमा की यूनिवर्सिटी का नया सेमेस्टर शुरू होने वाला था। तनिमा के भी एक-दो पर्चे अभी बचे थे। तनिमा-अनुज लुधियाना चले गए। अणिमा राकेश के साथ अपने ससुराल भोपाल चली गई। राजू भी खेलने में मगन रहता था। हर पल अपने दोस्तों या कज़नों के साथ लगा रहता–कभी फुटबॉल, कभी मोनापली-घण्टों खेलते रहते, खाने का होश तक नहीं रहता। गुड्डो भी कामों में उलझी होने के कारण

अक्सर पूछना भूल जाती। पर भूख तेज लगने पर जब वे खाना माँगते तो फिर ऐसा खाते कि कड़ाही की कड़ाही चट हो जाती। राजू को बरसों बाद उसने ऐसा खुलकर, ठहाके लगाकर हँसते देखा था। वह जब गुड्डो से भी बात करता तो आवाज में बड़ा उत्साह और खुशी झलक रही होती।

"ममी पिन्टू कहता है उसने कम्प्यूटर कभी देखा ही नहीं! मेरे तो स्कूल में कम्प्यूटर है।"

भाई के बेटे को बुरा न लगे, इसलिए गुड्डो कहती—"चल, चल। कम्प्यूटर नहीं तो और बहुत कुछ देखा है उसने।"

पिन्टू को शह मिलती—"हाँ, बुआ! यह कहता है, इसने कभी मोर ही नहीं देखा।"

मजाक, चुटकियाँ, खेल-खिलवाड़ चलते ही रहते थे।

शादियों के सारे फैलाव को पूरा-अधूरा समेट नहीं पाई थी कि गुड्डो के लौटने की भी घड़ी आ गई। कन्यादान की मुक्ति का अहसास था पर फिर भी मन पर कितने ही बोझ धरे हुए थे—जाते ही जँवाइयों को अमरीका बुलवाने का इन्तजाम करना था, उनके ग्रीनकार्ड के लिए अर्जियाँ देनी थी।

बीजी, भाई, बेटियाँ और उनके ससुराल-सबसे रोते-हँसते विदा ली। कितने ही नए रिश्ते एकाएक बन गए थे—गुड्डो के पास उनको जानने-पहचानने का भी वक्त नहीं—सुखी रहें बस अपने-अपने घर—गायत्री मन्त्र के पाठ से गुड्डो मन को तसल्ली देती है—सब शुभ होगा। सब वहीं उसके पास ही तो लौट आएँगे। तनिमा की डोली के वक्त जब वह रो पड़ी थी, तो उसकी सास ने कहा था—"रोना तो हमें चाहिए। ससुराल तो हमारा बेटा जा रहा है। यह डोली तो बस रस्म अदायगी है।"

गुड्डो का अन्तर फिर भी काँप रहा था।

अणिमा यूनिवर्सिटी लौटी तो जैसे भूल ही गई कि शादी भी हुई थी। राकेश के साथ ससुराल में गुजारे दस दिन—जिसमें ससुराल के सदस्यों का ही साथ ज्यादा था। रातों को जब साथ होते तो राकेश उसे ढेर-ढेर

चूमता, सराबोर कर देता अपने तप्त स्पर्शों और आलिंगनों में सुख भी मिलता और पीड़ा भी होती। उसका मन होता था कि कोई उसे मीठे-मीठे सहलाकर प्यार करे। राकेश के अदम्य आवेग में तेजी थी, उतावली थी, झटके थे। अणिमा की जिस्मानी प्यास कुछ अनबुझी-सी रह जाती। पर कितना भी रस उस जोशीले और उतावले प्यार में उसे मिलता, वह उसे पूरी तरह भीतर सोखकर जज्ब करने की कोशिश करती। अमरीका लौटकर एक गुदगुदा देने वाली सुख स्मृति बनकर ही राकेश का प्यार उसके खयालों में आता था। उसके आसपास ही कुछ सन्देह चक्कर लगा रहे होते—शादी करके क्या ठीक किया उसने? सवाल पूछती और खुद को रिएश्योर करती रहती। कभी बहुत घबराहट होती कि जल्दी में यह सब क्या कर बैठी ... तो सारी परेशानियाँ झटककर कह देती कि अभी तो कम-से-कम साल लग जाएगा उसका नम्बर आने में, जब यहाँ आएगा तो देख लेंगे... और फिर काम में लग फिर से शादी के उस झकझोर देने वाले अनुभव को भुला देती।

अणिमा में भी यूँ तो गुड्डो जैसा माद्दा था। गुड्डो ने गढ़ा था उसे। जैसा भी हुआ, एडजस्ट कर लेंगे। फिर राकेश ने यह भी कहा था—"अन्नी, मुझे तो तुम देखते ही बहुत अच्छी लगी थी। मन में ठान ली थी कि इसी लड़की से शादी करूँगा।"

अणिमा के मन में उन घड़ियों को दोहराने की तीखी चाह जग जाती। सपने देखती वह—न्याग्रा फाल की फुहारों को निहारते-भीगते, एक-दूसरे से लिपटे, राकेश के जिस्म चरमरा देनेवाले आलिंगनों में बँधे, ग्रैंड कैंपन के दूर तक फैले आकारों और चट्टानों के रंगों से चमत्कृत, डिज़्नेलैंड के झूलों में साथ-साथ झूलते। कल्पना के कितने ही ऐसे जाल फैलाती-समेटती अणिमा। अब वह कभी अकेला महसूस नहीं करेगी..., दोनों साथ-साथ रहेंगे, घूमेंगे, बढ़िया-बढ़िया जगह जाएँगे। पी-एच.डी. खत्म होते ही अणिमा को भी किसी इंडस्ट्री में अच्छी-सी नौकरी मिल जाएगी। राकेश डॉक्टर है ही...पैसे की कोई कमी नहीं होगी... सुन्दर-सा घर बनाएँगे. .. बहुत साफ-सुथरा सजाकर रखेगी वह अपने घर को।

बहुत जल्दी ही सपनों के जाल को असलियत के चूहे कुतरने लगते।

राकेश के पास यहाँ पहुँचते ही नौकरी नहीं होगी... मालूम नहीं, कितने दिन लग जाएँ। अणिमा की स्कॉलरशिप इतनी नहीं कि अलग कमरा लेकर रह सकें। अनुज और अणिमा भी तो आ रहे हैं। तनिमा को अगले साल रेजिडेंसी मिलेगी, तब तक कैसे रहेंगे सब लोग इस छोटे-से अपार्टमेन्ट में!

अणिमा से .ज्यादा गुड्डो को यह फिक्र साल रही थी। शुरू में जब दोनों जँवाई घर पर होंगे, कैसे किया जाएगा सब इन्तजाम। गुड्डो और अणिमा ने तरतीबवार सारी स्थिति की जाँच की और निष्कर्ष निकाले।

पहला निष्कर्ष था—भारत में तो बेटी ससुराल जाती है। ससुराल-घर जैसा भी हो, वह वहाँ एडजस्ट करती है। यहाँ लड़के ससुराल आते हैं, तो उन्हें भी हालत के साथ एडजस्ट करना होगा।

दूसरा निष्कर्ष था—जँवाइयों को ग्रीनकार्ड दिलवाना (जो गुड्डो के हिसाब से दहेज का सबसे बड़ा तोहफा था)। उनको घर पर रखकर नौकरी का इन्तजाम करना लड़कीवालों की जिम्मेदारी उसूलन नहीं होती। उनको इस बात का शुक्रगुजार होना चाहिए कि ऐसी खुशकिस्मत लड़कियाँ मिली हैं जो न केवल पढ़ी-लिखी हैं, देखने में अच्छी हैं। और कमाऊँ हैं बल्कि पति को नौकरी मिलने तक घर बिठाकर खिलाने की जिम्मेदारी भी ले रही हैं। अमरीका आने का मौका मिल रहा है, यह क्या कम है? इसलिए समझौता करने में कोई आपत्ति नहीं होनी चाहिए।

शादियों की वजह से गुड्डो पर उधार इतने चढ़ चुके थे कि किसी बड़े मकान में तबदील होने की सोच भी नहीं सकती थी। फैसला हुआ कि राकेश-अणिमा राजू के कमरे में, तनिमा-अनुज गुड्डो के कमरे में और राजू-गुड्डो बैठक में सोएँगे।

राजू की जिन्दगी फिर से एक पैसिव आनलुकर जैसी हो गई थी। सब कुछ देखता था। किसी भी स्थिति का भागी नहीं था। शुरू-शुरू में जब इस देश में आया था तो न तो इतना छोटा था कि किसी चीज़ को मचलता, न इतना बड़ा कि बेसरोकार भी रह पाता। हालोवीन (एक अमरीकी त्योहार, जब छद्मवेश में बच्चे घर-घर पैसा या मिठाई माँगते हैं—कुछ-कुछ लोहड़ी

से मिलता-जुलता) पर जब छद्मवेश में सब बच्चे घर-घर टोली बनाकर जाते तो उसे महसूस होता कि उसकी अपनी ऐसी कोई टोली नहीं है। अकेले शर्म भी आती है, मजा भी नहीं आता। वह मन मसोसकर रह जाता। क्रिसमस पर बच्चे उपहारों और क्रिसमस-ट्री की बातें करते, तब भी वह खुद को उस सेलीब्रेशन से बाहर का महसूस करता। माँ के साथ शहर की सजावट देख लेना भी तो देखना भर था। गुड्डो कहती—"क्रिसमस-ट्री महँगे हैं और क्रिसमस हमारा त्योहार ही नहीं तो क्यों फालतू में खर्चा और मेहनत की जाए?" क्रिसमस से एक दिन पहले यह क्रिसमस-ट्री बनने वाली शाखाएँ बहुत सस्ते दामों में आ जाती थीं। ऐसे ही वह ले आई थी एक बार राजू का मन रखने के लिए। पर जब सजाने का वक्त नहीं बचा तो बिजली के लड्डुओं की एक लड़ी और नए साल के कार्ड पेड़ पर लटा दिए थे। यह अधपका-सा आयोजन कोई उल्लास नहीं ला सका था राजू में, उलटे शर्म महसूस हुई थी।

बहनों की शादियाँ उसकी मुरझाई ज़िन्दगी में एकदम बरसात का मौसम ले आई थीं। लौटकर फिर वही पुराना रूटीन। अणिमा यूनिवर्सिटी में, ममी बैंक में, राजू स्कूल में। स्कूल के बाद उसे टेलीविजन देखना होता, कोई किताब पढ़नी होती और होमवर्क करके अगले दिन के लिए तैयार होना होता। किसी सामाजिक या मनोरंजक कार्यक्रम में वह कभी सक्रिय रूप से भागीदार नहीं हो पाता था। पढ़ाई में नम्बर अच्छे आते थे, इसी से गुड्डो निश्चिन्त भी हो जाती थी। उसका सबसे ज्यादा वास्ता नम्बरों से ही था, जिससे किसी बढ़िया कॉलेज में दाखिला मिल जाए।

इधर वह महसूस करने लगी थी कि राजू बहुत एकाकी, अपने में व्यस्त-सा होता जा रहा है। जैसे उसे किसी की जरूरत ही नहीं। ममी देर से आए या जल्दी, अणिमा आधी रात तक लैब में रहे या घर पर, उसे कोई मतलब नहीं। अपने ही घर में जैसे पराया-सा होता जा रहा है। गुड्डो डर जाती है—हवन के धुएँ में उसे भयंकर आकृतियाँ दिखाई देने लगती हैं.... कितनी ही दिशाओं से विकराल, कुरूप चेहरे हवन में माँस के लोथड़े फेंक रहे हैं—गुड्डो देखती है ये भयानक चेहरे विश्वामित्र के यज्ञ की रक्षा करते हुए राम-लक्ष्मण पर आक्रमण करने वाले राक्षसों

से मिलते-जुलते हैं—घने घुँघराले बाल, लम्बे-लम्बे दाँत और लपलपाती जीभ बाहर निकाले हुए, आँखों में कच्चा चबा जाने वाली भूख... बिलकुल वैसे ही—पर यह क्या, ये चेहरे तो टेलीविजन पर देखे या शायद... राजू की कॉमिक्स किताबों के चेहरे हैं, उतने ही भयंकर.... विकराल। यह कौन... यह कौन विघ्न डाल रहा है उसके यज्ञ में!

"यह तू अपने में इतना खोया-खोया क्यों रहता है? कोई गर्ल-फ्रेंड तो नहीं बना ली?" वह कहती राजू से।

और गुड्डो कहीं गहरे उसके पिता की कमी महसूस करती है। 'टीन ऐज' में बाप के साथ जैसा एक सम्प्रेषण बन जाता है, वैसा माँ से नहीं बन पाता। गुड्डो जहाँ अपनी बेटियों के साथ बहुत करीब महसूस करती थी, वहाँ राजू से व्यक्तिगत और यौन-सम्बन्धी बातों को लेकर भी मन में झिझक थी। उसे लगता था राजू उससे दूर चला जा रहा है। उसका संसार जिन साइंस फिक्शन, कॉमिक्स बुक्स, टेलीविजन और वीडियो खेलों की निष्क्रिय हिंसात्मकता से बना हुआ है उसमें न तो गुड्डो को दिलचस्पी है, न ही वह उन्हें समझ पाती है। बस डर लगता है कि राजू कहीं अजनबी न हो जाए। हिंसा के जो क्रूरतम और कुरुपतम रूप हो सकते हैं, वही नए-नए जामे पहनकर बार-बार टेलीविजन पर पेश होते रहते हैं और इनसे राजू का रोज का संसर्ग है।

"राजू, तू क्यों देखता रहता है यह सब, क्या मजा आता है तुझे इस ढिशुम-ढिशुम में? इन सबका उलटा-सीधा असर होगा तुझ पर।" वह खीझकर कहती।

"ममी, सारे ही लड़के यह देखते हैं, सिर्फ मैं ही नहीं।"

"तू दोस्तों के साथ बाहर क्यों नहीं खेलता? अकेला क्या खेलता रहता है घर में? अब ये कार्ड कैसे हैं?"

"कुछ नहीं, यह तो बेसबॉल के कार्ड हैं।"

"तू ऐसे अकेले खेलते बोर नहीं होता?"

"प्लीज ममी, मेरी गेम मत डिस्टर्ब करो। मैं स्कूल में दोस्तों के साथ खेल लेता हूँ।"

"अच्छा, छोड़ इसको, बात कर मुझसे।"

वह खेल पर ही आँखें जमाए कहता है, "क्या बात करूँ?"

गुड्डो झिंझोड़ते हुए कहती, "तुझे क्या हो गया है, राजू?"

"तुम बेकार फिक्र क्यों करती रहती हो?" वह बेपरवाही से कहता।

"तू यहाँ खुश है?" गुड्डो जैसे डरते-डरते पूछती।

"हूँ, ममी! अब हम हिन्दुस्तान दुबारा कब जाएँगे?"

गुड्डो चौंक जाती थी राजू के इस सवाल से। फिर कोई जवाब देने के लिए कह देती, "अब तो यहीं बन जाएगा हिन्दुस्तान; अनुज, राकेश और तनिमा जो आने वाले हैं।"

राजू और गुड्डो में मौखिक लेन-देन बहुत कम ही होता था, पर दोनों को एक-दूसरे की मौजूदगी भली और चैन देने वाली लगती थी। अणिमा उसमें हल्की-हल्की लहरें उठा देती थी—कभी ममी से बतियाती तो कभी राजू को छेड़ देती थी।

पर छोटे-से उस अपार्टमेन्ट में छह वयस्कों की रिहाइश ने अजीब हल-चल मचा दी थी। ऊपर से नए-नए नाजुक रिश्ते। राजू की जिन्दगी की झील में जैसे तूफान आ गया। जब उसे कमरा खाली कर बैठक में सोने को कहा गया, तो उसे लगा कि उसके निजी जगत में दखलअन्दाजी की जा रही है।

"ममी, मैं पढ़ूँगा कैसे मुझे तो यहाँ लगातार डिस्टर्बेंस होगी। क्या मैं अपने कमरे में ही नहीं टिका रह सकता?"

गुड्डो और अणिमा के इस इन्तजाम में राजू की सलाह नहीं ली गई थी। गुड्डो, जो अब तक राजू के आगे-पीछे लगी रहती थी, उसकी खाने और दूसरी देखभाल का ध्यान रखती थी, अब पूरी तरह से जँवाइयों की खातिरदारी में मशगूल थी। राजू को भी बार-बार उनकी खिदमत के लिए भगाया जाता। फिर चाहे वह एयरपोर्ट पर सूटकेस उठाने का काम हो या भागकर सौदा लाने का। राजू को ऐसा भीड़-भड़क्के वाला घर सहज और अपना नहीं लगता। उसके फाइनल इम्तहान नजदीक आने लगे तो वह बहुत फिक्रमन्द हुआ। गुड्डो से कहा भी—

"ममी, एक ओर तुम चाहती हो कि मैं आईवी लीग यूनिवर्सिटी

में दाखिला लूँ। दूसरे, तुमने मुझसे कमरा तक छीन लिया है, घर में चैन ही नहीं कि पढ़ सकूँ।''

गुड्डो को भी अब फिक्र हुई पर कोई हल नहीं नजर आ रहा था। दोनों जँवाइयों के पास नौकरी नहीं थी। न तनिमा को ही अभी रेजिडेंसी मिली थी। जँवाइयों की मनःस्थिति नई शादी के रंग-विलास में मगन रहने की थी। खाना-पीना, सैर-सपाटा। गुड्डो का आर्थिक बोझ उसकी अपनी हैसियत से कहीं ज्यादा था। जँवाई तो डॉलर रकम नाम की ही लाए थे। उनका जेब-खर्च तक गुड्डो को देना पड़ता था। शुक्र है अणिमा को स्कॉलरशिप मिल रही थी, वरना खाली गुड्डो की तनख्वाह में तो खाना भी मुश्किल से चलता। राकेश या अनुज में से कोई-न-कोई टेलीफोन पर भारत अपने परिवार से बात करना चाहता। गुड्डो को ये टेलीफोन के बिल काटने को दौड़ते। वह खुद तो कभी किसी को पैसे बचाने की खातिर फोन करती नहीं और ये चले हैं सारा पैसा उड़ाने—इतनी देर-देर तक बात करने की क्या जरूरत है? इसके साथ ही उनका नौकरी ढूँढने का सिलसिला भी शुरू हो रहा था, जिसके अपने खर्चे कुछ कम न थे।

गुड्डो की एकदम मिट्टी-पलीद होने वाली हालत हो गई थी। जँवाई खाना भी हिन्दुस्तानी खाना चाहते थे। सुबह पाँच बजे उठकर नाश्ते के लिए भरवाँ-पराँठे और लंच के लिए सब्जी-दाल वगैरह बनाकर दफ्तर जाती। लौटकर डिनर बनाना होता। तनिमा को घर के काम की कतई आदत न थी, न ही कुछ पकाना सीखा था। अणिमा दिनभर लैब में रहती, शाम को कुछ मदद करती। दो जँवाई खास मेहमानों जैसे बने बैठे रहते। इसी तरह हफ्तों गुजरने लगे तो गुड्डो को खीझ और गुस्सा आने लगा था। उसे सारे घर की नौकरानी बनाकर रख दिया गया है। जँवाइयों को न तो सूझता था कि वे घर के काम में हिस्सा बँटाने में कुछ पहल करें, न शर्माशर्मी कोई उनसे कुछ कहता था। गुड्डो थककर चूर हो जाती। अणिमा-तनिमा को बुलाकर एक बार उसने समझाया—

''तुम लोग घर के काम में मदद की पहल नहीं करोगी तो तुम्हारे पति कैसे सीखेंगे! तुम किसी तरह उन्हें भी रुचि दिलाओ न घर के काम में।''

अपनी डॉक्टर बेटी तनिमा से वह बोली, "देख, तू और तेरा पति एकदम बराबर हो। तू भी उतना ही पढ़ी-लिखी और लायक है जितना अनुज। कोई जरूरत नहीं कि तू उसे बिठाकर रोटियाँ खिलाए। दोनों मिलकर करो काम। अभी से अनुज में कोई गलत आदत डालने की जरूरत नहीं; वरना तू तो काम करके कमर तोड़ लेगी अपनी और उसे कुछ फर्क नहीं पड़ेगा।"

फिर ठहरकर बोली, "औरत की अहमियत उतनी ही होती है, जितनी कि वह खुद जताए।"

तनिमा ने अनुज से काम में ममी की मदद करने को कहा तो वह बड़े शौक से तैयार हो गया था। वह अकसर अब पूछ लेता, "यह कूड़ा फेंक आऊँ? प्लेटें सिंक में रख आऊँ। मैं चिकनकरी बनाना सीखकर आया हूँ, बनाऊँ?" पर अणिमा के पति राकेश में पूरे हिन्दुस्तानी जँवाई वाला रौब था। वह कह देता, "हमने शादी इसलिए तो नहीं की कि बीवी के घर में रोटियाँ पकाएँ। आदमी को अपनी इज्जत का खुद ध्यान होना चाहिए।"

महीनों ऐसे गुजरते जा रहे थे। राजू के इम्तहान सिर पर आ गए, वह खीझता और चिड़चिड़ाता ज्यादा ही था आजकल। गुड्डो ने अणिमा से कहा, "राजू की बैठक में ठीक से पढ़ाई नहीं होती। क्या तुम और राकेश राजू को अपना कमरा दे दोगे?"

अणिमा ने उसी दिन शिफ्ट कर लिया बैठक में। गुड्डो को सुबह पाँच बजे बैठक में से होकर रसोई जाना पड़ता था, नाश्ता तैयार करने के लिए। रसोई की आवाज़ें भी आती थी। राकेश खीझने लगा था—"क्या रोज सुबह-सुबह नींद खराब। जिनको सुबह उठकर पढ़ना है, वही क्यों नहीं सोते यहाँ। पर यहाँ तो साले साहब की चलती है। हम किस खेत की मूली हैं। पूछो उनसे कि लिविंग में तकलीफ क्या है उन्हें, क्या उनको भी बीवी के साथ रहना है।"

गुड्डो सुना-अनसुना कर देती। राजू को डिस्टर्ब करना नामुमकिन है। फिर उसका हक इस घर पर पहले है।

अणिमा और तनिमा में अपने-अपने खाविंदों को लेकर भी खिचर-पिचर

हो जाती। तनिमा कहती अणिमा से, "तू अपने मियाँ से कहती क्यों नहीं हिलने को। सारा दिन निठल्ला बैठा रहता है।"

"तो अनुज कौन-सा रोटियाँ पकाकर खिलाता है। अब मैं इस बात पर उससे लड़ाई करने से तो रही। कुछ-न-कुछ तो करता ही है नौकरी ढूँढने के सिलसिले में। फिलहाल तो यही उसकी प्रायरिटी है। आई डोंट थिंक यू शुड इंटरफियर इन माई रिलेशनशिप विद माई हसबैंड।"

घर में दो अलग-अलग कैम्प-से हो गए थे।

अनुज और तनिमा ने तभी लोकल इम्तहानों की तैयारी शुरू की। राकेश अभी इत्मिहान नहीं देना चाहता था। उसे अभी पढ़ाई के लिए और वक्त की जरूरत थी। तनिमा कहने लगी, "अगर राकेश इम्तहान भी नहीं देना चाहता और रेजिडेंसी अभी मिल नहीं रही, तो कोई भी छोटी-मोटी नौकरी क्यों नहीं कर लेता, कुछ तो आमदनी होगी।"

गुड्डो ने भी तनिमा से सहमति जाहिर की थी।

"नन्दा के पति को भी आते ही डॉक्टरी की नौकरी थोड़े मिली थी, काफी दिनों तक एक अस्पताल में लैब-टेक्नीशियन लगा रहा, वहीं बाद में जब वैकेंसी हुई तो उसे रेजिडेंसी मिल गई। यहाँ कोई बुरा नहीं मानता। छोटा काम करने से आदमी छोटा नहीं होता और कोई भी काम छोटा माना जाता ही नहीं। हर काम की अपनी अहमियत है।"

राकेश को तनिमा और गुड्डो की ऐसी सलाहों पर गुस्सा और अपमान महसूस होता था—"ये होती कौन हैं सलाह देने वाली—चार दिन घर पर रोटी खिलाने से ही इतना अधिकार मिल गया! मैं भी जँवाई हूँ—कोई हक नहीं है मेरा!" वह अन्दर ही अन्दर भुनता रहता—"जब तक अपनी लाइन में काम नहीं मिलता, मैं कोई भी छोटी नौकरी नहीं करूँगा! एक बार छोटी नौकरी ले ली तो क्या पता तरक्की का मौका ही न लगे। ये लोग भी तो तब मेरी बेकद्री करेंगे।"

कभी-कभी राकेश बहुत उदास और निराश होकर अणिमा से कहने लगता, "मैं तो जा रहा हूँ वापस हिन्दुस्तान। मुझे पता होता कि यहाँ रेजिडेंसी मिलने में इतनी मुश्किल है तो यहाँ कभी आता ही नहीं।" अणिमा

घबरा जाती। जिस तरह से वह कहता था उससे लगता था कि वह सच में चला जाएगा। क्या अणिमा का उसे कोई आकर्षण नहीं? सिर्फ नौकरी के लिए ही आया है यहाँ? राकेश के चेहरे पर असन्तोष और मायूसी स्थायी-सी छा गई थी। अणिमा महसूस करती कि वह उसी पर अपनी सारी खीझ और मायूसी निकालता रहता है। उस दिन यूनिवर्सिटी से थोड़ा लेट आई तो कैसे भड़का था–

"तुम्हें मालूम था कि मैं घर पर तुम्हारा इन्तजार कर रहा हूँ, फिर तुम लेट चली ही क्यों? यह तुम्हारा साला देश ही निराला है, मियाँ बैठे घर में और बीवी जाए मौज करने!"

"मौज करने नहीं, काम करने।" अणिमा ने टोका था।

गुस्सा बढ़ने पर राकेश अणिमा से बोलना भी बन्द कर देता। अणिमा को तब उसे मनाना पड़ता। उसे अणिमा का माँ, भाई, बहन से रिश्ता भी चुभता था।

"तुम्हें खयाल भी हमेशा अपने माँ-भाई-बहन का रहता है, मेरा तो तुम कतई ख़याल नहीं करती।"

अणिमा को बहुत कष्ट हुआ था इस बात से।

पर राकेश को लगता कि जैसे उसके साथ किस्मत ने कोई बहुत बड़ा धोखा किया है। अमरीका के नाम पर उसे इस अजीबोगरीब, बेरोशन और तंग अपार्टमेन्टनुमा पिंजरे में कैद कर दिया गया है। पिंजरे के दूसरे पंछी भी आकाश की कमी से घुट रहे हैं और हताशा में वे एक-दूसरे को ही नोंचने लग गए हैं।

कहाँ तो उसने सोचा था कि अमरीका जाकर एकदम अमीर हो जाएगा और कहाँ अकेले की कमाई का आसार नहीं। ऊपर से यह उम्मीद की जाती है कि घर के कामों में हाथ बँटाए, सौदा-बाजार करे। मेम साहब ने शादी की है या हिन्दुस्तान से नौकर मँगवाया है।

अर्जिया भेज-भेजकर थक गया था। हर बार नो वैकेंसी। राकेश अजीब नाकारी और मजबूरी के अहसास से छटपटाने लगा था।

गुड्डो को गहरा अफसोस होने लगता। यह सब क्या कर डाला

उसने! जिसे वह मुक्ति का रास्ता समझ रही थी, वहाँ तो और रोड़े गिर पड़े। जँवाइयों को पालो-पोसो और उनके तेवर भी सहो। वह भरसक गुस्सा भीतर पी-पीकर बाहर से विनीत बनी रहती। बेटियों का मामला है, गुजारा तो करना होगा। पर बेटियों के भीगी बिल्लीपन पर उसे और भी आक्रोश होता। एक दिन अलग से बुलाकर उसने दोनों को झिड़का था, "तुम दोनों बहुत भोली हो। मर्दों को सम्भालना कतई नहीं आता तुम्हें। जो वे बोल दें, मान लेती हो। इसलिए पढ़ाया-लिखाया था कि दब्बू बनी रहो। किसी तरह भी कुछ कम तो नहीं हो अपने खाविन्दों से। बराबर की पढ़ाई बराबर का परिवार, ऊपर से ग्रीनकार्ड भी हमारे मारे ही मिले हैं इन्हें, जरा रोब से रहा करो तुम।"

तनिमा की रेजिडेंसी पहली जुलाई से शुरू होनी थी। डॉ. जुनेजा ने सिर्फ उसका ही इन्तजाम किया था। रेजिडेंसी शुरू करने के साथ ही तनिमा को अस्पताल के पास ही अपार्टमेन्ट भी मिल गया। अनुज-तनिमा वहीं चले गए। तनिमा डॉ. जुनेजा को याद दिलाती रहती—"अंकल, अनुज के इम्तहान से मुझसे ज्यादा नम्बर आते रहे हैं, उसको कहीं कुछ मिल ही नहीं रहा। कुछ कर सकते हैं आप?"

जुनेजा न नहीं कर पाते, "हाँ, जरूर करूँगा बात।"

छह महीने बा अनुज को किसी की लीव वैकेंसी में जगह मिल गई।

राकेश अभी भी बेकार था। गुड्डो का बोझ तो हल्का हुआ था, पर राकेश की मायूसी में अब ईर्ष्या भी शामिल हो गई थी। एक परिवार में तो दो-दो रेजिडेंसी और यहाँ ठेंगा। वह अणिमा से कहता, "ममी, डॉ. जुनेजा से मेरे लिए बात क्यों नहीं करती?"

"बात तो उन्होंने की है, पर जब कोई जगह ही नहीं तो वे क्या करें।"

"क्यों, वे अनुज की जगह मुझे नहीं दे सकते थे?"

"अनुज के लिए तो तनिमा पीछे लगी रही। वहीं अस्पताल में जो काम करती है। डॉ. जुनेजा से तो रोज ही मिलती है वह।"

"तब फिर तनिमा को ध्यान होना चाहिए था कि पहले मेरे लिए जोर देती। मैं कहता न, तेरे परिवार वाले बहुत स्वार्थी हैं। तू ही उनके पीछे मरती हैं। अपने सारे स्कॉलरशिप के पैसे तू घर में दे देती है; अब बता, तनिमा-अनुज कुछ दे रहे हैं?"

"पर राकेश, वे लोग तो यहाँ रहे नहीं। उनको हिस्सा देने की क्या जरूरत है?"

"वह, वे तो कमाएँ पचास हजार और हम यहाँ सड़ें नरक में।"

"तुम्हें पहले नौकरी मिल जाती तो तुम आधा पैसा उन्हें दे देते?" राकेश चुप था। अणिमा ही कहती रही, "बात घर की है चाहे तुम्हें मिले या अनुज को। फिर क्या मालूम अनुज वाली जगह पर तुम चुने भी जाते या नहीं।"

"मतलब क्या है तुम्हारा? क्या अनुज मुझसे ज्यादा होशियार है?"

"होशियारी की बात कौन कर रहा है? होशियार सब बहुतेरे हैं यहाँ, लेकिन तिकड़म किसी-किसी का ही लगता है।"

अणिमा ने राकेश को एफ.आर.सी.पी. का इम्तहान देने को मना लिया था। इससे उसके रेजिडेंसी के मौके बढ़ जाते। तनिमा भी दे रही थी वह इम्तहान नौकरी में अपने पैर मज़बूत करने के लिए। अनुज ने कहा, वह अगले साल देगा इम्तहान। इम्तहान की फीस और ट्रेनिंग के लिए अणिमा का ढाई-तीन महीने का स्कॉलरशिप लग गया। वह राकेश का उत्साह बनाए रखना चाहती थी। तनिमा और राकेश का पर्चा एक ही दिन था, पर अलग-अलग शहरों में। तनिमा ने अणिमा से कहा था, "तू चल सकती है मेरे साथ मिनीसोआ। एकदम नई जगह, मुझे तो घबराहट हो रही है। अनुज भी नहीं जा सकता। तेरी हवाई टिकट वगैरह का खर्चा सब मेरा! बस, तू चल पड़ किसी तरह।"

तनिमा शुरू से ही अणिमा पर निर्भर करती थी और अणिमा को भी आदत थी बहन का चार्ज लेने की। पर जब उसने राकेश से बात की तो वह बोला, "चलना है तो मेरे साथ चलो। बहन से ज्यादा प्यार है क्या!"

“वह बात नहीं, डार्लिंग! पर तुम तो आदमी हो, अकेले आ-जा सकते हो। वह बेचारी अभी बच्ची है। डॉक्टर बनने से क्या। इस तरह अकेले घूमने का अनुभव तो उसे है ही नहीं न!”

अणिमा तनिमा के साथ ही चली गई। शाम को राकेश ने फोन किया था, “मैंने अपना पर्चा बीच में ही छोड़ दिया है। तुम्हें अपने घरवालों की ही जब परवाह करनी है, तो मुझे फिर यहाँ क्या करना है? मैं तो चला हिन्दुस्तान।”

उसी वक्त जहाज लेकर बॉस्टन चल दी थी अणिमा। पर्चा तो मिस हो ही चुका था। राकेश एक रूठे बच्चे की तरह मुँह फुलाए हुए था, मना कर घर लाई न्यूयॉर्क में। राकेश के इस व्यवहार ने बहुत सहसा-सा और उदास कर दिया था अणिमा को—कैसे ताल बिठा पाएगी परिवार और राकेश के बीच। इतना एमेच्योर क्यों है राकेश? या यह सिर्फ हालत का ही अंजाम है?

अणिमा को लगता था जैसे उसने किसी बिगड़े बच्चे से शादी का नाता जोड़ा हो। उसे मालूम था कि राकेश पाँच भाई-बहनों के परिवार में सबसे छोटा है। लाड़ की आदत है और परदेश में अकेले अपने परिवार की याद भी आती है उसे खासकर इस तरह हताशा के माहौल में। साल से ऊपर हो चुका है, नौकरी का कोई ठिकाना नहीं। अणिमा के भीतर सारे रिश्ते को लेकर शंकाएँ उठने लगीं—“क्या शादी करके सही किया है उसने? सिर्फ एक और परेशानी ही तो पाल ली है—क्या उतना सुख भी मिला है शादी से जितना कष्ट उसे भोगना पड़ रहा है?”

तनिमा के चले जाने के बाद से पिछला कमरा अणिमा और राकेश को ही मिल गया था। अब एक-दूसरे का साथ, एक-दूसरे के लिए वक्त ज्यादा था। अणिमा हर तरह राकेश के साथ एक सुखद रिश्ता कायम करने की कोशिश करती। सप्ताहान्त पर वह अपने को खाली रखती और कहीं-न-कहीं घूमने का प्रोग्राम बना लेती। उस बार दोनों न्याग्रा फाल देखने गए थे। खूबसूरती और विराटता का ऐसा सुन्दर सामंजस्य अणिमा ने पहले नहीं देखा था। पानी के प्रवाह की ऐसी अदम्य गति और शक्ति उसे पहले कभी महसूस नहीं हुई। और कितना सुख मिल रहा था जिस्म

के खुले हिस्सों को भिगोती उन फुहारों से। एक बार वे सब मिलकर एटलांटिक सिटी के कैसीनो में भी गए थे। अणिमा को रोशनियों का वैसा भद्दा प्रदर्शन देख बड़ी गलाज़त महसूस हुई थी। राकेश ने जुए के एकाध दाँव लगाए और कुछेक डॉलर जीतकर खुश था।

अकसर रातों को उसे लगता कि राकेश उसके बहुत करीब आ गया है, पर फिर तानों-भरी कोई झिड़की उसे कोसों दूर पटक देती। अणिमा को कभी-कभी ऐसा लगता जैसे उसके दिल-दिमाग पर काँटेदार पौधों वाली कोई पथरीली चट्टान रखी हुई है। तनाव और बोझ की वजह से वह कुछ नहीं कर पाती थी। उसकी पढ़ाई भी ठीक थी, राकेश से किसी-न-किसी बात पर तीखी झड़प हो ही जाती। हर बार अपमान का घूँट पीकर चुप रह जाती थी अणिमा।

अणिमा की तकलीफ देखकर गुड्डो को हौल उठने लगता था।

तनिमा और अनुज का अपार्टमेन्ट खूब नया, रोशन और उजला लगता था। किचन में सब कुछ साफ-सुथरा, चमकता-दमकता-अलमारियाँ, दराजें। तनिमा ने शेल्फों पर करीने से मसाले और दालों की बोतलें सजा दी थीं। अपने घर का अहसास मीठी झुरझुरी पैदा कर देता है। पहली तनख्वाह हाथ में आते ही एक हिन्दुस्तानी रेस्तराँ में पार्टी की थी उसने—मक्खनी मुर्गा, बकरे की रान, बिरियानी... कितना लुत्फ आया था खाने का! ममी तो वेजिटेरियन हैं, वैसा खाना घर में बनाती ही नहीं। पैसे तनिमा ने ही दिए थे। अनुज और तनिमा ने अलग-अलग बैंक एकाउंट रखे थे। यह पार्टी तनिमा ने दी थी राजू, ममी, अणिमा और राकेश को, सो वही देगी पैसा।

अनुज उस दिन मेडिकल की पढ़ाई की एक किताब खरीदने जा रहा था, तनिमा ने अपने लिए खरीदने को कहा तो बोला था, “तो पैसे दे दो।”

“क्या! पत्नी के लिए इतना भी नहीं?” चोट लगी उसे। शुरू से ही तेरा-मेरा, मेरा-तेरा बना रहा। तनिमा और अनुज दो व्यक्ति तो थे पर पति-पत्नी के रूप में एक इकाई नहीं बन पा रहे थे।

दोनों को रेज़िडेंसी में छत्तीस घण्टे एक साथ काम करना पड़ जाता, कभी रातों को भी एक अस्पताल में तो दूसरा घर में होता। हफ्ते में मुश्किल से एक दिन साथ रहने को मिल पाता, जिसमें वे नींद पूरी करते और थकान मिटाते।

रोज ही नए मरीज, नई बीमारियाँ, नई तरह का इलाज। नया सीखने और अभ्यास करने की धुन में बेसुध। एक-सी चीज़ों के साथ जुड़े होने की वजह से होड़ की आदत-सी पैदा होने लगी थी दोनों में। कॉलेज में भी ऐसा होता था। पर तनिमा के अनुज से नम्बर कम भी आते तो खुश ही होती था। मन से वह जरूर चाहती थी कि अनुज अक्ल से उसे अपने से कम नहीं समझे दोनों में विवाद भी इसीलिए चलते रहते, क्योंकि दोनों ही खुद को सही साबित करने में लगे रहते—कोई हार नहीं मानता।

तीन महीने बाद ही कुछ लोन लेकर गाड़ी खरीद ली गई थी। गुड्डो बेहद खुश थी। चाहे बेटी-जँवाई की हो, घर में गाड़ी तो आई। गुड्डो को लगा उसका ओहदा भी बढ़ गया था गाड़ी के आने से। राजू को येल यूनिवर्सिटी में दाखिला मिल गया था। बड़े बढ़िया वक्त पर आ गई गाड़ी। अगली अगस्त जब उसे कॉलेज छोड़ने जाएँगे, तो कार से जाएँगे। अनुज को बुरा तो नहीं लगना चाहिए, साला है उसका।

तनिमा भी सीख रही थी गाड़ी चलाना। बोली, ‘‘मुझे क्यों नहीं चलाने देते?’’

‘‘नई कार है, तुम्हें ठीक से चलानी तो आती नहीं। फिलहाल मुझे ही चलाने दो।’’ अनुज कहता।

तनिमा ने ड्राइविंग टेस्ट पास कर लिया था। एक दिन जब अनुज अस्पताल में था, वह गाड़ी चलाकर अचानक गुड्डो के यहाँ पहुँच गई। अपने इस नए हुनर पर उसे खुद ही अचम्भा हो रहा था। नीचे की सीढ़ियों पर से अपार्टमेन्ट तक आते हुए वह चिल्लाए जा रही थी, ‘‘देखो ममी, मैं अपने आप गाड़ी चलाकर आई हूँ।’’

‘‘फिर राजू, ममी, अणिमा, राकेश—सभी को घुमाकर वापस छोड़ गई। वापसी पर जब हाई-वे पर आ रही थी, तो एक गाड़ी से टकरा गई। तनिमा को चोट तो मामूली लगी पर गाड़ी का बँटाधार हो गया।

अनुज गुस्से से पागल हो रहा था, ‘‘खबरदार, जो मेरी गाड़ी को कभी हाथ लगाया तो!’’

‘‘मेरी गलती थोड़े न थी, किसी और ने आकर मारा।’’

‘‘जिसकी भी गलती हो, तुम लेकर गई ही क्यों?’’

‘‘चिन्ता मत करो, इंश्योरेंस से पैसे मिल जाएँगे, तो नई खरीद लेना।’’ दोनों अपनी-अपनी कहते चले गए। अनुज गाड़ी नहीं चलाने देगा तो क्या...तनिमा अपने लिए एक और खरीद लेगी। हुआ भी यही। महीने भर बाद घर में दो गाड़ियाँ थीं, पर घर में सुकून तो तब भी नहीं था। एक-दूसरे के प्रति लापरवाही वाला रूख और भी मजबूत होता रहा था।

उस शनिवार दोनों का एक साथ ऑफ-डे था। अनुज सवा घण्टा मीनाक्षी (फोन तनिमा ने ही सुनकर फिर अनुज को दिया था) नामक लड़की से बतियाता रहा। तनिमा पूछे बिना रह नहीं सकी, ‘‘यह मीनाक्षी कौन थी?’’

‘‘वही अस्पताल में मिली थी। इन्टर्न है। यहीं सेटेल्ड है।’’

‘‘तुम तो ऐसे बतिया रहे थे जैसे कोई करीबी दोस्त हो?’’

‘‘तो उसमें क्या, दोस्त भी हो सकती है।’’

‘‘अनुज, अभी तो शादी की तीसरी वर्षगाँठ भी नहीं मनाई हमने। तुमने अभी से दूसरी लड़कियों में इतनी दिलचस्पी लेनी शुरू कर दी। मुझे नहीं पसन्द यह सब।’’

‘‘ठीक है, तुम्हें बुरा लगता है तो घर पर फोन नहीं करेगी।’’

‘‘कहीं इसका यह मतलब तो नहीं कि सिर्फ बाहर ही मिलेगी।’’

‘‘यूँ तुम मुझे रोक तो सकती नहीं।’’ मजाक जैसा स्वर बनाकर अनुज ने कहा था।

‘‘देखो, अनुज! तुमने अगर ऐसा-वैसा कुछ किया तो यह मत सोचना कि मैं चुपचाप पड़ी सहती रहूँगी। मैं तुम पर किसी तरह से भी निर्भर नहीं हूँ। हमारी शादी का तो आधार प्यार था, अगर वह नहीं तो फिर शादी का कोई मतलब ही नहीं।’’

‘‘तुम तो किसी से मेरे जरा से हँसते-बोलने पर ही नाराज हो जाती हो। मैं कोई सीरियसली इंवाल्व थोड़े न हो रहा हूँ।’’

‘‘...’’

"दरअसल मैं सोचता हूँ, मुझे यहाँ शादी करवाकर आना ही नहीं चाहिए था। इतनी स्मार्ट और खुली तबीयत की लड़कियाँ मिलती हैं और अपने को मन मारकर रह जाना पड़ता है। तुम मुझसे एक समझौता क्यों नहीं कर लेती—न मैं तुम पर कोई बन्दिश लगाऊँगा, न तुम मुझ पर लगाओ।"

तनिमा अनुज की बात सुनकर सन्न रह गई, "हाऊ डेयर यू से दैट! खुद तो गलीज हो, मुझे भी घसीटना चाहते हो कीचड़ में।"

तनिमा के कान में कुछ कॉमन हिन्दुस्तानी डॉक्टर मित्रों के माध्यम से भनक पड़ी कि एक-दो नर्सों के साथ भी कुछ ऐसा रिश्ता है अनुज का। डॉ. जुनेजा ने कुछ ऐसा इशारा गुड्डो को किया था। ममी से जब ऐसा पता लगा तो तनिमा ने सोचा बात तो जरूर सच है। उस शाम घर में कोहराम मचा था। तनिमा कह रही थी, "मुझे नहीं रहना है तुम्हारे साथ। इतने कमीने हो सकते हो तुम, कभी सपने में भी नहीं सोचा था मैंने। कल ही चलकर तलाक फाइल कर दो।"

अनुज उसकी लल्लो-चप्पो कर रहा था, "तू समझती क्यों नहीं? सेक्स और प्यार दो अलग-अलग चीज़ें हैं। जो प्यार मेरे मन में तेरे लिए है वह किसी और के लिए हो ही नहीं सकता। अव्वल तो मैंने कुछ किया ही नहीं पर अगर कर भी लूँ तो उससे हमारे आपसी रिश्ते में थोड़े ही कोई फर्क पड़ेगा। तलाक-वलाक की बात भूल जा। ऐसी अफवाहों पर कोई तलाक लिए जाते हैं। एकदम बच्ची है तू। जो कोई कुछ भी कह देता है, वही मान लेती है।"

"प्रॉमिस करो, फिर ऐसी कोई गड़बड़ नहीं करोगे।"

"कसम से, नहीं करूँगा।"

पर तनिमा का विश्वास जम नहीं पाता था—उसमें दरारें पड़ने लगी थीं।

गुड्डो का मन तो और भी आहत था। जितना वह इन बच्चों की बेहतरी के लिए भागती-दौड़ती और कष्ट उठाती, उतना ही फायदे की जगह नुकसान हुआ जाता। बेटियों की ज़िन्दगी के तनावों ने उसकी सारी आकाँक्षाओं पर पानी फेर दिया। क्या गलती रह गई उससे... कामनाओं की डोर क्या ज्यादा खिंच गई थी... ओम् विश्वानि देव सवितर्दुरितानि

परासुव। यद् भद्रं तन्न आसुव—हमारे दुःख दूर करो, हे सुखों के दाता परमेश्वर! सब कल्याणकारी गुण, स्वभाव, कर्म और पदार्थ हमें प्राप्त हों।

गुड्डो की आवाज काँप रही थी, आँखें डबडबाई थीं। अनुज से उसने सिर्फ इतना ही तो कहा था, "तनिमा को बहुत चोट लगती है जब तुम ऐसा कुछ करते हो।"

अनुज ने एकदम रूखा होकर झटके से काट दिया था गुड्डो को, "आई डोंट थिंक यू शुड इंटरफियर इन आवर पर्सनल मैटर्स।"

और यह राकेश, जो अभी तक उसकी रोटियाँ तोड़ रहा है, कैसे पीसकर अणिमा से कह रहा था, "योर मदर हैज द चीक टु से दैट आई शुड पिकअप द गारबेज—समझ क्या रखा है मुझे... घर-जँवाई बनाकर कि जब चाहो दुत्कार दो। और तो और, अब खर्चे की कहानियाँ भी सुनाने लगी है। छाती पर समेट ले सारा पैसा। जो कुछ कर रही है अपनी बेटी के लिए, मुझ पर क्या एहसान है इनका।"

जिन बच्चों की जिन्दगी उसके अकेले विधवा अस्तित्व का मरकज़ थी, अब वह केन्द्र ही अपनी धुरी से डगमगा रहा था।

डॉ. जुनेजा, प्लीज कुछ कीजिए न राकेश का। राकेश की नौकरी के लिए भी गिड़गिड़ाना गुड्डो को ही पड़ा था।

गुड्डो के आँसू अपनी हथेलियों से पोंछते हुए वह बोले, "उमा, तुमको कहने की तो जरूरत नहीं। मुझे खुद ही उसका ध्यान है—दरअसल तुम्हारी अपनी तकलीफें इतनी बड़ी होती हैं कि अपनी तकलीफ का ज़िक्र करके मैं तुम्हें बेवजह दुःखी नहीं करना चाहता। मेरा भतीजा भी इसी अस्पताल में लगा है। किसी ने शिकायत कर दी कि मैं हिन्दुस्तानियों की नौकरी लगवाता हूँ और मेरे खिलाफ जाँच चल रही है। यूँ तगड़ा सुबूत मेरे पास यह जरूर है कि ये तीनों हिन्दुस्तानी और सारे उम्मीदवारों से बेहतर ही थे और अपनी इस बात से मैं कंविंस्ड हूँ। आपको याद होगा जब तनिमा ने यहाँ इंटर्नशिप की तो मैंने आपसे कहा था कि इतनी अक्लमन्द और मेहनती लड़की को लेना तो हमारे अस्पताल की खुश किस्मती होगी! अनुज और मेरे भतीजे के बारे में भी यही खयाल है मेरा और मैं ही क्यों, सलेक्शन कमेटी में और भी तो मेम्बर थे। फैसला

तो सभी की सहमति से ही होता है। इसीलिए यह जाँच नैगेटिव नतीजों पर ही पहुँचनी चाहिए। फिर भी मेरे लिए एहतियात बरतना जरूरी है। यहाँ से करीब बीस मील की दूरी पर न्यूजर्सी के एक छोटे-से शहर में अस्पताल है, वहाँ एक वेकेंसी निकली है। राकेश के लिए उसी जगह बात करता हूँ। मेरा एक दोस्त भी वहाँ लगा हुआ है।

नौकरी मिलते-मिलते चार-पाँच महीने और लग गए थे। आने वाली जुलाई से राकेश को न्यूजर्सी के अस्पताल में ज्वाइन करना था। अपार्टमेंन्ट उसे भी वहीं मिल गया था। राकेश को नौकरी मिलने की खुशी राकेश से ज्यादा गुड्डो और अणिमा को थी। अणिमा सोच रही थी राकेश जिन फ्रस्ट्रेशन की वजह से इतना खीझता-चिढ़ता था, वे अब नहीं रहेंगे। अपने अपार्टमेन्ट में रहने के सुख की कल्पना ही इतनी मिठास भरी थी। जुलाई में अणिमा-राकेश अपने अपार्टमेन्ट में चले गए। अगस्त में राजू येल यूनिवर्सिटी चला गया। तनिमा की कार में उसे छोड़ने गए।

गुड्डो का अपार्टमेन्ट अचानक इतना सूना और अकेला हो गया। अणिमा नए सिरे से जिन्दगी सँवारने की कोशिश कर रही थी। अस्पताल में राकेश बहुत मसरूक हो गया था। असन्तुष्ट वह अब भी था। वह जनरल मेडीसिन में विशेष योग्यता पाना चाहता था, पर उसे पीडियाट्री में रेजिडेन्सी मिली। इस देश में बच्चे कम बीमार होते हैं इसलिए पीडियाट्रिशियन या बच्चों का डॉक्टर बनने में उतनी कमाई नहीं होती। राकेश भी इसलिए इस क्षेत्र में नहीं आना चाहता था। पर चुनाव उसके हाथ में नहीं था।

राकेश घर आता तो अणिमा उसके लिए पहले से ही तैयार बैठी होती।

"अगले शनिवार हमारा ऑफ है। ऑपेरा देखने चलें, आजकल यहाँ एक बहुत अच्छा इटालियन ऑपेरा ग्रुप आया हुआ है।" लेकिन राकेश के जवाब ने अणिमा को हतप्रभ कर दिया, "भई, मुझे नहीं ऑपेरा-वॉपेरा जाना—चलना है तो किसी बढ़िया से इण्डियन या चाइनीज रेस्तराँ में चलकर खाना-वाना खाएँगे। उसके बाद कहो तो डिस्को चले चलेंगे... यूँ मेरा तो ख्याल था कि पहला चेक आए तो एक वीडियो खरीदा जाए। फिर

खूब हिन्दुस्तानी फिल्में देखा करेंगे। मैं तो तरस ही गया हूँ हिन्दी फिल्मों के लिए।''

अणिमा नजमा के साथ ऑपेरा और बैले देखने गई थी। संगीत-नृत्य में दिलचस्पी शुरू से थी और अफसोस भी रहता था कि सब पीछे छूटता जा रहा है। सोचा करती थी कि राकेश जब आएगा तब उसके साथ देखा करेगी। जेन और नजमा के साथ उसने पश्चिमी थियेटर के सौन्दर्य को भोगा और उसका सुख पाया था। अमरीका में बसे बिरले हिन्दुस्तानी ही थे, जो अमरीकी कला-संस्कृति में कोई दिलचस्पी रखते थे। अमरीका उनके लिए ऐसी सोने की चिड़िया था, जिसकी उपयोगिता से तो वह बखूबी वाकिफ थे, पर जिसकी रूपाभा देखने से उन्हें कोई ताल्लुक न था। जिनमें सांस्कृतिक सजगता कुछ है वे इस देश में हिन्दुस्तानी संस्कृति को बचाने की कोशिश में लगे हैं।

गीता मौसी भी तो कहती है—जैसी सम्पन्न हिन्दुस्तान की कला-संस्कृति है, उसके सामने तो यह देश टिक भी नहीं सकता। भारत के शास्त्रीय नृत्यों और संगीत की सघन परम्परा के सामने यहाँ का सब कुछ उधार या नकल लगता है।

गीता मौसी को यूँ बैले ऑपेरा का जरा-सा सुना-सुनाया-सा ही ज्ञान है। ममी को भी कोई दिलचस्पी नहीं है। ममी तो बीस-चालीस डॉलर का ऑपेरा-बैले की टिकट खरीद कभी न देखने जाए। यह शायद नजमा की सोहबत का असर था कि अणिमा भारतीय संस्कृति की उच्चता को मानते हुए भी यहाँ के कल्चर, यहाँ के समाज और राजनीति के साथ जुड़कर रहना चाहती है। उसने कभी किसी हिन्दुस्तानी अमरीकी को यहाँ की राजनीति में सक्रिय हिस्सा लेते नहीं पाया। जातीय तौर पर थोड़ी-बहुत दिलचस्पी लेते भी हों, पर ऐसा कोई संगठन नहीं जो लोकल कम्युनिटी के साथ जुड़कर काम कर सके। पिछले साल न्यूयॉर्क में हिन्दुस्तानियों की एक संस्था ने पूरे अमरीका में छोटे-छोटे गुटों को जोड़कर एक संघीय संस्था बनाई थी। उनका जलसा देखा था उसने। फेडरेशन का प्रेसिडेंट बड़े जोशीले भाषण दे रहा था—''हम इतने साल से इस देश में हैं और हमें कोई पहचानता ही नहीं। इसलिए हम सबको संगठित होना है, ताकि

मौका आने पर हिन्दुस्तानियों की एक माइनॉरिटी के रूप में खास हक हासिल करने के लिए आवाज उठा सकें। हमारे बच्चे कल को यहीं बड़े होंगे... हमें उनके लिए रास्ते से काँटे हटाने हैं, ताकि आने वली पीढ़ियाँ यहाँ सुख से जी सकें। ...आपने सुना होगा, डॉ. मंगल का कम्युनिटी अस्पताल में कई बरसों से प्रमोशन इसलिए रुका रहा था कि वे हिन्दुस्तानी हैं। हिन्दुस्तानियों को नम्बर वन पोजीशन नहीं दी जाती और यह कहा जाता है कि उन्हें इस देश के हालात और लोगों की इतनी समझ नहीं। डॉ. मंगल न केवल सबसे सीनियर हैं बल्कि उनका काम भी सराहा जाता था, अब फेडरेशन के दबाव से यह काम हो गया है। मैं यही कहना चाहता हूँ कि संगठित होकर हम बहुत कुछ हासिल कर सकते हैं।

अणिमा को याद है सेमिनार के बाद फेडरेशन का वाइस प्रेसिडेंट रंगनाथ कह रहा था, "प्राइम टेबल पर सिनेटर के साथ मुझे नहीं बिठाया गया, पटेल को बिठाया गया। मैंने इतना पैसा इन्वेस्ट किया है इस संस्था में और ये अपना ही उल्लू साध रहे हैं। पटेल और मेहता अगर ऐसे ही सारा श्रेय लेते रहे तो मैं संस्था से विड्रा कर लूँगा।"

जलसे के खत्म होते-न-होते कितने ही गुटों में बँट गए थे वे लोग। सभी में आत्मोन्नति और शोहरत का लोभ। अणिमा ने तो एकदम काट लिया था खुद को इस गुटबाजी से। इसी संस्था ने भारतीय त्योहारों को मनाने का बीड़ा भी उठाया था। पन्द्रह अगस्त को हिन्दुस्तानियों की परेड न्यूयॉर्क का खास आकर्षण बन गई थी। दूसरे प्रान्तों के हिन्दुस्तानी भी शामिल होने आ जाते हैं। कुछ और संस्थाएँ अमरीका में जगह-जगह हिन्दुस्तानी मन्दिर ही बनवाती रहती हैं हिन्दुस्तानी दुकानें, हिन्दुस्तानी खबरों के हिन्दुस्तानियों के लिए निकाले जाने वाले अखबार, हिन्दुस्तानी रेडियो-टेलीविजन प्रोग्राम सारे देश के बड़े-बड़े शहरों में फैल रहे हैं। ...पर कहाँ है इस देश के पूरे सन्दर्भ से जुड़कर कुछ कर पाने का भाव।

ये मन्दिर और ये छोटे-छोटे गुट तो अपने सरवाइवल के लिए एक चेष्टा मात्र हैं। हम खोना नहीं चाहते। इस अथाह समुद्र में डूबना नहीं चाहते। किनारे पर खड़े अपने तम्बू गाड़ रहे हैं हम उसके सूरज की धूप तो लेना चाहते हैं, पर उसकी लहरों के हिलने से डरते हैं। गुरुद्वारों में

लंगर तो यहाँ भी होते हैं, पर कितने हिन्दुस्तानी होंगे जो आम गरीबों के लिए सूप-किचन चलाने में पैसा लगाते हों।

अमीरी यहाँ के हिन्दुस्तानियों में भी है और बहुत है, पर उसका इस्तेमाल होता है बड़ी-से-बड़ी और बढ़िया-से-बढ़िया लोकेलिटी में घर खरीदने में। रोल्स रॉयस और मर्सिडीज गाड़ियाँ खरीदने में। चिकन, लैम्ब और ह्विस्की-वाईन की नदियाँ बहा देने वाली पार्टियों में। ज्यादा-से-ज्यादा और आगे बढ़े तो हिन्दुस्तानियों की किसी संस्था का टैक्स बचाने के लिए डॉलरों के कुछ टुकड़े फेंक दिए। और वह भी इस तरह कि देने वाले का कुछ नाम हो, कुछ पहचान बन जाए।

हर हिन्दुस्तानी यहाँ एक व्यापारी है, अमरीका के एक बहुत बड़े बाजार में। हिन्दुस्तानी अपनी प्रतिभा, ज्ञान और अनुभव को लेकर आता है और चढ़ा देता है खुद को नीलामी पर। अच्छा दाम लग जाए तो क्या खूब...बढ़िया-सी नौकरी, सुन्दर-सा घर, नमकीन-सी बीवी और ब्लॉड गर्लफ्रेंड सबका सौदा हो जाता है। न बढ़िया दाम लगे तो भी बैरे या दुकानदार की नौकरी ही सही। ले-देकर किसी को यह सब घाटे का सौदा नहीं लगता।

पर क्या सच में घाटा नहीं रहता? जब कम पढ़ी-लिखी और कम निपुण गोरी जैनट गुड्डो की सुपरवाइजर बन जाती है, या चुपचाप निष्क्रिय होकर टी.वी. कम्प्यूटर से चिपका रह जाना राजू का स्वभाव बन जाता है, या ग्रीनकार्ड देकर खरीदे गए पतियों को ढोना और न ढोने पर तलाक की कड़वाहट झेलना कितनी ही लड़कियों की नियति बन जाती है! ऊपर से पहचान खो देने के डर संगमरमरी मन्दिरों, गुरुद्वारों या वैदिक यूनिवर्सिटियों के फोड़े बनकर उभर रहे हैं जो कुछ लोगों के अहम की तृष्टि देने का बहाने भर ही तो हैं, जिस तरह हर बड़े अमरीकी शहर में एक चाइना टाउन है वैसे ही अगले सौ साल में इण्डियन घैटाज हर बड़े शहर में मौजूद होंगे। लोग हिन्दुस्तानी खाना या अजीबोगरीब चीज़ें देखने वहाँ जाएँगे, पर साथ ही कहेंगे, 'हाऊ डर्टी', हाऊ फिल्थी'—वह हिस्सा उस पूरे शहर पर गन्दगी का एक धब्बा बना रहेगा।

इससे अलग शायद हिन्दुस्तानियों की हस्ती हो ही नहीं सकती

... बात तो नस्लों तक पहुँच जाती है। अरविन्द महसूस करता है कि हिन्दुस्तानियों का अलग पहचान बनाए रखना बहुत जरूरी है। वह कहता है, "इस देश में आने वाली नस्लों ने अपना कल्चर अपने साथ रखा है और इसे स्वीकार एवं सम्मान भी मिला है यहाँ। मोजेक में जिस तरह अलग-अलग रंगों के पत्थर जड़कर सुन्दर डिजाइन बनता है वैसा ही यह देश है। हर देश से आने वाले प्रवासियों में उनका निजीपन, उनका अपना सांस्कृतिक वैशिष्ट्य झलकता रहेगा—यही खूबसूरती है इस देश की।"

अणिमा उससे सहमत न होकर कहती, "तुम सिर्फ न्यूयॉर्क को देखकर ही यह बात कर रहे हो। यहाँ रोज इतने नए-नए देशों, रंगों के प्रवासी आते हैं कि न्यूयॉर्क तो एक मेल्टिंग पाट बन गया है। वहाँ वैसा अजनबीपन महसूस नहीं होता, पर यह भी सच है कि अमरीका के दूसरे हिस्सों में तुम परदेसी ही बने रहते हो।"

अणिमा बिना रूके, भवोद्रेक में कहती चली जा रही थी, "अरविन्द, यह देश पहले कुछ खेपों में आए उन गोरों का है, जो यहाँ के शासक और नियम-विधायक हैं। यहाँ की मल्टीनेशनल कम्पनियों के मालिक हैं। अभी कुछ विद्यार्जन कर रहे हो, कल नौकरी ढूँढने जाओगे तो देखना। ओफ! कितनी दुविधाग्रस्त है इन राज करने वालों की नीतियाँ, एक तरफ यह देश दम भरता है कि संसार के हर इन्सान को आजादी और तरक्की का माहौल देने के लिए इसका दरवाजा खुला है, दूसरी तरफ यहाँ जो आ चुके हैं वे अपने पीछे दरवाजे बन्द कर देना चाहते हैं हम एशियाई लोग अपने इसी सीमित घेरे में ही ऊपर उठ सकते हैं, कभी राष्ट्रीय स्तर पर भी कुछ सोचेंगे, करेंगे—इसकी उम्मीद मुझे तो कम है... हाँ, कोई इक्का-दुक्का टोकन के तौर पर अपने स्व के दायरे से ऊपर आ जाए तो और बात है।"

अणिमा का अनुभव, उसकी तड़प जैसे सब सीमाएँ तोड़कर सत्य को पूरी सभ्यता में कह ही डालना चाहती थी। वह आगे कहती चली गई कि, "जानते हो, हममें या हमारी तरक्की में इस देश की रुचि कैसी है? जब तक हम इन्हें एक मददगार या पैटर्न के रूप में समझकर इनके समक्ष नतमस्तक रहते हैं, तब तक तो ठीक-ठाक चलता है—पर जब हम

पूरे हक के साथ बराबरी करना चाहते हैं, तो इनके असली तेवर दिखाई देने लगते हैं...तुम दूसरे-तीसरे स्थान पर तो रह सकोगे, पर किसी आर्गनाईजेशन की चोटी पर पहुँचने की कोशिश करो तो देखो कैसे धकेले जाते हो। मैं तो बहुत बार महसूस करती हूँ कि जब तक हम 'एक्जाटिक' हैं वहीं तक हमें पसन्द किया जाता है, बराबरी करें तो बदनाम गद्दाफी बन जाते हैं...'' सहसा हँस पड़ी अणिमा, उसे बाथरूम की दीवारों पर पढ़ा एक फिकरा ध्यान में आ गया—''अरविन्द, सुनो, तुम्हें एक मजेदार बात बताऊँ... कभी ग्राफिती पढ़ते हो, तुम यूनिवर्सिटी के बाथरूम की दीवारों पर। ...लेडीज रूम की एक दीवार पर किसी ने लिखा था—मुझे यासर अराफात के साथ बिस्तर में लिटा दो। किसी और ने उसमें जोड़ा था—मुझे तो उसके बजाय गद्दाफी ज्यादा पसन्द है।'' बस, ऐसी ही रुचि है इनमें एशियाई देशों के प्रति।

आप हरे राम, हरे कृष्ण का धोती-टीका लगा लीजिए या योगतन्त्र की धूनी रमाइए तो खूब वाहवाही होगी। लोग हैरानी और अचरज से आपको वैसे ही देखेंगे जैसे आप आसमान में उड़ने वाले स्पूतनिक हों। हमारी गरीबी, हमारी भूखमरी, हमारे धार्मिक कर्मकाण्ड, हमारे मन्दिर और हमारे अजन्ता-एलोरा अद्भुत खिलौने हैं इनके लिए। जब खेलकर ऊब जाते हैं, तो किसी और देश की संस्कृति आकर्षित कर लेती है—चीनी, जापानी या जावा और सुमात्रा की। पर हमारी मानवता से कोई ताल्लुक नहीं है।

''वेट, वेट! यह तो तुम राजनीति के क्षेत्र में प्रवेश करने जा रही हो।'' अरविन्द ने उसे एकाएक टोक दिया।

''मैं सारी बात सिर्फ प्रवासियों के सिलसिले में ही कर रही हूँ। हम सभी में क्लास्टर-कल्चर या सांस्कृतिक आधार पर साथ जुड़े रहने की प्रवृत्ति बड़ी तीखी है। हिन्दुस्तानी ही क्यों, चीनी, कोरियन या यहूदी सभी अपनी-अपनी कम्यूनिटी से जुड़े रहते हैं, दूसरी संस्कृति के लोगों से दोस्तों का आधार कोई सन्दर्भ, प्रोफेशन या कुछ और वजह हो सकती है। सन्दर्भ न रहे तो दोस्ती भी टूट जाती है।''

अणिमा को ध्यान आ रहा था कि ममी भी यही कहती थी। उनके

दफ्तर की लिन डोलन के साथ उनकी खासी बातचीत होती थी। लंच भी साथ-साथ ही करती थीं। लिन डोलन ने कुछ समय बाद जब नौकरी त्याग दी तो मुड़कर गुड्डो से किसी तरह का भी कोई सम्बन्ध नहीं रखा। अकेलापन पहले खुद चुन लेते हैं ये लोग और फिर रह जाते हैं निपट अकेले। पैंतीस वर्षीय स्टेनले सिर्फ अपनी पाँच बिल्लियों की ही बात करता रहता है। जब किसी को अपनी चहेती बिल्लियों के बारे में बता रहा होता है, तो लगता है जैसे अपने बच्चों के बारे में बात कर रहा हो। उसकी सुपरवाइजर के पास भी एक बिल्ली थी। दो-एक बार उसने बिल्ली को अस्पताल ले जाने के लिए छुट्टी ली थी। स्टेनले क्रिसमस पर बिल्लियों के लिए उपहार खरीदा करता है। वह कहता है—"बिल्लियाँ जितना कुछ दो उतने में ही खुश रहती हैं, उससे ज्यादा की वे माँग नहीं करतीं। इसीलिए बिल्लियाँ उसे इन्सानों से ज्यादा पसन्द हैं।"

जाहिराना तौर पर अणिमा कहने लगी, "तब तो मन्दिरों की संस्था इन हिन्दुस्तानी प्रवासियों की मानसिक और सामाजिक भूख को तृप्त करने के लिए ही है। सभी कुछ तो होता है यहाँ। लोग सिर्फ पूजा थोड़े ही करने जाते हैं मन्दिर के ऑडिटोरियम में शास्त्रीय नृत्य की कक्षाएँ चलती रहती हैं, संगीत-नृत्य के प्रदर्शन होते हैं। हर त्योहार पर विशेष प्रयोजन किए जाते हैं। खूब सज-धजकर आते हैं हिन्दुस्तानी—देखे और दिखाए जाने के लिए तसल्ली पाने के लिए कि उनकी भी समाज में जगह है। वे यहाँ खोजते हैं अथाह अतल में डूबने से पहले जमीन का छोटा-सा टुकड़ा, पाँव धरने के लिए। सभी की हस्ती का अकेलापन साथ जुड़कर समूह बन जाता है। यही तो मात्र तरीका है उस अकेलेपन से लड़ने का, जो यहाँ की जिन्दगी की जड़ों को घुन की तरह अन्दर-ही-अन्दर से खा रहा है। लोहा लोहे को काटता है। एक का अकेलापन दूसरे के अकेलेपन को। कलस्टर-कल्चर एक निजात ही है जब यूनिवर्सिटी में बैठे-बैठे हम साउथ एशियन स्टूडेन्ट सेन्टर की जरूरत महसूस करते हैं, तो पूरे देश के फैलाव में तो वह जरूरत और भी बड़ी हो जाती है।

"एक ओर तो यहाँ आते ही हिन्दुस्तान एकदम इर्रेलेवेन्ट होने लगता है। पर कान फिर भी वहीं की खबरों पर लगे रहते हैं, यूँ कमिटमेन्ट

हमारी कहीं भी नहीं। बड़ी आसानी से बाहर निकल आते हैं दोनों की रंजिश से। ले-देकर जिन्दगी पैसा कमाने और तरह-तरह की योग्य वस्तुएँ उपलब्ध करने के इर्द-गिर्द ही चक्कर काटती रहती है।''

गुड्डो, अणिमा, राकेश, तनिमा, अनुज बस यही कर रहे हैं। तनिमा कहती है कि अनुज को तो वस्तुएँ ही नहीं, जीवित नारी शरीर चाहिए भोग के लिए। सन्देह से डसी हुई है तनिमा। हर वक्त सवाल-जवाब, लड़ाई-तकरार...

''कल तुम अस्पताल में तो थे नहीं। किधर चले गए थे?''

''कल? ...हाँ, कल दोस्तों के साथ बार में चला गया था।''

''किन दोस्तों के साथ?''

''वही अमर और अजय।''

''मुझे क्यों नहीं ले गए? मैं तो घर पर थी।''

''मुझे क्या मालूम तुम्हारा प्रोग्राम, या तो अपने स्केजल का चार्ट फ्रिज पर लटका दो। ...पर दोस्तों के साथ क्या मैं जरा-सी भी जिन्दगी नहीं गुजार सकता, तुम तो बार जाना पसन्द भी नहीं करतीं... उसी दिन तो कह रही थी कि बार में बोर होने से अच्छा है कि आदमी घर पर ही रहे।''

''वह तो ठीक है, पर क्या मतलब हुआ कि मैं घर में बैठूँ और तुम बाहर शराब उड़ाओ। यू भी हमारे पास एक-दूसरे के लिए वक्त कम होता है, ऊपर से...।''

तनिमा सोचती थी कि अनुज अपना पैसा शराब और लड़कियों पर खर्च कर देता है, इसलिए उसने अपने कमाए धन को पूरी तरह अपने ही अधिकार में किया हुआ था। गुड्डो भी इस बात में उसे उकसाती ही थी कि उसे सावधान रहना चाहिए। कौन जाने ऐसे आदमी कब किसी और लड़की से सीरियसली उलझ जाए। अपने सहज उन्मुक्त प्यार और उत्साह को तनिमा ने सायास बाँधना शुरू कर दिया था।

उस दिन फ्रिज खाली पड़ा रहा था। तनिमा-अनुज में से किसी ने भी उसे भरने के लिए खरीदारी नहीं की। अस्पताल से लौटकर अनुज को जोर की भूख लग रही थी। फ्रिज खोला और एकदम भड़का।

''तुम्हारा आज ऑफ था। पकाना नहीं तो कम-से-कम शॉपिंग तो करके रख सकती थी।''

तनिमा सोफे पर बैठी किताब पढ़ रही थी। ऐसे आराम का दिन भी आज ही का होता था। बोली, ''कल तुम्हारा ऑफ नहीं था? तुम कर देते...यूँ भी मेरे पास तो पैसे ही नहीं थे।''

''मतलब?''

''मतलब कि बैंक जाकर निकलवाने पड़ते और उतना वक्त नहीं था।'' फिर जो अन्दर बातें घुमड़ रही थीं, वे भी उलीच डाली।

''तुमसे मैंने कभी कोई बात नहीं कही, तभी तुम्हारी लापरवाहियाँ बढ़ती जा रही हैं। तुमको मालूम है घर का खर्चा आदमी चलाता है। मैं चुपचाप कर देती हूँ तो तुम और भी उम्मीद करते रहते हो। फर्ज तुम्हारा है यह, पत्नी का नहीं। पर यहाँ मैं तो अपनी सारी तनख्वाह घर में खर्च कर दूँ और तुम गुलछर्रे उड़ाओ या अपने माँ-बाप को बेशकीमती उपहार भेजो। मैंने जब कहा कि राजू की पढ़ाई में कुछ मदद कर दी जाए तो तुमने कहा–'यूअर ब्रदर इज नॉट आवर रिस्पांसिबिलटी।' दकियानूसी में तुम भी कम नहीं। दहेज प्रथा तब के लिए सही हो सकती थी, जब औरतें सिर्फ आदमी पर ही आश्रित थीं। जब हम दोनों बराबर हैं तो फिर तुमने ऐसी बातों का विरोध क्यों नहीं किया? सिर्फ लड़कियों के मामले में तुम खुलापन बरतते हो। बड़े चले मुक्त सम्बन्धों के हिमायती! अपने लिए मुक्ति चाहते हो, तो दूसरों को भी मुक्ति देना सीखो।

तनिमा के हाथों में ढेरों काँटे चुभकर उन्हें लहूलुहान किए थे। उसने तो अपनी पसन्द से शादी की थी, फिर काँटे क्यों? दोनों कैरियर बनाने की धुन में काम में मशगूल एक-दूसरे से दूर ही हो रहे हैं। एक-दूसरे के लिए वक्त बचता ही नहीं। खाइयाँ और गहरी हो रही हैं। तनिमा गुड्डो से कहती है, ''ममी, जब नींव में ही दरारें पड़ गई हैं, तो ऊपर से सीमेन्ट लगाने का फायदा क्या? मैं यह बच्चा पैदा नहीं करूँगी।''

''तुम बड़ी हो, समझदार हो, जो भी फैसला करना चाहो, कर लो। मुझे तो तुम्हारे सुख में ही सुख है।'' गुड्डो ने कहा था।

''ममी, बात असल यह है कि यही वक्त मेरे कैरियर में सबसे ज्यादा

अहम है। रेजिडेंसी ही बीच में छूट गई तो फिर आगे क्या करूँगी। इतने बरसों से तो लगी हुई हूँ डॉक्टरी की पढ़ाई में, सारी मेहनत बेकार जाएगी।''

''तुझे बुरा नहीं लगेगा?'' गुड्डो ने धीरे से कहा।

तनिमा की आँखें पनिया गईं। ''ममी, मुझे सच में समझ नहीं आता कि इस व्यक्ति के साथ मेरा क्या रिश्ता है? यह कहता है मुझे प्यार करता है और... पर अब और नहीं सोचना। ज्यादा वक्त भी नहीं बचा।''

अनुज को अबार्शन का पता लगा तो वह बहुत बड़बड़ाया। गुस्से में उसने तनिमा के गाल पर तमाचा भी जड़ दिया और लगभग चीखता हुआ बोला, ''हाऊ कुड यू डू दैट! मैंने कल ही अपने ममी-पापा को खत में बधाइयाँ देते हुए लिखा है। क्या कहेंगे वे! हाऊ कुड यू बी सो इन्ह्यूमन!''

तनिमा मन और शरीर दोनों से कमजोरी महसूस कर रही थी। अभी औजारों की दहशत उतरी नहीं थी। मन में बार-बार एक डरावना-सा अहसास कि जैसे हमेशा के लिए कुछ हो गया हो... ऐसा कुछ जो चाहे भी तो लौटेगा नहीं। बराबर अमूल्य-सा खो देने का एहसास। गुड्डो सिरहाने बैठी माथा दबा रही थी।

''दर्द हो रहा है, बेटे!''

''दर्द नहीं।...'' तनिमा जैसे कहीं खोयी हुई-सी थी, ''ऐसा लगता है... बड़ा अजीब-सा ख़याल आ रहा है... अनुज मेरी गोद में सिर रखता है...मैं उससे कहती हूँ... पता नहीं क्या कहती हूँ... पर ममी, उसने क्यों ऐसे चोट पहुँचाई मुझे? शायद ठीक ही किया है मैंने.. वह मेरा होकर रह नहीं सकता तो मेरा पूरापन भी क्योंकर मिले उसे... मुझे दीख रहा है बहुत उदास है अनुज... पर अब उसे लौटा नहीं सकती... भविष्य का वचन दे सकती हूँ।''

भविष्य को किसने देखा है। तनिमा को दो बार और गर्भ हुआ। पहले गर्भ में चेचक निकल आई तो हमल करवाना ही पड़ा। दूसरे में बच्चे का दिमाग अविकसित रह गया था और टेस्टों के बाद डॉक्टरों ने सलाह दी कि ऐसे बच्चे को दुनिया में न लाना उसकी मौत से कहीं बेहतर होगा। तनिमा औलाद के सुख से वंचित हो गई। गुड्डो सोच

रही थी कि शायद हर सुख की कीमत चुकानी ही पड़ती है। एक कहानी याद आ गई उसे। डब्ल्यू.डब्ल्यू. जैकब की कहानी का हिन्दी अनुवाद–"बन्दर का पंजा।" उसमें भी एक गरीब माँ-बाप थे। बेटा कहीं दूर नौकरी पर। एक भिखारी बन्दर का पंजा लेकर आता है और माँ-बाप को बताता है कि अगर वे चाहें तो उससे मन माँगी मुराद पाएँगे। शर्त इतनी कि जो कुछ भी मिलेगा उसका नुकसान कहीं और हो सकता है। माँ-बाप को पैसों की जरूरत है, वे वही माँगते हैं। थोड़ी देर बाद एक मनीऑर्डर आता है। लिखा है आपके बेटे का एक एक्सीडेंट में स्वर्गवास हो गया। यह उसका मुआवजा है।... दहला देने वाला अन्त। कॉलेज में जब इस कहानी का नाट्य रूपान्तर पेश हुआ तो बूढ़ी माँ का अभिनय गुड्डो ने ही किया था।

सिर से पाँव तक सिहर उठी थी गुड्डो।

यज्ञ का हनन न करें, हे परमेश्वर।

अणिमा-तनिमा की शादियों को लेकर राधिका ने भी चुभती-सी बात कह डाली थी कि गुड्डो मौसी ने तो हिन्दुस्तानी हसबैंड बाकायदा इम्पोर्ट किए हैं। वह कभी सोच ही नहीं सकती कि कोई इस तरह से शादी करवा सकता है। उसे अजीब किस्म की देसी रिश्तेदार लगती है गुड्डो मौसी। गुड्डो को लगता था राधिका में बड़ों का लिहाज नहीं। यह बात उसे बहुत खलती थी। उसने गीता से जिक्र भी किया था। गीता तो खुद ही परेशान थी। उसने अपनी आशंका कुछ इस तरह प्रकट की, "इस देश में लड़कियाँ पालना सबसे मुश्किल काम है। अगर रोको तो लगता है कि क्यों बेबात उन्हें जंजीरों में बाँधा जाए, न रोको तो फिर तूफान की तरह आगे ही बढ़ती चली जाती हैं। कोई बीच का मार्ग बनाते-बनाते ही सही, गलत तो होता ही रहता है। अब देख लो, राधिका अपनी सहेलियों के साथ सड़कों, इमारतों के आगे के मैदानों में जमघट लगाए है और डर मुझे इस बात का लगता है कि जाने कब यह सहेलियाँ सखा बन जाएँ और बिटिया कुछ ऐसा-वैसा न कर बैठे।"

"तुमने समझाया है उसे?" गुड्डो ने पूछा।

“समझाने कब देती है वह। बीच में ही चिल्ला पड़ती है कि मुझे सब पता है, आप क्या बताएँगी।”

“एक दिन सुना मैंने कि अणिमा से पूछ रही थी तुम और जीजाजी क्या इस्तेमाल करते हो?”

गीता को जैसे बिजली का करंट लग गया था।

गीता के डर झूठ नहीं थे। काश कि झूठ हो जाते! राधिका पीली पड़ती जा रही थी। फिर कै और उल्टियाँ। राधिका को खुद नहीं पता था कि उसे हुआ क्या है? बस जी मितलाता है। कभी कहती, “मम्मी, तुम खाने को बहुत ग्रीजी बना देती हो। मुझे तो उल्टी आती है।”

“उबली सब्जी। फिर भी कै!” गीता ने सशंकित मन से कह ही दिया, “कल तुझे डॉक्टर को दिखाती हूँ। तू तो बहुत कमजोर होती जा रही है।”

डॉक्टर ने गीता से पूछा था, “इनकी शादी हुई है?”

“नहीं।” गीता को लगा उसका सारा रक्त-प्रवाह जम गया है।

“इनका प्रेगनेंसी टेस्ट लेना होगा।”

गीता बेहोश हो रही थी। राधिका के जिस्म पर फफोले... बड़े-बड़े फफोले उग आए—डर, घबराहट, शरम का उद्घोष करते। घर पहुँचकर छाती पीट-पीटकर रो रही थी गीता, “मेरी ही किस्मत खराब थी। बस मेरे ही साथ होता है ऐसा। न हमारी खदानें जातीं, न हम यहाँ आते। किरन अपनी बेटियों के बड़े होते ही हिन्दुस्तान वापस चली गई। हम क्यों टिके रहे? क्या पड़ा है यहाँ? और अब... अब चारा ही नहीं। मुँह छिपाने को भी नहीं छोड़ा इसने। इसके साथ ही कनिका भी तो है, उसे क्यों नहीं कुछ हुआ। सारे स्यापे यही क्यों डालती है? सारी लड़कियाँ जाती हैं स्कूल-कॉलेज। अब कोई चौबीसों घण्टे लड़की पर आँखें जमाए ही तो नहीं बैठा रहेगा? अब क्या रस्सी बाँधकर रखें इसे?” और गीता प्रलाप किए जा रही थी। मुझसे कहती थी कि और लड़कियों के ब्यॉय फ्रेंड हैं, तो मैं क्यों न बनाऊँ? किसी के माँ-बाप बुरा नहीं मानते—ममी, वाई डोंट यू लेट मी डू वट अदर्स डू...अब देख लिया न करके। हाऊ कुड यू बी सो फुलिश? डू यू हैव ऐनी ब्रेंस आर जस्ट ए हीप ऑफ फ्लैश।”

चोट पर चोट। प्रहार पर प्रहार। कह लो, जो भी कहना है। राधिका

को कोई दानवी शक्ति सहारा दे रही थी। जीजाजी जब धाड़-धाड़ मारने लगे तो गीता को होश आया। वह कुछ नरम पड़ी और बोली, ''पहले ही वह अधमरी हुई पड़ी है और क्या मारोगे? जान ही निकाल लेनी है, तो और बात है। घोंट दो गला। काम आसान हो जाएगा। मरने पर तो कोई शरम नहीं।''

पिंकी का फोन, ''अर्जुन का जन्मदिन मना रही हूँ, आप सब आ जाना शुक्रवार शाम।''

और गीता की बुझी-बुझी आवाज, ''पता नहीं... शायद नहीं आ पाएँगे। राधिका की तबीयत खराब है।''

''तीन-तीन डॉक्टर हैं घर में। लगे हाथों इलाज भी हो जाएगा।'' उस ओर की आवाज और गीता का और भी सतर्क जवाब, ''नहीं, बहुत बिजी भी हैं ये। ओवरटाइम करना है। प्लीज, डोंट इनसिस्ट।''

गीता के घर तो मातम छाया हुआ है। जीजाजी ने तीन दिन से खाना नहीं खाया। जिन्दगी भर की सारी पूँजी एक ही दाँव में लुट गई कि कर्मों का यह फल मिला है! लाचारी, दर्द और जहरी लपटों वाला गुस्सा। कभी एकदम खामोश और गुमसुम और कभी दहाड़ते हुए गीता के पास पहुँच जाते।

''मैं तुझे हमेशा कहता था, इस पर थोड़ी लगाम लगाकर रख। तू इसे अब भी लाड़ से रोटियाँ खिलाती फिरती है। मैं कहता हूँ निकाल दे घर से बाहर। मेरी नाक कटवाकर अब यह घर में नहीं रह सकती।''

''तुम बात कैसी करते हो! घर नहीं रखना तो क्या फुटपाथ पर छोड़ना है उसे। वहाँ रह जाएगी नाक? कुछ भी हो, बच्ची है। सोलह साल कुछ उम्र होती है क्या? अबॉर्शन तो हो जाता है, चिन्ता किस बात की है तुम्हें। चार दिन में नॉर्मल हो जाएगी। पर क्या सच में नॉर्मल हो जाएगी? क्या यह दाग धुल पाएगा? कहाँ-कहाँ कितने-कितने घाव ...क्या सब भर पाएँगे? अस्पताल के औज़ारों का खौफ राधिका के जेहन पर ऐसा हावी था कि ख़याल आते ही पूरा बदन सहम-सिकुड़ जाता। शायद मर ही जाए वह...कभी-कभी इंफेक्शन भी हो जाता है... बस इतना ही जीना था उसे? नहीं... वह और जीना चाहती है। माँ की गोद में सिर रखकर फफक पड़ती है, ''मुझे बचा लो ममी, प्लीज! बचा लो मुझे।''

डर जाती है गीता। इसे इतना बुरा-भला कहना नहीं चाहिए था। इसे तो वैसे ही इतना कष्ट है। गीता राधिका का सिर सहला देती है, उसके लम्बे-घने केशों में उँगलियाँ फेर दिलासा देती है—"सब ठीक हो जाएगा, बिटिया! आगे से ध्यान रखना।" तभी जीजाजी का गरजता हुआ स्वर सुनाई पड़ता है, "बहुत हमदर्दी है न इस कुलच्छिनी से। लेकर बैठ जाती हो इसे गोदी में। तुम्हारे हाथ नहीं मैले होते इसे छूकर!" राधिका के सामने पड़ते ही जीजाजी के जिस्म पर खूँखार काँटों का जंगल उग आता है।

अगले साल, राधिका की कॉलेज की पढ़ाई शुरू होनी थी। कह रही थी, "मैं कॉलेज के पास ही किसी के साथ कमरा शेयर कर लूँगी। पापा को देखकर डर लगता है मुझे। पढ़ाई भी ठीक से नहीं होती, घर पर आने-जाने में इतना वक्त बरबाद हो जाता है।"

कनिका मेडिकल की पढ़ाई भी शहर से दूर कर रही थी। वह वहीं बोर्डिंग में रह रही थी। अतः गीता को घर के सूनेपन की भी चिन्ता थी। अशोक यूँ भी ज्यादातर घर से बाहर ही रहता था। पर लड़की को पैर पर तो खड़ा करना ही है यहाँ तो लड़कियों पर भी घर के बाहर कुछ बनने का दबाव उतना ही है, जितना लड़कों पर। फिर जैसी लड़की खुद होगी वैसा ही वर भी। परिवार की अहमियत से ज्यादा लड़की की खुद की कीमत पहले लगा करती है। कब तक यहाँ की औरत इन दबावों को झेलते हुए साबुत बनी रह सकती है। गीता खुद को देखती, गुड्डो को, फिर अणिमा को। नौकरी गीता की मजबूरी थी, वरना घर का भी सारा बोझ उसी पर था। गुड्डो तो अकेले ही घर और बाहर सम्भाले ही है। पर अणिमा उसके आगे की पीढ़ी है। वह पीढ़ी बाहर की ही होकर रहना चाहती, पर पुरुष विरोध करता है, उसे बढ़ने नहीं देता। उसने राकेश को कहते सुना था, "भई, हम उन लोगों में नहीं जो बीवी के गुलाम बनकर रहें। रोटी पकाना हमारा काम नहीं। ठीक है गाड़ी चला लेंगे, बीवी को घुमा देंगे पर यह चौका-बर्तन-झाड़ू अपने बस का नहीं!"

और यह राधिका की पीढ़ी! क्या सच में सब गैर-जिम्मेदार हैं? हाईस्कूल में माँ बनने पर ड्राप आउट करने वाली कितनी ही लड़कियाँ कच्ची उम्र में छौने पालतीं। जल्दी ही गुड्डो-गुड़िया का खेल खत्म।

असलियत बाहर। बिना तैराकी सीखे ही समुद्र में छलांग लगा देने वाले ये युवक-युवतियाँ आर्थिक दबावों की हहराती लहरों के पहले ही थपेड़े में डूबने लगते हैं। पुरुष किसी तरह हाथ-पैर मार बाहर निकल जाता है। और वह नन्हीं-सी माँ गोदी में अभिशाप लिए मझधार में खड़ी रह जाती है। हालात के थपेड़े खाती ये युवतियाँ या तो मानसिक रोगियों के अस्पताल में पहुँचती हैं या सोशल वेलफेयर के दरवाजे खटखटाती हैं—वह राधिका को घर से निकाल देती तो यही हश्र होता उसका। पर गीता ने तो बचा लिया है राधिका को। सच में बचा लिया। वह कॉलेज जाएगी। अपने पैरों पर खड़ी होगी।

लेकिन जिद भी खूब की थी उसने पहले, ''ममी, कॉलेज जाने से क्या होगा? आई डोन्ट वान्ट टु कीप ऑन स्टडिंग। जिन्दगी में और बहुत कुछ है। मैं जिन्दगी को जीकर जानना चाहती हूँ, किताबी कीड़ा नहीं बनना है मुझे।'' फिर कहा था, ''तुम मुझे सिर्फ दो साल की मोहलत दे दो। ये दो साल मैं खुद को एक्सप्लोर करूँगी। उसके बाद कॉलेज जाऊँगी।''

गीता डरी हुई थी, ''नहीं, एक बार कॉलेज छूट गया तो हमेशा के लिए छूट जाएगा। इस मामले में हम तेरी कुछ नहीं सुनेंगे। तुझे कॉलेज जाना ही है।''

एक साधारण-से कॉलेज में राधिका का दाखिला हो गया था।

गुड्डो सोच रही थी, जूडी भी तो यहाँ की लड़की है। वह तो किसी तरह के नारी-स्वातन्त्र्य आन्दोलन की हिमायत नहीं करती। देखने में साधारण और बहुत भावुक-सी लड़की है जूडी। पर अरुण ने उसकी जिन्दगी में कैसा बवाल मचाया हुआ है। एक अनिश्चय के धागे से उसे अधर में लटकाया हुआ है और खुद भी लटका है। कल अजीब-सी बात हो गई। गुड्डो को अभी तक विश्वास ही नहीं हो रहा। कल अरुण मिठाई और आम पापड़ लेकर घर आया था।

''दीदी, इस बार तो मेरी माँजी और पिताजी जैसे तैयार ही होकर बैठे थे कि शादी करके ही भेजना है।''

''तो?'' गुड्डो आगे सुनने को उतावली थी।

''बस, फिर क्या! लड़कियाँ दिखाई। एक लड़की उन्हें बेहद पसन्द

थी। कहते थे बड़ी शालीन है, घर में अच्छी तरह खप जाएगी। मैंने भी हाँ कर दी। हफ्ते भर में शादी हो गई।''

गुड्डो को एक करारा झटका लगा, ''क्या?... क्या तुम शादी कराकर आए हो?''

''क्या करता! माँजी-पिताजी ने जैसा इन्तजाम किया हुआ था और जैसी उम्मीदें लगाकर बैठे थे, मुझे लगा कि अगर मैंने इनकार कर दिया तो उनमें से एक को जरूर हार्ट-अटैक हो जाएगा, खासकर मेरी माँ को। वह वैसे भी दिल की मरीज है।''

''लेकिन अब... अब जूडी का क्या होगा?''

''जूडी को मैंने अभी कुछ बताया नहीं।''

गुड्डो बिफर पड़ी, ''जिसके साथ तुम दिन-रात गुजारते हो, उससे इतना छल कैसे कर पाते हो?''

''बात छल की नहीं, मजबूरी की है। दीदी, आप मेरी जगह होती तो समझतीं। मेरी माँ जो हमेशा साड़ी में लिपटी चाँद-सी बहू बाजे बजाकर घर में लाने के सपने देखती रही है, मैं किस तरह उन्हें निराश कर सकता हूँ। मेरे लिए जिन्दगी का सबसे अहम रिश्ता तो माँ का ही है।''

''तो जूडी का क्या सोचा है?''

''आजकल इसी उधेड़बुन में हूँ। यूँ साल भर तो उस लड़की के कागजात प्रोसेस होने में ही लग जाएँगे। कम-से-कम एक साल तो जूडी को कुछ बतलाने की जरूरत नहीं। धीरे-धीरे ही कुछ करूँगा।''

''तुम्हें मालूम है, तुम्हारी जिम्मेदारी जूडी के प्रति भी है। यह बहुत कोमल और भावुक लड़की है। तुम्हारी शादी की खबर...''

''मैं यूँ उससे कई बार कह चुका हूँ कि मेरे माँ-बाप उससे मेरी शादी के लिए कभी भी रजामन्द नहीं होंगे।''

''पर इसका मतलब यह तो नहीं कि उनके दबाव में आकर तुम जूडी के साथ अन्याय करोगे।''

''दीदी, तुम्हें मालूम नहीं, इकलौता बेटा होना क्या होता है!''

''मैं सोचती हूँ, तुममें गट्स होनी चाहिए, सीधी बात कहने के लिए। इस तरह तुम औरों की ही नहीं, अपनी जिन्दगी में भी गुँझले डाल रहे हो।''

जूडी गुड्डो से हिन्दी पढ़ने आया करती थीं, इसी से एक स्नेह का रिश्ता बन गया था दोनों के बीच। उसे पढ़ाते समय गुड्डो खुद भी अपनी भाषा की ध्वनियाँ, वाक्य-रचना, शब्द और अर्थ के रिश्तों को समझ रही थी। जूडी को जब ड, ढ, ध जैसे व्यंजनों के उच्चारण में मुश्किल पड़ती या त, थ, द, ध, ड, ढ को अलग-अलग से पहचानने में उसे दिक्कत होती, तो उसे अभ्यास कराते समय गुड्डो को एक खास मजा आता था। जूडी कहा करती थी, "अरुण जब हिन्दुस्तान ले जाएगा तो मैं उसकी माँ को अपनी हिन्दी से अचम्भित कर दूँगी। पर अरुण हमेशा अकेला ही जाता है भारत।" वह अरुण के अटपटे-से व्यवहार के प्रति शंकालु-सी होकर कहती, "मुझे समझ नहीं आता कि अरुण अन्दर से है क्या? कभी इतना गोपन, इतना अजनबी-सा और फिर घण्टों मुझे चूमते रहना। अरुण बहुत वार्म और पेशनेट है। और मुझे उसके प्यार में तीव्र सुख की अनुभूति होती है। पर फिर वह अपने में ऐसा सिमट जाता है कि मैं हैरान होती हूँ कि हम एक-दूसरे को जानते भी हैं या नहीं।"

इतवार को अकसर जूडी गाड़ी लेकर आ जाती है। गुड्डो और राजू को फिर घुमाने ले जाती है। कभी-कभी अरुण भी उसके साथ होता है। पिकनिक मनाने जाते हैं बेयर माउण्टेन–पहाड़ियाँ-चिड़ियाघर और कभी हडसन नदी के किनारे। लौटते समय आसमान में तारे देखता है राजू और जिद से कहता है–"ममी, आसमान देखो, कितने साफ नजर आ रहे हैं चाँद-तारे।" सच में एक-दूसरे से सटी इमारतों के बीच से, वरना चाँद-तारे कहाँ दीखते हैं... गुड्डो आह्वान करती है अपने देवताओं का ... सूर्य, चन्द्र–ॐ सूर्यो जयोतिः ज्योतिः सूर्यः स्वाहा... पर कहाँ है ज्योति? ... मन में तो अन्धेरा घिरा हुआ है... मेरा आकाश छोटा हो गया है।

"मुझे नींद नहीं आती।" उदास जूडी गुड्डो से पूछती है, "आई डोंट अण्डरस्टेंड इण्डियन मैन। क्या अरुण सच में प्यार करता है मुझसे? पता नहीं डर क्यों लगता रहता है... ऐसा लगता है कि कुछ है उसकी जिन्दगी में जिससे मैं बिलकुल बाहर हूँ।"

गुड्डो सोचती है, कुछ है राजू की ज़िन्दगी में भी जिससे वह खुद बाहर है।

कुछ राधिका के भीतर हलचल है, जिससे गीता बाहर है। कुछ अर्जुन के भीतर भी घट रहा है, जिससे पिंकी अपरिचित है।

गर्मी की छुट्टियों में राजू घर आया था। ढेरों किताबें और साथ में काम।

"तू तो छुट्टियों में भी किताबों में लगा रहता है। कहीं घूमा-फिरा कर।"

"घूमूँ कहाँ! वही-वही सड़कें... वही-वही रास्ते... बार-बार सब कुछ वही-वही।"

"किसी नई जगह चलने का प्रोग्राम बनाते हैं। तनिमा से बात करूँ?

"नहीं, वक्त नहीं। घूमने-फिरने में वक्त जाया हो जाएगा। मुझे बहुत सारा काम निपटाना है।"

"क्या काम कर रहा है तू?"

"तुम नहीं समझोगी, ममी! मुझे गणित और कम्प्यूटर से जुड़े कुछ प्रश्नों को सुलझाना है... मुझे बड़ा काम करना है... ऐसा कुछ जो पेटेंट हो जाए और फिर मैं मिलिऑनर बन जाऊँ।"

गुड्डो को लगा उसकी खुशियाँ आसमान छू रही हैं। इतना लायक है उसका बेटा। इतना महत्त्वाकाँक्षी। ज़रूर कुछ बड़ा काम करेगा यह. .. कामानाम् समर्द्धयित्रे सर्वान्नः कामान्त्समर्धय स्वाहा। अर्थात् हे कामनाओं को पूर्ण करने वाले अग्नि-रूप परमात्मा, तुम्हारे लिए यह आहुति दे रही हूँ।.. हवन में सामग्री डालते हुए हल्की-सी आँच गुड्डो की उंगलियों को छू जाती है।

वक्त के कितने ही नाप पूरे होते चले गए—दिन, महीना, साल। गुड्डो पूछती है, "अरुण, तू अपनी बहू को बुला रहा है?"

अरुण परेशान आँखों से उसे देखता है, "कुछ समझ नहीं आता, दीदी! पता नहीं क्या हो गया है मुझे। जूडी को मैं डाँट देता हूँ छोटी-छोटी बात पर। माँजी-पिताजी पर भी गुस्सा आता रहता है। उधर से लगातार दबाव वाली चिट्ठियाँ कि कब बुला रहा है तू। लड़की वाले बहुत हैरान-परेशान हैं। लोग बातें बना रहे हैं कि लड़के ने वहीं दूसरी शादी कर ली होगी। लड़की का बाप उस दिन पिताजी के सामने गिड़गिड़ाकर रोया कि उसकी बड़ी बदनामी हो रही है। मैं करूँ तो क्या?"

गुड्डो खामोश थी। मामला बहुत संजीदा हो चुका था।

मैं कहना चाहती हूँ, पर कहने का कोई मतलब नहीं कि पहले सोचना चाहिए था तुझे। खैर... सवाल अब का है। ''क्या फैसला करने की सोचता है तू?...''

''सोचता हूँ, यहाँ की जिन्दगी के लिए यहीं की बीवी ठीक रहती है...उसका स्वभाव तो मैं जानता भी नहीं, कैसी लड़की है, कैसे ख्यालात है, कैसे निबाहेगी.. कुछ भी नहीं मालूम।''

''तो...?

''माँ-बाप को लिख देता हूँ कि किसी तरह से तलाक का इन्तजाम कर दे।''

''क्या...?'' भौंचक्की रह गई गुड्डो।

''और क्या चारा है?''

''अब नहीं टूटेगा माँ-बाप का दिल? और उस लड़की का क्या होगा; जिसकी ज़िन्दगी बरबाद करके आ गए हो। पता नहीं, उसकी दुबारा शादी हो पाएगी या नहीं। क्या पता भावुक किस्म की लड़की हुई तो जहर-वहर ही खा ले?''

''तो क्या ले आऊँ उसे यहाँ?''

''अरुण, यह बहुत बड़ा फैसला है। मैं इसकी कोई जिम्मेवारी नहीं ले पाऊँगी। तुम्हीं को करना है फैसला।''

अरुण फिर से द्वन्द्व की खाई में गिर पड़ा। गुड्डो को गुस्सा भी आता है, वह एक निर्णय क्यों नहीं ले पाता। कैसा अन्तर्द्वंद्व चलता रहता है इसके भीतर, जो इसे तो परेशान किए ही है, इसके इर्द-गिर्द के करीबी इन्सानों को भी खाए डालता है। अरुण न कभी अपनी माँ से मुक्त हो सकेगा, न जूडी से।

अखबार में खबर निकली है कि एक हिन्दुस्तानी इंजीनियर ने अपने घर के लॉन में खुद पर पेट्रोल छिड़क आग लगाकर आत्महत्या कर ली है—तसवीर में उसकी पत्नी और तीन बच्चे भी हैं। दहक उठती है गुड्डो। नौकरी, पैसा, सारी सुख-सम्पन्नता... फिर भी उसने मौत को क्यों चुना? अकेलेपन का घुन गुड्डो के भीतर भी लगा है। वह आत्महत्या करने वाला

तो भरे-पूरे घर में भी नितान्त अकेला था। गुड्डो का तो घर भी सूना है, सारे पंछी अपने-अपने घोंसलों में दुबके हैं। क्या राजू बुढ़ापे में उसके साथ रहेगा? इस भौतिकता की अन्धी बदहवास दौड़ में कौन किसके लिए रूका है...हर किसी की नियति एक त्रिशंकु की-सी है मन वहाँ तो शरीर यहाँ, माँ वहाँ प्रेमिका यहाँ... कहीं गौरवमय अतीत का अहसास, तो कहीं सूखे वर्तमान की क्षुधा।

माँ पास आ भी जाए तब भी कहाँ सुलझाव आ पाता है। तब माँ की भी नियति त्रिशंकु-सी हो जाती है। पिंकी की सास भी तो आई हुई है। दोनों बेटे परदेस में। उस दिन गुड्डो से कह रही थी—

"कोई जिन्दगी है यहाँ, न किसी के साथ आना-जाना, न बोल-चाल। सुबह सात बजे घर से निकल जाए। कल्लमुकल्ले कोई करे भी क्या? फिर न ठीक से खाणा बणाणा, न खाणा। बस सैंडविच खा लेते हैं। बस एक टेम खाणा बने। अपण अर्जुन तो वह क्या कहें पीजा... हाँ, पीजा खा लेवे या वह गोल-गोल क्या होता है—हैमबर्गर... उसी से पेट भर ले। मुझे तो समझ नहीं आता यहाँ रखा क्या है, जो सब यहीं आणा चाहें। करनाल में सभी मुझसे कहें कि बड़ी भागो वाली हैं आप, दोनों बेटे अमरीका में पैसा कमावें। मैं कहूँ यह तो और भी बुरा हुआ, दो-दो बेटे होके भी पास में कोई नहीं।"

बहुत कुछ था उनके पास कहने को। रुकती ही नहीं थीं, "सूने फ्लैट में एक कमरे से दूसरे के चक्कर लगा-लगाकर मैं तो पागल हो जाऊँ। सुबह-सुबह जब सब चले जाएँ मेरे तो हौल-सा पड़े।"

सतिन्दर सोचता माँ को यहाँ बुलाकर गलती की। वे अपने परिवेश से एकदम कट गई हैं।

परिवेश से कौन नहीं कटा—गुड्डो, गीता, अणिमा, तनिमा, राजू। पर माताजी के लिए और भी बड़ी मुश्किल है—अंग्रेजी भाषा उन्हें आती नहीं। किसी बाहर वाले से तो बिलकुल कम्यूनिकेट नहीं कर पाती। अंग्रेजी भाषा आने पर भी क्या गुड्डो या राजू या जीजा जी कम्यूनिकेट कर पाते हैं।

माता जी की पूरी की पूरी जिन्दगी यहाँ बँधी-सिमटी-सी थी। न

यहाँ आते-जाते चाय पीने को रुक जाने वाले वे पड़ोसी थे, न जानकार, रोज की जिन्दगी के हिस्सेदार खानसामा, धोबी, जमादारनी, न ही बिन बुलाए दिनों तक टिके रहने वाले दूर-नजदीक के रिश्तेदार जिनकी अगवानी में खीझ और मजा बराबर का था, न ही मयस्सर थे वे सब पहचाने रास्ते और पहचाने लोग कि घर से मन उखड़ा तो चल पड़े उन रास्तों पर। किसी-न-किसी दोस्त या रिश्तेदार के यहाँ तो कोई-न-कोई रास्ता तो जाता ही था। बस चाय पी, निन्दा-स्तुति की और दिन बीत गया। अकेलेपन का डर और अहसास उन वक्तों में फुर्र हो जाता। घर की दुनिया बाहर की दुनिया से इतनी नावाकिफ नहीं थी जैसे न्यूयॉर्क में थी। अपनापन बाहर भी काफी था... पहचान वाली परचून की दुकान, जाना-पहचाना रिक्शावाला, नुक्कड़ के पानवाले की दुकान से लहराकर आते पहचाने फिल्मी गीत। यहाँ तो घर के बाहर अजनबीपन का ऐसा सैलाब उमड़ता है कि खौफ के मारे वे घर के अन्दर ही बैठी रहती। यहाँ की हर चीज अजनबी। यहाँ तक कि घर का ताला खोलने में भी डर कि शायद उनसे खुलेगा ही नहीं। बार-बार कहने लगती, तू मुझे वापस भेज दे, पर वहाँ भी चैन कहाँ। खतों का दौर...मेरे बच्चे तो वहाँ हैं, मेरा अकेले घर में कैसे मन लगे, बच्चों की नियति ने माँ की नियति को भी त्रिशंकु बना दिया।

कनिका को सर्जरी में रेजिडेंसी मिल गई। चौबीस बरस की हो गई कनिका। उसकी ग्रेजुएशन की पार्टी है, गीता घबराई हुई है। अकेले डाँस-डिनर पार्टी पर नहीं भेजना चाहिए कनिका को। छोटी मौसी पिंकी के साथ जाने में तो कनिका को बुरा नहीं लगना चाहिए। दूध का जला छाछ भी फूँककर पीता है। चौबीस साल की बिटिया की भी पहरेदारी करता है कोई। चली जाती है पिंकी पर बड़ा अटपटा लगता है उसे। कनिका तो साथ के डॉक्टर सहपाठियों के साथ घुली-मिली बातें कर रही है। एक लम्बा सजीला काला युवक उसे डाँस-फ्लोर पर ले गया है, नाचते हुए खुश दीखते हैं दोनों सफेद ड्रेस पर बेल्ट के दबाव से कनिका की कमसिन कमर और भी पतली और आकर्षक लग रही है कमर पर रखा

मिशेल का हाथ कभी-कभी हल्के दबाव से कनिका को अपने करीब खींच लेता है। कनिका की लाज से सिहरती देह धीरे से परे हो जाती है। दूसरे युवक-युवतियाँ पूरी तरह डूबे हैं। एक-दूसरे में। बदन से सटे बदन, होंठों से जुड़े होंठ। अब तो कनिका भी बड़ी हो गई। कब तक सयानी बेटी बनी रहेगी अपने पापा की। पिंकी को अटपटा लग रहा है, कनिका पर इस तरह आँख रखना।

गुड्डो से कह रही थी गीता उस दिन, "कोई अच्छा-सा डॉक्टर लड़का मिल जाए तो बस जल्दी से शादी कर दें कनिका की।"

पर कनिका अभी शादी नहीं करना चाहती। वह कहती है, "मुश्किल से तो पढ़ाई का बोझ खत्म हुआ है, कुछ दिन आराम करना चाहती हूँ, अपनी मर्जी से काम करना चाहती हूँ, फिर राधिका और अशोक की पढ़ाई में भी तो मदद कर सकती हूँ। बस, डेढ़ महीने में तो मेरी रेजिडेंसी शुरू होने वाली है। दैन आई विल बी रिच।" कनिका को मालूम है शादी के बाद वह पराई हो जाएगी। अभी अपनी है। अभी राधिका-अशोक की मदद करने में ममी-पापा पर अहसान तो नहीं।

और मिशेल! उसके लिए भी तो रुकना है उसे। देखो, कभी हिम्मत करके पापा से बात उठाएगी। पर कैसे कहेगी पापा से! पापा को धक्क तो नहीं लगेगा? बहुत बोझ है कनिका के दिमाग पर। पापा की अच्छी बेटी बनी रही है हमेशा। सोचते हैं किसी भले-से लड़के से वक्त पर शादी कर देंगे उसकी। उनको तो इस बात का अहसास देने में भी डर लगता है कि कनिका का कोई मित्र है और वह भी काली नस्ल का।

ओह! कितना ढकोसला करना पड़ता है। क्यों नहीं कह देती—पापा, मुझे मिशेल पसन्द है—फिर काला हो या जो भी, है तो वह भी डॉक्टर और उसका साथी भी है। पर डरती है कनिका—कहीं पापा को हार्ट-अटैक ही न हो जाए। पहले ही राधिका की वजह से शायद, इतने टूटे-टूटे-से दीखते हैं पापा। गुमसुम, उदास... जैसे कोई बोझ लगातार मसल रहा हो पापा को। उस दिन, जब वह वीक-एण्ड के बाद लौट रही थी तो, अस्पताल के अपार्टमेन्ट में उसे छाती से लगाकर बोले थे पापा, "बेटी, तू सब कुछ है मेरा।" कनिका ने आँखें उठाकर ऊपर देखा तो पापा की

आँखें पनियाई हुई थी। उस दिन मिशेल से जब इस बात का जिक्र किया था तो उसने कहा था, "हुँह! इमोशन ब्लैकमेल। जब बच्चे अपने पैरों पर खड़े हो जाते हैं, तो सभी पेरेन्ट्स बस इसी तरह से कब्जे में रखना चाहते हैं उन्हें।"

कनिका को अच्छी नहीं लगी थी मिशेल की यह बात। शुरू से ही इतना प्यार दिया है पापा ने, कितना खयाल रखा है उसका। अब यह 'इमोशनल ब्लैकमेल' हो गया। बचपन में तो बहुत डरा करती थी पापा से। बड़े होते-होते डर चला गया। अब तो तरस आता है उन पर। पापा की सारी जीवन-शक्ति निचुड़ गई हो जैसे। कितना कमजोर, कितना छोटा महसूस करते हैं वे अपने-आप में। उस दिन कह रहे थे, "मेरी तो जिन्दगी अब परे वाले छोर पर पहुँच गई। कुछ नहीं किया... ऐसे ही चपरासीगिरी करते-करते चल बसूँगा। बस तुम्हीं लोग हो, जो कुछ भी हो। मुझे तो हिन्दुस्तान लौट जाना चाहिए। वहाँ चैन से मर तो सकूँगा।"

कनिका ने ही चुप किया था, "पापा, ये कैसी बातें करने लगे आप... मरना-वरना अभी नहीं आपको।"

कान चीर देने वाला घड़घड़ाता संगीत। छोटे-से नाच-फर्श के टकड़े पर सैकड़ों बदन एक-दूसरे से सटते-टकराते झूम रहे थे। चमकती-बुझती, थिरकती रंगीन रोशनियाँ उन जिस्मों से खेल रही थीं। बीचोंबीच छत से झूल रहा था एक बड़ा-सा सिने-पर्दा, जिस पर कभी भड़कीले और नग्न नारी शरीरों के अक्स उभरते। परदा नीचे उभराता, फिर ऊपर उठ जाता। अधनंगे लिबासों में लिपटी युवतियाँ, लम्बे चोगों के लिबास पहने, घुंघराले बालों वाले, लिपे-पुते चेहरे और बेतरतीब कपड़े पहने युवक। सिर के बाल कहीं मोरपंखी-से, कहीं आधा सिर मुण्डा कहीं दोनों तरफ मुण्डा और बीच में खुली जापानी पंखे की तरह उठे हुए बाल। सिर से पाँव तक जिस्म के हर अंग को नचाती-थिरकती कितनी ही षोडशियाँ। अणिमा दर्शक बनी ताक रही थी इन अजीबोगरीब जीवों को। शहर का मशहूर डिस्को था। राकेश ने बहुत कहा, इसी से चली आई। नाचने का

मन नहीं हो रहा था। उसे लगा वह इस भीड़ का हिस्सा नहीं बन सकती। कुर्ता-पाजामा पहने ऐसे लग रहा था मानो लबादा ओढ़ लिया हो गर्मियों में। घुटन हो रही थी और पसीना आ रहा था। सारा डिस्को का व्यापार उसे बड़ा पराया-सा, किसी और की जिन्दगी का हिस्सा लग रहा था। बहुत सतही, अस्त-व्यस्त और पगला देनेवाला माहौल। डाँस फ्लोर के किनारे खड़ी वह नाचते-झूमते मस्त युवक-युवतियों का नजारा देख रही थी। तभी उसे एक पहचाना चेहरा दिखा। डिस्को की चमचमाती रोशनियों में पहचानना मुश्किल हो रहा था। पलभर को बत्तियों की चमचमाहट ठहरी तो देखा राधिका थी। सिर के बालों का स्टाइल बदल लिया था। लम्बे-सीधे गिरने वाले बालों को उसने स्थायी रूप से घुँघराला बनवाया था। कानों में कन्धों को छूने वाले लम्बे इयरिंग दूर से ही झिलमिल कर रहे थे। जिस्म का ऊपरी हिस्सा काफी उघड़ा हुआ था। बहुत दुबला-सा लग रहा था जिस्म राधिका का। अणिमा रूक नहीं पाई। धकियाते-बचाते लड़के-लड़कियों के बीच से रास्ता निकाल पहुँच गई राधिका के पास।

"कैसी हो?" उसने राधिका के कान में जोर से कहा।

राधिका के मुँह से कोई सख्त-सी गन्ध महसूस हुई अणिमा को।

"वण्डरफुल। तुम कैसी हो?" राधिका ने कहा तो गन्ध सीधे अणिमा के नथुनों से टकराई। उसने जरा-सा पीछे मुँह हटा लिया।

"आजकल कहाँ हो?"

"मैंने कॉलेज की पढ़ाई छोड़ दी है। आजकल एक नाइट क्लब में वेट्रस की नौकरी ले ली है। पैसा अच्छा मिलता है।' चीखते संगीत के शोर में ज्यादा बात नहीं हो पा रही थी। बाय करके अणिमा अपनी जगह वापस आ गई। लौटकर फिर उसने राधिका वाली जगह की ओर निगाह फेरी तो देखा एक लम्बा-सा गोरा अमरीकी युवक उसे बाँहों में भरकर चूम रहा था।

पीछे से राकेश ने आकर उसे घेर लिया, "चलो, फ्लोर पर चलें। क्या दर्शक बनी घूरे जा रही हो सबको। यह अच्छा ऐटीकेट नहीं है।"

राकेश उसे कन्धे से धकेल फ्लोर पर ले गया। अणिमा बेमन हाथ-पैर हिलाती रही। मन में द्वन्द्व-सा चल रहा था। राधिका यहाँ के लोगों में

पूरी तरह रस-बस गई लगती है। वह क्यों नहीं ऐसी हो पाती? क्यों वितृष्णा-सी हो रही है उसे इस सारे डिस्को-कल्चर से? हिन्दुस्तान में भी तो इसकी भद्दी अनुगूँजें सुनती रहती थी। उसे वह डिस्को हॉलों में जाने वाला सारा वर्ग ही थोथा और सतही लगता। पर उसे समझ यह भी नहीं आ पाता कि उसकी अपनी जड़ें कहाँ हैं, अगर उसकी पीढ़ी के साथ पढ़े लोगों को डिस्को अच्छा लग सकता है, तो उसे क्यों नहीं? राकेश रोज जोर देता रहता, कि उसको यहाँ पाँच साल पूरे हो चुके हैं इसलिए अमरीकी नागरिकता के लिए अर्जी दे देनी चाहिए। अणिमा की पी-एच. डी. खत्म हो रही थी। उसे अब नौकरी ही ढूँढनी थी। आसानी से नौकरी मिल नहीं रही थी। राकेश कहता था कि नागरिक बन जाने से और बहुत तरह की नौकरियों के रास्ते खुल जाएँगे, जो सिर्फ रेजिडेंट्स को नहीं मिलती। अणिमा को चोट-सी लगती है, नौकरी के लिए वह अपनी भारतीयता खो दें।

अणिमा के लिए अपने मूल्यों को एकदम झटककर अलग कर देना मुमकिन नहीं है। जिस तरह वह मन मारकर राकेश के कहे मुताबिक करती जाती है, अगर एक आम कमजोर हिन्दुस्तानी पत्नी बनने का तकाजा न होता तो झटक ही चुकी होती। सच में मन से प्यार कर नहीं पाई राकेश को। उसके व्यवहार में पुरुष अहं का बोलबाला था। हमेशा वह खुद, उसका निजी पुरुष, निजी स्वार्थ ही केन्द्र में रहता। अगर वह घर में है, तो अणिमा को घर में रहना ही है उसकी देखभाल के लिए। उसे यूनिवर्सिटी से फलाँ वक्त तक घर लौटना ही है, चाहे कितना ही काम पड़ा रहे। अणिमा निभाए चली जा रही थी। राकेश पूर्ण समर्पण चाहता था। अणिमा सब कुछ छोड़कर उसी के आगे-पीछे घूमे, उसी का इन्तजार करे, उसी की इच्छा से आए-जाए। जब अणिमा उसकी बात मानती रहती तो वह उसे बहुत पुचकारता, प्यार देता पर ज्यों ही अणिमा की अपनी बात उसकी निजी दिलचस्पी का मामला होता, राकेश या तो मुँह फुलाकर बैठ जाता या भुनता, कुढ़ता और चिल्लाता। उसे अणिमा के मित्र या रिश्तेदार भी बर्दाश्त नहीं होते थे। अणिमा कभी तनिमा या ममी के यहाँ जाने का प्रोग्राम बनाती तो चिढ़ उठता था राकेश।

''हफ्ता भर वैसे ही यूनिवर्सिटी में जाने कहाँ किसके पास बैठी रहती हो, छुट्टी वाले दिन भी मन नहीं लगता न मेरे साथ?''

''यह कोई गुस्से की बात नहीं। तुम नहीं चाहते तो नहीं जाएँगे। पर जानते हो, तीन महीने से हम ममी के पास नहीं गए।''

''तुम नहीं गई तो मैं कौन-सा गया हूँ। सालों से अपनी माँ से नहीं मिला। तुम्हारे तो सारे घरवाले यहीं हैं। मेरा कभी सोचा है अकेला परदेश में बैठा हूँ और ले-देकर यह जो एक बीवी है, उसे दूसरों की लगी रहती है।''

''पता नहीं, क्या चाहते हो तुम मुझसे। यह चाहते हो कि घर बैठी तुम्हारे पैर दबाती रहूँ या पकवान बनाती रहूँ तो वह तौर-तरीका मेरे लिए नहीं है। शादी का मतलब है साझापन—हम दोनों को ही एक साथ सब बाँटकर करना चाहिए। तुम सोचते हो कि तुम तो अखबार लेकर पलंग तोड़ते रहो और मैं रसोई में घिसती रहूँ। तो यह भला कब तक चलेगा।''

''मैंने रसोईघर में हमेशा अपनी माँ को ही देखा है और अखबार हाथ में लिए आरामकुर्सी पर बाप को। सो वही होगा यहाँ भी। तुम सोचती हो कि मुझे यहाँ की बड़ी-बड़ी बातें सुनाकर लल्लू बना दोगी तो वह नहीं होने दूँगा मैं। तुम्हारा पढ़ने या नौकरी का रौब है, तो अपन को उससे कुछ नहीं लेना-देना। तुम बाहर कुछ करो या न करो, घर तो तुम्हीं को सम्भालना है। यही क्या कम है कि बाहर जाने से मैं तुम्हें रोकता नहीं!''

अणिमा भड़कते गुस्से को पी रही थी, ''घर का काम छूने से लल्लू हो जाते हैं आदमी!''

''और क्या, यही तो चाहती है तुम्हारे जैसी लड़कियाँ—डोमोस्टिकेटेड हस्बैंड। आदमी घर में रोटियाँ पकाए और बीवी बाहर मजे करे।''

''तुमने जब मुझसे शादी का फैसला किया था तो क्या सोचा था—घूँघट काढ़े दुल्हन आ रही है तुम्हारी सेवा-टहल करने। तुम्हें तो पता था मेरे फ्यूचर प्लैंज का।''

सिटपिटा गया था राकेश, ''तुम्हारे फ्यूचर प्लैंज में पढ़ाई-नौकरी जो भी रही हो, मैं भी था कि नहीं? यह तो नहीं कहा था तुमने कि

कोई खानसामा या जमादार चाहिए वही लाना था साथ अपने।''

तिलमिला गई थी अणिमा, ''शरम करो कुछ। अपनी बीवी से ऐसी बातें कहते कुछ भी दया नहीं आती तुम्हें। सच कहूँ तो उस वक्त तुम सिर्फ अमरीका आने के सपने देख रहे थे... तुमने मुझे नहीं देखा... देखा, एक ग्लैमरस भविष्य। मेरी जगह कोई भी होती, तुम तैयार हो जाते शादी को। पर शादी कोई सीढ़ी नहीं है कहीं पहुँचने की। वह तो खुद ही एक मुकाम है। अब यहाँ पहुँचे ही हैं, तो उसे सही ढंग से जीने की कोशिश करनी है हमें। न तुम मुझे बदल सकते हो, न मैं ही तुम्हें बदलना चाहती हूँ। पर एक-दूसरे के लिए कुछ लचीला तो हमें होना ही है... तुम अपने बाप-दादों जैसा दकियानूसी माचो मर्द बने रहना चाहते हो तो...''

माचो शब्द सुनते ही आग लग गई राकेश के तन-बदन में, ''स्टॉप इट... आई से स्टॉप इट। मुझे तुम्हारी विमेन लिब की इस भाषा से बेहद नफरत है... माचो... माचो... तुमने तो मेरे पूरे खानदान को ही दकियानूसी बना दिया... हाऊ डेयर यू... तू और तेरी माँ होगी रण्डी... खसमानुखाणी। राकेश का गुस्सा और तीखा होता गया और तड़ातड़ अणिमा के गाल पर छह-सात तमाचे जमा दिए उसने।

अणिमा फुफकारी, ''तुम आदमी हो या जानवर...'' पर अपमान की तिलमिलाहट और चोट ने गुस्से को रुलाई में तबदील कर दिया था। झुलसते हुए नारीत्व की आवाज कह रही थी—नहीं रह सकती ऐसे पुरुष के साथ। इतना अपमान... इतनी बेइज्जती... मैं कुछ हूँ ही नहीं इसकी नजर में।

उस सारी रात डबल बेड के एक सिरे पर पड़ी अणिमा करवटें लेती रही... राकेश दूसरे सिरे पर। किसी ने किसी को मनाने की कोशिश नहीं की। भुनता हुआ गुस्सा और भड़कता रहा। कहीं से पानी के छींटें पड़ने के आसार नहीं थे। एक गहरा पश्चात्ताप अणिमा के भीतर रिस-रिसकर बह रहा था। क्यों की उसने यह शादी! क्यों माँ का विरोध नहीं कर सकी! क्यों मानती रहती है सबकी बात! गुस्सा, चिढ़न, बेचैनी, बोझ और दिन-रात की कुढ़न के अलावा और हासिल ही क्या हुआ है इस शादी से। राकेश और उसके नजरिए के बीच एक कभी न पाटे जाने वाला फासला है—या तो वह सब कुछ छोड़-छाड़कर एक घरेलू किस्म

की आज्ञाकारी पत्नी बनकर रहती रहे, जिस फ्रेम में राकेश की माँ जड़ी है, उसी में जड़ी रहे या फिर निस्तार सिर्फ पूरी तरह से रिश्ते को एक सड़े हुए अंग की तरह शरीर से काटकर अलग करने में ही है।

बाहर से सब कितना ठीक-ठाक लगता है, ठीक उसी नासूर की तरह जो भीतर ज़हर फैलाता हुआ भी देर तक जिस्म को ऊपरी तौर पर सामान्य ही दिखलाता है—स्नेहमयी माँ, शान्त रोबीले पिता, देखने में राकेश का लम्बा, ऊँचा, रोबीला व्यक्तित्व। पढ़ा-लिखा डॉक्टर, बात करने में सभ्य। यही कुछ तो देखा जाता है एक भावी पति में। क्या कुछ और देखना मुमकिन होता भी है, जो वह देख नहीं पाई, देखने का मौका नहीं दिया गया। वरना यह इतने घाव, इतनी शिकायतें... उसके व्यक्तित्व का किसी के लिए कुछ मतलब ही नहीं... व्यक्ति से ताल्लुक होने को ही राकेश अपराध मानता है उसका।

राकेश दूसरे किनारे पर लेटा अणिमा की जिस तस्वीर पर बार-बार प्रहार कर रहा था, उस तस्वीर में वह जिद्दी, घमण्डी लड़की थी... पढ़ने-लिखने से यही कुछ होता है, तो भाड़ में जाए ऐसी पढ़ाई-लिखाई! माँ को पता लगे ऐसी बहू घर में आई है तो कितनी चोट पहुँचे... बुलाऊँगा उनको...कुछ सिखाएँ इस बेहूदा औरत को...हाऊ डेयर शी कॉल मी दकियानूसी...जितनी आजादी दो उतना ही सिर चढ़ती है... पर शायद मुझे थोड़ी नरमी बरतनी चाहिए... मारना ठीक नहीं था... थोड़ा प्यार से समझाने पर शायद मान जाएगी... आखिर है तो मेरी बीवी... राकेश के मन में बीवी का नाम लेते ही थोड़ा कोमल-सा भाव जगा... वह अणिमा के थोड़ा और करीब आकर उसका बदन सहलाने लगा। अणिमा बुरी तरह से निचुड़ चुकी थी, प्रतिरोध या स्वीकार कोई भी प्रतिक्रिया उसके जिस्म में नहीं हुई।

थकी-हारी गुड्डो दफ्तर से घर लौटी तो अणिमा का फोन था। पिछली रात की घटना सुनाते हुए रो रही थी फोन पर। "ममी, क्या करूँ मैं? ऐसे तो नहीं रह सकती मैं।"

गुड्डो को चोट लगी। बात बढ़ती जा रही थी, पर अणिमा को

भड़काना ठीक नहीं। शादी में एडजस्टमेन्ट्स सभी को करने पड़ते हैं बोली, "बिटिया यह तो टीदिंग ट्रबल्स हैं। ऐसी बातें सभी शादियों में होती हैं और फिर सब ठीक-ठाक हो जाता है। इतनी-सी बात को लेकर रिश्ता तोड़ने की सोचना भी ठीक नहीं है।"

कभी कोई दिन बहुत बुरा चढ़ता है। अणिमा से बात खत्म करके फोन रखा ही था कि फिर घण्टी बजने लगी। पिंकी थी। बता रही थी—"जीजाजी को स्ट्रोक हो गया है।" घबरा गई गुड्डो। बच्चों के तनाव चलते रहते थे पर ऐसा हादसा पहले नहीं हुआ था यहाँ। गीता के परिवार में एक जीजाजी ही थे जिनसे गुड्डो को कुछ खास लगाव नहीं था। पर बहन और भांजे-भांजियों का सोचकर बहुत कष्ट हुआ। फिर यह भी ध्यान आया था कि बहुत उपयोगिता उनकी रही भी नहीं। उनका चल बसना उतना दुखदायी न होगा जितना कि गुड्डो को हुआ था अपने पति के मरने पर। जीजाजी के न रहने से गीता के रहन-सहन में तो खास फर्क पड़ना नहीं था। बच्चे भी काफी बड़े हैं, कनिका तो खुद जीजाजी से ज्यादा ही कमा रही है... पर भावना के धरातल पर किसी का क्या खोएगा, इसका अन्दाजा लगाने का गुड्डो ने तरददुद नहीं किया।

पिंकी कह रही थी, "कनिका ने उन्हें अस्पताल में तो दाखिल करवा दिया है। सतिन्दर आ जाए तो गाड़ी से चले चलेंगे, उन्हें देखने।"

"पर अब तो रात होने को है।"

"देखते हैं... सतिन्दर आ जाएँ..."

"नहीं तो सुबह... पर सुबह तो बैंक जाना होगा। कल शाम को चलेंगे।"

गीता कह रही थी फोन पर कि अभी जीजाजी बेहोश हैं।

गुड्डो को जैसे रास्ता मिल गया, बोली, "तब कोई फायदा नहीं है जाने का!"

और ले-देकर वीक-एण्ड पर जा सकी थी गुड्डो।

जीजाजी का स्ट्रोक संजीदा था। उनकी याददाश्त खत्म हो रही थी, होश आने पर भी वे किसी को पहचान नहीं पा रहे थे। जिन्दगी की

बार-बार पड़ती मार ले डूबी थी जीजाजी को। इतना कड़वा वर्तमान क्योंकर याद रखना चाहते थे।

गीता के आँसू थमने को नहीं आते। अनिश्चित काल के लिए अस्पताल में रहना है जीजाजी को। गीता का दिल-दिमाग, चेतन-अचेतन अस्पताल के एक बिस्तर पर चित्त है। कनिका भाग-दौड़ में लगी है, यह टेस्ट, वह टेस्ट, इस डॉक्टर से मिल, उस डॉक्टर को रिपोर्ट दिखा... उनसे बातचीत...एक सहजता का मुखौटा ओढ़कर पापा की किस्मत का फैसला सुनना और उसे माँ तक पहुँचाने का दर्दनाक दायित्व।

"ममी, वी हैव टु लिव विद इट। पापा के आधे जिस्म को लकवा मार गया है।"

"ठीक तो हो जाएँगे न ये!"

कनिका कभी बिटिया बन जाती है, कभी डॉक्टर और वैसे ही वाक्य उसके मुख से निकलते हैं, "यूँ इस तरह के स्ट्रोक में व्यक्ति ठीक होता नहीं। पर हो सकता है पापा ठीक हो जाएँ। आपको हिम्मत से काम लेना होगा। पापा इसी हालत में लम्बे समय तक भी जी सकते हैं और हालत बदतर होने से...।" कनिका के मुँह से पापा के लिए मौत का शब्द नहीं निकल पाया।

उसकी सारी उपलब्धियों का मापदण्ड उसके पापा थे... अब वह पापा के लिए कुछ नहीं... पापा भूल गए कनिका को... जिन्दा इन्सान की याददाश्त का खो जाना उसके करीबी लोगों के लिए कितना तकलीफदेह हो सकता है—इसे सिर्फ भोगकर ही महसूस कर पाई थी कनिका।

गुड्डो को लाचार अर्धमृत जीजाजी को देखकर उनके तानों पर भी रोना आ जाता। इन्सान कितना निहत्था है। एक खामोश मौत गीता के घर पर ठहरी हुई थी। अन्दर से उसे जैसे कोई आरी से चीरे जा रहा था...क्या करेगी परदेश में अकेली। घर पर कभी नहीं लौटेंगे क्या? कनिका कहती है, "ममी, भूलने की कोशिश करो पापा को... वे शायद ही ठीक हों।" फिर कह देती है—"सौ में से एक मरीज ठीक भी हो जाता है, ऐसे स्ट्रोक में।"

गीता सावित्री बनकर सत्यवान को लौटा लाना चाहती है।

गुड्डो सच में तकदीर की बात मानने लग गई है... जब जिसने जाना होता है... प्रेम के लिए हिन्दुस्तान में दवाइयाँ नहीं पहुँच पाई थी. .. यहाँ सब इलाज है... जीजाजी को डॉक्टर बेटी की वजह से और भी अच्छी देखभाल मिली है... तब।

उसकी डॉक्टर बेटी तनिमा कहती है, "ममी, अस्सी प्रतिशत तो मरीज खुद अपनी कोशिशों से ही ठीक होता है, डॉक्टर सिर्फ बीस प्रतिशत मदद कर सकते हैं।"

पर जीजाजी में कितने प्रतिशत जिजीविषा बची है?

राधिका पापा का हाल पूछने आई है। कनिका बरस पड़ती है उस पर—"यू आर द कॉज ऑफ अवर मिसफॉरच्यून। तेरी ऐसी करतूतें न होती तो पापा का आज यह हाल न होता। यू बिच गेट आउट ऑफ दिस हाउस!"

गीता की आँखों में पीड़ा है... कनिका की बात गलत भी नहीं, पर गीता अपने ही भाग्य को कोसती है।... कहाँ तो लाखों में एक बेटी कनिका है, जिसे माँ-बाप का इतना ध्यान रहता है और कहाँ कोख का कलंक है राधिका। जिद्दी, मनमानी करने वाली, अच्छे-बुरे का कोई ज्ञान नहीं दिमाग में ऐसा भूसा भरा है कि कुछ भी कहते रहो, कान पर जूँ नहीं रेंगती। यह भाग्य ही तो है।

सभी की हताशा और जख्मों की पीड़ा दंश बनकर काटने को दौड़ती है राधिका को। लेकिन राधिका के जख्म कोई नहीं देखता।

जब घर लौटी तो मन से कितनी आहत थी राधिका।

राधिका ने कोई कुसूर नहीं किया है, इसका अहसास तब उसे नहीं। पर पापा-ममी और कनिका ने आज तक उस पर कोई-न-कोई दोष मढ़ा ही है।

अब पापा की हालत की जिम्मेदारी है उस पर.. क्या सच में ऐसा है? राधिका का मन हुआ वह चिल्ला-चिल्लाकर रोए—उसका कोई दोष नहीं, उसको कोई दोष मत दो।

राधिका का संसार को जीत लेने वाला आत्मविश्वास तो पहले ही टूट चुका था। बहुत देर बाद जाकर उसे अहसास हुआ था कि जिस दुनिया के पीछे वह भाग रही थी, जिसे वह अपना समझती थी और समझना

चाहती थी, जिसके दम पर उसने अपने माँ-बाप के बनाए हर नियम को तोड़ा था, बचपन की भोली आँखें इस महीन दुराव के परदे को साफ-साफ देख नहीं पाई थी। जिस नाइट क्लब, डिस्को और उससे जुड़े अमरीकी दोस्तों-सहेलियों की दुनिया में वह दाखिल हुई थी उसके नियम तो उसके घर की दुनिया से कहीं ज्यादा सख्त थे। वहाँ बाहर से सब बहुत जगमग आकर्षक और चहल-पहल भरा था... भीतर खोखला अकेलापन, बदबू, गन्दगी, अश्लीलता, हिंसा और मारा-मारी।

नाइट क्लब की नौकरी शुरू करने के साथ ही वह डैनी के साथ उसके अपार्टमेन्ट में रहने लगी थी। डैनी कलाकार था, चाँदी के गहने बनाकर बेचता था...आमदनी फुटकर थी...ज्यादा गहने बन जाते तो ज्यादा आमदनी...न बन पाते तो ठनठन गोपाल। डैनी देखने में आकर्षक था। खुला और उच्छृंखल व्यक्तित्व। चेहरे पर दाढ़ी रखकर गम्भीर कलाकार लगने का शौक भी था। हर तरह की उपभोग्य वस्तुओं का शौक था उसे—मारिजुआना, एल.एस.डी. तम्बाकू और औरत। राधिका से वह कहा करता, 'यू आर द इण्डियन गॉडेस... तुम्हारे जिस्म से जो चिनगारियाँ फूटती हैं, वे किसी को भी जलाकर राख कर दें।''

''पर गॉडेस तो जलती नहीं।'' राधिका चुटकियाँ लेती थी।

''तो फिर कौन जलाता है, ओह! याद आया, शिवा... हिज थर्ड आई। पर तुम शिवा कैसे हो सकती हो, मैं हूँ शिवा।''

''गॉडेस शिव से बड़ी होती है। माँ से सुना था, वह शिव को अपने कब्जे में रखती है।''

''तब तो तुमसे डरना पड़ेगा। पर तुम गॉडेस नहीं। तुम तो एक फूल हो... यू आर सो डेलीकेट एण्ड लवली, तुम तो इतनी नाजुक-सी हो कि जैसे हाथ लगाने से ही कुम्हला जाओगी, पर फिर इतनी गर्मी क्यों फूटती है—समझा, यू. आर. ए स्ट्रेंज कॉम्बीनेशन ऑफ फायर एण्ड फ्लावर—मुझे एक नाम सूझा है तुम्हारे लिए, जितनी एग्जोटिक तुम हो उतना ही एग्जोटिक नाम... फ़ायर फ्लावर या 'अग्निफूल'।''

डैनी के व्यक्तित्व का एक पक्ष था सुन्दरता को ढूँढने वाले कलाकार का। पर वहीं उसमें एक अजीब हिसाबी-किताबी मनोवृत्ति भी थी। हर

चीज़ को नाप-तौलकर देखना। राधिका जब उसके घर चली आई तो खर्चा बराबर बाँटने की बात उसने ही शुरू की। उसकी अपनी आर्थिक हालत बहुत अच्छी थी ही नहीं। घर का आधा खर्च देने के बाद राधिका के पास दफ्तर में लंच के वक्त बाहर से खाना खरीदने के पैसे भी अकसर नहीं बचते थे। डिस्को, ड्रग्ज, शराब—इन्हीं में उड़ जाता था सब कुछ।

राधिका का बाहरी रूप डैनी को उत्तेजित करता था, पर उसके भीतर का जगत अनजान ही था। दोनों में से कोई भी एक-दूसरे की अन्दरूनी परतें नहीं छू पाया था। रोमांस से आगे कहीं बढ़ा ही नहीं यह रिश्ता। लगातार नएपन की भूख, कुछ नया, कुछ अलग कर पाने की बेवकूफी भरी कोशिशें। राधिका के शरीर का नयापन खत्म हो गया तो उसने उसे भी ग्रुप सेक्स में उलझाने की कोशिश की। रातों को दोनों का मजमा लगा रहता, शराब के दौर पर दौर चलते, राधिका भी मानो खिलवाड़ की चीज़ थी। राधिका का मन घबराने लगता। वह सहसा सबसे अलग-थलग पड़ जाती। उसने डैनी के रूमानी व्यक्तित्व, रूमानी मीठी बातों में ही उसका प्यार खोजा था। अब धीरे-धीरे वे अग्निपुष्प अपनी आभा खो रहे थे। फिर, सबसे ज्यादा चुभने वाला नश्तर या डैनी का दूसरी लड़कियों के साथ भी वैसा ही खुला, रूमानी और जिस्मानी रिश्ता। बड़ी नन्हीं-सी उम्र में ही तूफान आ गए थे राधिका की ज़िन्दगी में। कहीं घरवालों पर गुस्सा उतारने के लिए ही तो उसने खुद को यह सजा नहीं दे डाली। वह तड़फड़ाने लगी थी घर के लिए। यह डैनी तो उससे बहुत अलग, किसी दूसरी दुनिया का है। जितनी सहजता से शरीरों का आदान-प्रदान चलता है, वह सब राधिका के बस का नहीं। उसे कष्ट होता है तन पर, मन पर, जिस्म चीखने लगता है। मन होता है अपने आसपास का सब तहस-नहस कर बाहर आ जाए, कहीं उबर आए मुक्ति के इस जंजाल से। विद्रोह और स्वतन्त्रता के नाम पर वह बड़े अजीबोगरीब दलदल में फँसा हुआ महसूस करने लगी है। फिर से लौट जाना चाहती है उन सबके पास जो अपने हैं, जिनका प्यार न तो हिसाब-किताब माँगता है, न जिस्मों का सौदा। तरसने लगी थी वह माँ के अपनेपन, भाई-बहन की चुहल को, बीमार पिता के पैताने बैठ माँ का दुःख-दर्द बाँटने को।

राधिका के अन्तर्मन को जैसे किसी ने छीलकर रख दिया हो। क्यों करते हैं उसके माँ, भाई-बहन उससे इतनी नफरत! क्या जो कुछ हुआ, जान-बूझकर किया उसने? पापा के स्ट्रोक ने क्या राधिका को चोट नहीं पहुँचाई? पर हो सकता है सच में पापा को मेरी वजह से ही.. राधिका को लगा सारे संसार ने उसे रिजेक्ट कर दिया है। कहाँ जाए वह? डैनी के लिए भी तो वह नॉन-एग्जिस्टेंट हो चुकी है।

अन्धेरी सड़कों पर देर रात तक चलती रही राधिका। उसे होश ही नहीं है खुद का। कनिका के जानलेवा व्यंग्यबाण कानों में चीखते। कभी अस्पताल में असहाय-से पड़े पापा की आँखों से भयंकर विद्रूप झलकता लगता। कभी माँ की घायल आँखें लांछित कर रही होतीं—यू आर द कॉज...यू आर द कॉज़... सड़कें, गलियाँ, सँकरे रास्ते, अन्धेरी सड़कें... चलती जा रही है राधिका, लेकिन उसे नहीं मालूम किधर जा रही है... किधर जाना है... कहीं जाना भी है या नहीं... डाउन टाउन की इन अन्धेरी सड़कों पर होश रहते वह कभी भूल से भी न आती। आज ये सूनी सड़कें, कूड़े के ढेरों से लदी पटरियाँ, उनके बीच कोई इक्का-दुक्का आदमी। राधिका को कोई और अहसास ही नहीं, उसके भीतर नुकीली कीलें ठुक रही हैं, हथौड़ों की भारी चोट, कनिका, पापा, ममी, डैनी, अशोक, अन्धेरा, पार्किंग लॉट, गोदाम, बरसों पुरानी इमारतों के मनहूस चेहरे ... राधिका के भीतर इतने ज्वालामुखी, अग्निफूल... जला देंगी उसी को सारी चिनगारियाँ। बन जाएगी वही अपनी अग्नि में आहुति, सारे ब्रह्माण्ड को दहला देने वाली एक कराहती चीख, कितने लोगों ने कितने वार किए, कितनी बार उस अग्निफूल को मसला, भींचा और अन्दर तक चीरा गया ... उसके पटलों को तार-तार किया...उसके मकरंद को सोख-सोखकर मरुस्थल कर दिया...अग्निफूल नहीं...उसकी राख ही बता सकती है।

अगली सुबह सबने अखबार में पढ़ा—पार्किंग लॉट के पास एक लड़की की लाश... लाश के घावों से ऐसा प्रतीत होता है कि आदमियों के एक गुट ने सामूहिक बलात्कार किया। चाकुओं के निशान बताते हैं कि बलात्कार के बाद अगर कुछ प्राण बचे भी होंगे तो चाकुओं के प्रहारों ने यह काम पूरा कर दिया।

लाश की शिनाख्त। पूरे जिस्म पर जमा हुआ काला रक्त। लकड़ी की तरह सख्त अकड़ी हुई लाश। अनगिनत घावों से बहा रक्त और सूजन ...चेहरा इतना कुरूप कि पहचान में नहीं आता।

नहीं... यह राधिका नहीं... बेहोश हो गई थी गीता। पर फिर कहाँ है राधिका? क्यों दुत्कारा था उसने... एक अतल गटर में डुबो देने वाला पश्चाताप... अपराध-बोध। गीता टूट गई, एक साथ कितने ही वज्रपात, उसकी रीढ़ की हड्डी ही निकाल ली हो जैसे किसी ने, दिल और दिमाग में फटते हुए नासूर।

सामग्री डालती हुई गुड्डो की उंगलियाँ काँप रही हैं... अग्नि को एकटक देखती वह मन को शान्त करने की कोशिश करती है, पर उंगलियों का कम्पन रुकता नहीं। दूसरे हाथ से काँपती उँगलियों को दबाती-सहलाती है, फिर भी नहीं। गीली आँखों और काँपते होठों से मन्त्र बोलते हुए वह अग्नि को आहुति देती जाती है; ओम अयंत इध्म आत्मा जातवेदस्तेनेध्यस्व वर्धस्व चेद चास्मान प्रजया पशुभिर्ब्रह्म वर्चसेनान्नाद्येन समधेय स्वाहा... हे प्रत्येक पदार्थ में विद्यमान अग्नि, यह ईंधन तेरी आत्मा है, इसके द्वारा प्रदीप्त हो बढ़ और हमको बढ़ा...और सन्तान, पशु, ब्रह्मतेज और पदार्थों से हमें समृद्ध कर।

गीता के घर में सभी मौजूद हैं। राधिका के लिए शोक मनाया जा रहा है। लोगों के कुरेदते, जिज्ञासु सवाल और संम्वेदनारिक्त टीकाएँ ... "भई, यहाँ तो लड़कियों का बहुत ध्यान रखना पड़ता है, पर इतनी रात में लड़की वहाँ गई क्यों? नाइट क्लब में काम करती थी, पर वह नाइट क्लब तो उधर नहीं था। भगवान जाने क्या हुआ, बड़ी बुरी मौत मिली बेचारी को, गीता तो मानती ही नहीं कि वह राधिका ही थी। बेचारी, बहुत बुरी बीत रही है इसके साथ। देखे, परदेश में इस तरह... पर चलो, कनिका तो डॉक्टर बन गई...सम्भाल लेगी सब... बेटा भी अभी कॉलेज में है।"

गुड्डो ने देखा अशोक अपनी गर्लफ्रेंड के साथ था। उसने गुड्डो को उससे मिलवाया भी था। एमीलिया है उसका नाम। गुड्डो सोचती है राधिका कभी भी इस घर में अपना ब्वायफ्रेंड न ला पाती, हिम्मत

करती तो जीजाजी उसे कच्चा चबा जाते। कैसे हैं हम लोग, बेटियों के लिए दूसरे मूल्य, बेटों के लिए दूसरे। अगर राधिका को भी इस घर में स्वीकृति मिल जाती तो क्या तब ऐसा दर्दनाक काण्ड होता!

गीता की इमारत में ही रहने वाली एक पंजाबी महिला चेतावनी देती-सी कह रही थी, ''अब कनिका के भी हाथ पीले कर दो जितनी जल्दी सिर से बोझ उतरे, उतना ही अच्छा। कुछ पता नहीं इन लड़कियों का। मेरे रिश्ते में एक लड़का है, डिफेंस कॉलोनी में बहुत बड़ी कोठी है उनकी। लड़के ने दो साल पहले डॉक्टरी की पढ़ाई खत्म की है, अच्छे लोग हैं कहो तो उन्हें कल ही चिट्ठी लिखकर बात चलाती हूँ।''

तो कनिका के लिए भी अब दूल्हा दिल्ली से आएगा। गुड्डो अणिमा-राकेश की ज़िन्दगी के तनावों और उलझनों से ही अभी मुक्त नहीं हुई। अणिमा वैसे ही परेशान हैं, कोई नौकरी नहीं मिली अभी तक। एक जगह कहने लगे उन्हें एम.एस. ही चाहिए पी-एच.डी. नहीं। इतने सालों की मेहनत मिनटों में नकार दी गई। उसकी पढ़ाई के स्तर की नौकरियाँ ही नहीं मिलतीं—जेन, सुजन सबको बड़ी-बड़ी तनख्वाहों की नौकरियाँ मिल गई हैं, बस अणिमा को ही नहीं मिलती। राकेश के ताने और जलाते हैं उसे।

वह अकसर कह देता, 'मुझे भी किसी डॉक्टर लड़की से शादी कर लेनी चाहिए थी। ठाठ से तो रहते। पी-एच.डी. वगैरह बेकार है, एक तो पढ़ाई के बहाने से वैसे ही घर से काम से छुट्टी, ऊपर से नामा भी नदारद। अपन तो दोनों ओर से घाटे में रहे।''

सड़-भुनकर अणिमा भी कह देती, ''शुक्र करो तुम्हें तो मिल गई। घाटे में फिर कहाँ से रहे तुम! मेरी बहन से मेरा मुकाबला कर रहे हो?''

''बहन से कौन मुकाबला कर रहा है। एक बात कही है। जब जेन और सुजन को नौकरी मिल गई है, तो तुम्हें क्यों नहीं मिली... या तो तुमने पूरी कोशिश नहीं की या फिर कहीं कुछ कमी है—तुम्हारी पर्सनैलिटी...''

''ठीक है, अब मेरी पर्सनैलिटी में ही खामी नजर आने लगी तुम्हें। मुझे रोटियाँ खिलाने में बहुत कष्ट हो रहा है?''

''मुझे खिलाने में कष्ट हो न हो, तुम्हें बनाने में जरूर हो रहा है...''

'इस घर के मारे एक तो कुछ काम होता नहीं, फिर न्यूयॉर्क के बाहर अब जैसे-तैसे नौकरी मिली भी है, पर तुम जाने दो, तब न! तुम्हारी रोज की डिमांड्स मुझे घर में ही इतना उलझाए रखती है कि अपने पर पूरा ध्यान दे ही नहीं पाती.. शिकागो जाने लगी तो तुमने कहा—दो गृहस्थियाँ बसानी है तो शादी का क्या मतलब... तुम्हें तो अपनी तरक्की की ही फिक्र है... मेरा क्या किया तुमने...''

''समझ गया जो तुम कहना चाहती हो। मेरा ग्रीन कार्ड बनवाया तुमने, यार से कहकर तुम्हारी माँ ने नौकरी दिलवाई मुझे.... अब इतने एहसान हो गए तो तुम्हारे अंगूठे के नीचे नहीं रहना चाहिए मुझे... माँ-बेटी जैसे चलाओ वैसे ही चलते रहना चाहिए!'' राकेश की आवाज़ कड़वाहट से भरी हुई थी।

ममी के लिए अपमानजनक शब्द अणिमा से नहीं सहे गए। अच्छा तो माँ के लिए भी राकेश के मन में तनिक भी लिहाज और इज्जत नहीं! जुनेजा अंकल के लिए 'यार' शब्द का इस्तेमाल करने की जुर्रत क्यों की इसने? तड़पकर बोली, ''बहुत हद से आगे बढ़ रहे हो तुम। मुझसे जो मन आए, कहते ही हो, ममी को क्यों बीच में लाते हो तुम? इस तरह तुम अपना ही ओछापन दिखा रहे हो, कुछ हासिल नहीं कर रहे। यह मत सोचना कि तुम्हारे ताने सुनकर मैं तुमसे डरने लगूँगी या तुम्हारी ज्यादा परवाह करने लगूँगी।''

''वह तो मालूम है मुझे, जाने कहाँ की घमण्डी और जिद्दी मेरे ही पल्ले पड़नी थी।''

''ठीक है घमण्डी, जिद्दी और निकम्मी जो कुछ भी हूँ, हूँ। पहले देखना था यह सब... तब इतनी उतावली क्यों थी?''

राकेश के हिसाब से यह दूसरी चोट थी उसके ग्रीन कार्ड पर। एक ऐसा लाँछन जिससे मुकर भी नहीं सकता था। भीतर का ज्वालामुखी फूट पड़ा... लावा जबान से ही नहीं, हाथों से भी टपक रहा था।

''इतनी नीच, कमीनी हो तुम... शर्म नहीं आती ऐसे ताने मारते!'' राकेश के हाथ लगातार चल रहे थे—तड़ाक-तड़ाक, धम्म-धम्म।

लाल सूजी आँखें देख गुड्डो को पहले ही खटका हुआ, किसी तरह हिम्मत करके पूछा, "क्या हुआ? कैसे आई?"

"मैं घर छोड़कर आ गई हूँ। मुझे नहीं रहना वहाँ।"

"बात क्या है?..."

"कोई नई बात नहीं... रोज ही किसी-न-किसी बात पर लड़ना और मारना। यह देखो..." गुड्डो ने देखा अणिमा की पीठ, बाँह पिंडलियों पर नील पड़े थे।

पशुता का ऐसा प्रदर्शन! गुड्डो धक्क से रह गई। वह सोचती थी जो डॉक्टर बनने की काबलियत रखता है उसमें आम इन्सानियत का, व्यवहार का औचित्य तो होगा ही, पर यह क्या देख रही है... इतना एमेच्योर, सख्त और इन्सेंसटिव है राकेश! पर अणिमा के तलाक की बात वह नहीं सोच सकती थी। बोली, "मैं राकेश से फोन पर बात करती हूँ। ऐसा जुल्म..." अणिमा ने बीच में ही काट दिया, "कोई फोन नहीं करोगी तुम... मैं अब किसी वकील से ही बात करूँगी।"

"पर अभी से कैसे सोच लिया तुमने कि तलाक ही हल है... पागलपन मत करो... मैं समझाऊँगी उसे।"

"तुम्हारी समझाने से बात और भी बिगड़ती है, रहना मुझे है उसके साथ, तुम्हें नहीं।"

"तुम्हें मालूम है अकेले होने पर कितने सन्त्रास में जीना पड़ेगा तुझे...कहने को आसान लगता है तलाक... मैंने तो तलाक के बाद लड़कियों को और भी ज्यादा खत्म होते देखा है।"

"ममी, नजमा तलाकशुदा होकर जितनी दुःखी या सुखी है... मैं उससे कुछ कम तो नहीं... शादी हो या न हो, इससे भी फर्क कहाँ पड़ता है...आदमी अकेले भी सुखी रह सकता है...पुरुष के साथ जिन्दगी काटने को औरत को मजबूर क्यों किया जाता है?"

"ये कैसी बातें करने लगी है तू? पुरुष के साथ के बिना गाड़ी थोड़े ही चलती है। समाज में अकेली लड़की की कोई जगह नहीं... मेरा हाल नहीं देखा तूने... कितना मुश्किल होता है जिन्दगी को धकेलना।"

"ममी, तुम्हीं को देखकर तो मुझमें हिम्मत आती है। तुम जिस

तरह अकेले अपने भरोसे सब कुछ कर सकी हो, मुझे लगता है मैं भी अपने बूते पर कुछ भी कर सकती हूँ, खासकर शादी के रिश्ते ने जो यंत्रणा मुझे दी है, मैं क्यों कर सहूँ उसे?"

"पर अणिमा...।"

"मुझे मालूम है तुम्हारे समाज में तलाक बहुत बड़ी बदनामी है, पर बदनामी के डर से क्या मैं अपनी बलि ही दे दूँ?"

गुड्डो खामोश रह गई, पर अणिमा के भीतर उठा तूफान थमने को नहीं आ रहा था। जिस्म के घावों को भुला देती... पर मन के घाव कहाँ भरते? राकेश के कँटीले ताने मन की दीवारों को बार-बार लहूलुहान करते। दोनों में संवाद तो लगभग खत्म ही था। हर बात पर लड़ाई ताने-तमाचों पर ही जाकर रुकती। करीबी दोस्तों से भी छिपी नहीं रही थी उसके घर की परेशानियाँ।

जेन समझाती थी, "जो पति तुम्हारा आदर नहीं करता, तुम्हें बराबर नहीं मानता... उसके साथ क्योंकर रहना चाहिए तुम्हें! ऐसी मारपीट कोई कर ही कैसे सकता है? जानती हो ऐसी मारपीट के लिए तुम उसे पुलिस में पकड़वा सकती हो... इस देश में किसी आदमी को औरत से ऐसे पेश आने का अख्तियार नहीं है।"

अणिमा फूट-फूटकर रो रही थी।

"मेरी ममी कहती है कि एक बार शादी हो जाए तो उसे जैसे-तैसे निबाहना ही होता है... रोकर, तड़पकर या मरकर... हर हालत में।"

नजमा ने भी तब कहा था, "ऐसे शहीद होने की कोई जरूरत नहीं, तुम्हें डर किस बात का है? तुम आत्मनिर्भर हो... किसी का अत्याचार सह ही कैसे सकती हो तुम! तुम औरतें खुद ही शादी के दलदल से निकलना नहीं चाहती, तुम्हें हिचक किस बात की है... जब तक तुम्हारा नौकरी का मामला जमता नहीं, तुम मेरे पास रहो... तुम पोस्ट ग्रेजुएट फैलोशिप के लिए जल्दी से एप्लाई कर दो। रसायनशास्त्र में ढेरों मिलेंगी। एण्ड प्लीज, डोन्ट गो टु पुअर मदर। तुम उनके असर में फिर से रिश्तों की मरम्मत करने वापस पहुँच जाती हो, उस जानवर के पास। कुछ चीजें जब टूट जाती हैं, तो जोड़ना मुमकिन नहीं होता। बेकार कोशिशों में

तुम और टूटती जाओगी... एण्ड देन इट विल बी टू लेट।'' कितने ही खौफ अणिमा को घेरे रहते... कहीं वही तो गलती नहीं कर रही? अभी तो जिन्दगी की दहलीज पर खड़ी है। अभी से खो दे सब कुछ। उम्र भर का पछतावा कैसे झेलेगी! राकेश का और उसका प्यार—दो जिस्मों का सान्निध्य ही है! पर सच में अगर प्यार पनप सका होता तो क्या यह झिक-झिक, तानाकशी, जली-कटी बातें और मारपीट होती? नहीं, यही नहीं है उसकी जिन्दगी... माँ के इशारों पर नहीं चलते रहना है उसे। माँ का नजरिया उसका अपना नजरिया क्योंकर हो! लोग कौन-सा कुछ बना सकते हैं, जो बिगाड़ लेंगे, लोग हैं कौन?... गीता मौसी, पिंकी मौसी, जेन, राकेश। जो अणिमा के लिए सही है उसे, उसके अपने स्वीकार क्यों नहीं करेंगे! सब लोग तो अपने-अपने में मसरूफ हैं। यहाँ कौन है जिसका डर ममी को है! यहाँ बैठकर हिन्दुस्तान के समाज के बारे में सोचना तो शून्य के भय जैसा ही है—झूठमूठ के भय, उम्र बढ़ जाना, अच्छा लड़का न मिलना...इसी चक्कर में तुरत-फुरत मेरी शादी कर दी। क्यों अब नहीं कर सकती थी शादी! लेकिन नहीं, बूढ़ा गई हूँ, अट्ठाईस-उन्तीस साल में लड़की की खूबसूरती खत्म हो जाती है क्या? ममी मुझे अपनी मर्जी से कुछ नहीं करने देतीं... पर अपनी जिन्दगी के लिए जिम्मेदार तो मैं खुद हूँ।

राकेश अस्पताल में ड्यूटी पर था। अणिमा सामान बाँधकर नजमा के यहाँ आ गई। गुड्डो को वहीं से फोन किया था अणिमा ने, ''ममी, गलती मैं यही करती थी कि बार-बार तुम्हारे पास चली आती थी और तुम मुझे वहीं लौटा देतीं... मुझे अहसास नहीं हुआ था कि अपनी जिन्दगी की डोर मुझे खुद ही सम्भालनी है... अब नही लौटूँगी।''

गुड्डो का दिल जैसे बैठने लगा था... ये सब क्या हो रहा है... कौन डाल रहा है विघ्न उसके यज्ञ में... एक सुख के लिए कितने-कितने सुख बलि चढ़ेंगे... यज्ञ का हनन न करें भगवान्... यजमान का भी हनन न करें...यत्कामास्ते जुहुमस्तनो अस्तु वयं स्याम पतयो रयीणाम्। जिस-जिस पदार्थ की कामना करें... वह पूर्ण हो।

कम्प्यूटर साइंस में बैचलर होते ही राजू को नौकरी भी मिल गई थी।

कम्प्यूटर साइंस की बहुत माँग थी, ऊपर से राजू का काम भी बढ़िया था... एक मशहूर फर्म में मिली थी नौकरी उसे। गुड्डो जल्दी ही अच्छा-सा घर खरीद लेगी... राजू को अच्छी तनख्वाह मिलती है। पर राजू फिर भी खुश नहीं दीखता। इतना अनमना-सा क्यों रहता है? घर लौटकर अकेले बिस्तर पर पड़ा रहता है... न कोई बात, न वास्ता। राजू जवाब नहीं देता। गुड्डो झकझोरती है उसे, "तू मुझसे खुलकर बात क्यों नहीं करता?"

"प्लीज ममी, आराम करने दो, यह दफ्तर का रूटीन बहुत थका देता है। बहुत बोरिंग, वही-वही काम सुबह से शाम। आई एम टोटली एग्जास्टेड।"

"तुझे काम अच्छा नहीं लगता था?"

"पता नहीं... बहुत अदना-सा महसूस होता है उस दफ्तर में... जैसे कुछ हूँ नहीं... बस, मशीन की तरह नौ से पाँच जुटे रहना... मेरे जैसे ही और लोग भी..."

"तब क्या करेगा?"

राजू ने उबासी ली और डूबे स्वर में बोला, "कुछ नहीं कह सकता, ममी! मुझे खुद ही नहीं मालूम। पर सोचता हूँ कुछ और करना है मुझे, कोई बड़ा काम।"

तभी अरुण आ गया था। कह रहा था, "यार राजू, क्या शाम सात बजे से ही बिस्तर में घुस गया है। चल, उठ, कहीं घूम-घामकर आते हैं। बेटे, यहाँ तो रात को शहर जिन्दा होता है। टैक्सी लेकर आया हूँ। धन्धा भी करूँगा। फिर किसी बार में चलकर बैठेंगे।"

उस रात अरुण ने राजू को घर छोड़ा तो लगभग दो बज गए थे—बहुत फिक्र कर रही थी गुड्डो। राजू के मुख से पहली बार उसे अजीब-सी गन्ध आई थी। जवान बेटा कमाने-खाने वाला है... उससे कुछ भी कहना ठीक नहीं समझा गुड्डो ने। लेकिन राजू के मुँह से आती गन्ध ने जैसे एक और विषैला वार किया था गुड्डो के मन पर। वह हतप्रभ-सी बस घूरती रह गई राजू को।

अभी बिस्तर में लेटे ही थे कि फोन की घण्टी बजी। पिंकी का फोन था, "अर्जुन उधर तो नहीं आया?" उसकी घबराई हुई आवाज थी।

"क्यों, अभी तक घर नहीं आया अर्जुन?" गुड्डो ने पूछा था।

"पता नहीं, क्या हो गया है, इतनी देर-देर से आता है और आज तो हद ही कर दी। पहले इतना लेट तो नहीं करता था।"

अर्जुन अपने दोनों मौसेरे भाइयों से अलग तरह का था। उसकी परवरिश मेनहैटन के इस बोहीमियन कहलाये जाने वाले हिस्से ग्रीनविच विलेज में हुई। स्कूल से ही नहीं बल्कि प्री-स्कूल चाइल्डकेयर सेंटर से ही उसकी आस-पास के अमरीकी बच्चों से दोस्तियाँ होने लगी थीं, साथ पढ़ते, साथ खेलते। अर्जुन भी लोकल फुटबाल टीम का एक अहम खिलाड़ी बन गया। कद लम्बा, जिस्म तंदुरुस्त, रंग गोरा। हरियाणवी जाटों की नस्ल उस अमरीकी माहौल में एकदम खप गई थी। बोलचाल, उठना-बैठना, भाव-मुद्राएँ एकदम अमरीकी लड़कों जैसी। मौसेरे भाइयों के बजाय अपने दोस्तों की सोहबत उसे ज्यादा प्रिय थी। भाई उसे अपने से अलग तरह के लगते थे, उनसे उसकी रुचियाँ मेल नहीं खाती थी, न उनसे वैसा अपनापन और सहजपन महसूस करता था—पिंकी तो चाहती थी कि उसकी हिन्दुस्तानी भाषा, रहन-सहन और रीति-रिवाजों से कुछ वाकफ़ियत हो—तभी उसे बहनों को साथ रखना पसन्द भी था शुरू में, सास भी थी अब तो। पर थोड़ी-बहुत भाषा की समझ दादी से ही सीखी थी अर्जुन ने वरना मौसेरे भाई तो खुद ही अंग्रेजी में बात करने लगते थे।

अर्जुन के माँ-बाप के पास किसी तरह की कमी नहीं थी—अर्जुन को मुँहमाँगे पैसे मिलते... एक ही एक बेटा और दोनों माँ-बाप अच्छा कमा लेते। जब से हाईस्कूल में आया, बन्धन और भी कम हो गए थे। पिंकी और सतिन्दर काफी लिबरल स्वभाव के थे। दोस्तों के साथ देर रात तक अर्जुन बाहर रहता। पिंकी ने एक-दो बार कहा तो बोला—"मॉम, कभी-कभी गेम देर तक चलती है—उसके बाद साथ बैठकर खाना-पीना, गप्प मारना। देर हो ही जाती है।"

घर के आसपास रातभर रौनक लगी रहती थी, इसलिए पिंकी को भी ज्यादा फिक्र न थी। यह इलाका ऐसा था जहाँ सुबह के तीन-चार बजे तक बार, डिस्को और नाइट क्लब वगैरह खुले रहते... सड़कों पर

कोई-न-कोई होता ही। अर्जुन प्रबुद्ध भी था। जब पढ़ता तो नम्बर अच्छे आते, नहीं पढ़ता तो कुछ नीचे भी चले जाते थे, पर फेल होने की नौबत कभी नहीं आई। अर्जुन की दिलचस्पी और बहुत-सी चीज़ों में थी। सतिन्दर कहता, "अच्छा है, कुछ आल-राउण्ड व्यक्तित्व बनना चाहिए, वरना राजू जैसे किताबों से चिपका रहना कोई ठीक बात थोड़े ही है।" अर्जुन खास तरह के बाल कटवाता और उसके कपड़े भी एकदम नए फैशन कट के होते। अणिमा को मार्क और डैनिस के व्यक्तित्व के साथ अर्जुन की एक अजीब समानता दीखती थी। गुड्डो से उसने कहा भी था... पर क्या समानता थी इस पर उंगली नहीं धर सकी थी। सतिन्दर ने उसे अपना चाल-चलन निर्धारित करने की छूट दे रखी थी। अर्जुन टीन एजर है, ज्यादा नियम बनाकर उसके विद्रोह को ही उकसाएँगे या उसके विकास में बाधा बनेंगे। सतिन्दर अर्जुन के जीवन में कम-से-कम हस्तक्षेप में विश्वास करता था।

पिंकी पैनिक कर रही थी—लड़का बड़ा हो जाता है, तो माँ से थोड़े ही सँभलता है... तुम अपनी किताबों में लगे रहते हो... पता ही नहीं लड़का कहाँ जा रहा है...

उसने उसके सारे दोस्तों को तो फोन कर डाला—कुछ घर पर थे, कुछ नहीं थे। एक ने बताया कि वह किसी खास बार में जाता है। सतिन्दर के रोंगटे खड़े हो गए—कौन-सा बार? आज अचानक बेटे को लेकर मन में बहुत सारे डर उठने लगे—अर्जुन को एक बार लड़कों के एक गुट ने पीटा भी था... अर्जुन यूँ हट्टा-कट्टा नौजवान था पर गुट के सामने सरपट भागना पड़ा था... अब वह भी एक गुट में शामिल था, जो उसका संरक्षक गुट था। सतिन्दर को इन बातों से बड़ी घबराहट होती थी। पर एक बात भली भी लगती थी कि अर्जुन उसकी तरह इस समाज में अजनबी नहीं—यह उसका अपना देश, अपना समाज है, उसकी पहचान इन्हीं के साथ जुड़ी है।

फोन की घण्टी बजी। अर्जुन के दोस्त का फोन था। गे बार में ड्रग ज्यादा लेने की वजह से बेहोश है, एम्बुलेंस बुलाई हुई है। पिंकी-सतिन्दर जिस हाल में भी थे, कोट चढ़ाकर निकल गए। बार दूर था भी नहीं।

घबराहट से पिंकी के ठण्डे पसीने छूट रहे थे—खट्टी डकारें आ रही थी। सारा खाना जैसे मुँह को उलट रहा था। अर्जुन को कुछ हो गया तो क्या करेगी... इमरजेन्सी में चेक करने के बाद अर्जुन को कमरे में लाए तो रातभर पिंकी अर्जुन के सिरहाने बैठी रही थी—मन में तरह-तरह के डर उठते रहे और अर्जुन के स्वास्थ्य की कामना करती रही।

डॉक्टर ने सलाह दी थी कि मनोरोग के डॉक्टर को दिखलाना बहुत जरूरी है, जो इसे मादक द्रव्य सेवन से बचा सके।

जैसे इतना काफी नहीं था—पिंकी पर और बिजलियाँ गिरी। मनोरोग के डॉक्टर ने ही अलग से पिंकी-सतिन्दर को बतलाया कि उसके लक्षण अपने ही सेक्स में रुचि लेने के हैं।

पिंकी को महसूस हुआ जैसे अर्जुन को कोई खतरनाक, लाइलाज, जानलेवा बीमारी लग गई है—जैसे उसके भीतर कुछ उग आया है, जिसे वह नहीं पहचानती... वह उसका बेटा न होकर कोई अजनबी, विचित्र-सा जीव बन जाता है। अर्जुन का ध्यान आते ही सब कुछ भाँय-भाँय करने लगता ...दर्द और मजबूरी के हालत में सिसक उठती। डॉक्टर से पूछती है—

"यह तो अभी बहुत छोटा है—सैक्सुअल सप्रेशन से भी तो हो सकता है इस तरह... बाद में चलकर नॉर्मल नहीं हो जाएगा!" डॉक्टर के पास कोई निश्चित जवाब नहीं या देना नहीं चाहता। घबराकर पिंकी सतिन्दर से कहती है—

"हम दोनों जब ठीक हैं, तो अर्जुन ऐसा कैसे हो सकता है। मैं नहीं मानती कि वह बड़ा होकर ऐसा रहेगा। ...सुनो, माता जी से कुछ नहीं कहना। वह तो शादी-ब्याह, बहू के सपने ही देखा करती है अर्जुन के लिए।...पता नहीं क्या धरा है मेरे बेटे के भविष्य में?"

और यह सवाल मन में आते ही उसके दिल की धड़कन तेज हो जाती... पेट में मरोड़-सा उठने लगता। सतिन्दर उसका माथा सहलाता। कह देता—

"क्यों फिक्र करती हो इतना? ठीक हो तो अच्छा ही है—न हो तो भी अपनी जिन्दगी को अपने ढंग से जीने का उसे हक है। तुम शादी और प्रजनन में ही आदमी की फुलफिलमेन्ट मानती हो पर और भी बहुत

से जरिए हैं, जिनसे आदमी सर्जना करता है। लेखक की पुस्तक या कलाकार की कलाकृति या साइंटिस्ट का आविष्कार भी तो सर्जनात्मक है—सिर्फ बच्चे पैदा करना तो आम किस्म की सर्जनात्मकता है। तुम्हारा ताल्लुक इस बात से होना चाहिए कि अर्जुन जो भी ज़िन्दगी में करना या बनना चाहता है तुम उसकी मददगार हो, अड़ंगे मत लगाओ। ... जानती हो विश्व के बहुत-से महान कलाकार होमोसैक्सुअल हुए हैं।''

''पता नहीं अन्धेरा-ही-अन्धेरा क्यों दीखता है।'' और पिंकी सिसक उठती है। अर्जुन से अकेले में पूछती है पिंकी—

''तुझे सच में ऐसा लगता है कि तू औरों से अलग है?''

अर्जुन माँ के सवाल से खिसिया-सा गया है, जवाब देना नहीं चाहता।

''आई नो माम, हाऊ यू फील... मेरे किसी दोस्त के माँ-बाप उन्हें समझ नहीं पाते... आई कान्ट हेल्प इट।''

और पिंकी फिर भी समझाना चाहती है... लाख कोशिश करती है वैसा महसूस करने की... कर क्यों नहीं पाती... अपना ही बेटा अपने अनुभवों के दायरे से बाहर का इन्सान बनता जा रहा है—उसकी रोजमर्रा की घरेलू जिन्दगी कितनी फर्क होगी। जैसी जिन्दगी पिंकी ने खुद जी है या जो कल्पनाएँ बेटे की जिन्दगी के लिए की, वे सब... कुछ नहीं होगा अब।

सतिन्दर तो बौद्धिक व्याख्या करके जिन्दगी के हर हादसे, हर बड़े बदलाव और मुसीबत को सुलझा लेता या स्वीकार कर लेता है... पिंकी के पास वैसी तर्क विद्या नहीं। न ही सिर्फ तर्क विद्या के सहारे जी सकती है वह। मन का अपराध-बोध हटता ही नहीं... वह खुद भरे-पूरे परिवार में पली थी। बचपन में कभी एक दिन को अकेली नहीं हुई, बल्कि कुछ बड़ी होकर अकेले घर पर रहने को तरस जाती थी... और अर्जुन को उसने दिया ऐसा सूना, अकेला घर... क्या घटता होगा उस बच्चे के भीतर ... कोई साथ, कोई दोस्ती, कोई संवाद नहीं... मॉम-डैड बहुत-बहुत मसरूफ... बाहर खोजता रहा अपनी दुनिया—ढेर सारे दोस्त...दोस्तों के साथ खुराफातें... सूना घर... लौटे क्यों... देर-देर बाहर। डॉक्टर ने उसे बताया था कि ड्रग्ज की ओर खिंचने वाले बच्चे अकसर परिवारों में बहुत

अकेला महसूस करने वाले नेग्लेक्टेड बच्चे होते हैं... अर्जुन ठुकराया बच्चा तो नहीं... उसका इकलौता लाल–पिंकी के भीतर आँसुओं का एक खामोश दरिया बहता रहता है।

सतिन्दर कहता है पार्टी करेंगे... पिंकी का एक बहुत बड़ा सपना पूरा हो गया है–वह अपनी लाइब्रेरी की डायरेक्टर बन रही है अगले महीने की पहली तारीख से। पिंकी के मन का उत्साह मर चुका है। कहती है–

"रिजाइन कर दूँ? जितनी कुर्बानियों के बाद यह ओहदा मिला है उसे बनाए रखने को भी तो जाने कितनी कुर्बानियाँ करनी होंगी।"

"डोन्ट बी सिली।"

और कहते-कहते सतिन्दर खामोश हो जाता है।

तनिमा और अनुज भी तो जी-जान से जुटे हैं कैरियर बनाने में। गुड्डो ने कहा था, "अब तू और बच्चा पैदा करने की सोच भी नहीं। इतनी गिर गई है सेहत। बस, अपने काम में मन लगा।"

तनिमा के लिए दिन-रात मरीज, दवाइयाँ, औजार और रोग। अनुज डबल स्पेशलाइजेशन कर रहा है। जनरल मेडिकल कर चुका है, अब सर्जरी में करेगा। करोड़पति बनना है उसे। हर तरह से ऊपर चढ़ना है। घर पर किसी लड़की का फोन नहीं आता... सब कुछ बहुत सोच-समझकर, नाप-जोखकर ही किया जाता है। तनिमा से अहं का टकराव हो या झगड़ा-झमेला, दोनों में बाँटने को भी बहुत कुछ था। साल में एक-दो कॉलेज के दोस्त भी जरूर आ जाते... नौकरी ढूँढने के सिलसिले में आए ये डॉक्टर दोस्त दिनों तक टिके रहते। तनिमा कह रही थी–

"इतने मेहमान आते हैं... अब तो हमें बड़ा-सा घर खरीद लेना चाहिए।"

अनुज कहता–"रुक जाओ, अभी से घर में पैसा लगा देने की जरूरत नहीं, अपार्टमेन्ट में अच्छा-खासा गुजारा चल रहा है। पैसा जमा करके एक बढ़िया-सा क्लिनिक खोलेंगे। असली कमाई तो प्रैक्टिस में है अस्पताल की नौकरी में तो सीमित कमाई है।"

गुड्डो पूछती है—"घर ले रही है? क्या यहीं सैटल होने का इरादा है?"

"और क्या? हिन्दुस्तान में क्या रखा है!"

"वह तो ठीक है, पर तू तो कहती थी न चण्डीगढ़ लौटकर पापा के नाम का एक नर्सिंग होम खोलेगी?"

"ओह, वह...! बडी दूर का, पुराना-सा सपना।" तनिमा भूल चुकी थी।

"अब तो ममी, बड़ा मुश्किल लगता है हिन्दुस्तान में जाकर रहना। इतना तो मैं वहाँ जिन्दगी भर नहीं कमा सकती, जितना यहाँ साल भर में कमा लेती हूँ। अस्पतालों का माहौल भी कहीं ज्यादा स्वस्थ है। साफ-सुथरा होता है सब कुछ। फिर आप सब भी तो यहीं हैं... जब बूढ़े हो जाएँगे तो देखी जाएगी।"

जूडी की परेशान आवाज टेलीफोन पर सुन रही थी—अरुण को गिरफ्तार करके ले गए हैं... कुछ ड्रग्ज बरामद हुई है उससे... मुझे मालूम नहीं कब उसने ऐसा कुछ किया—ही केप्ट मी इन डार्क। पुलिस मुझसे इतने सवाल-जवाब कर रही है—मुझे समझ नहीं आ रहा मैं क्या करूँ... आप तो इतना जानती हैं अरुण को... उसने तो ऐसा कुछ नहीं किया न...

गुड्डो सोच रही है अरुण ड्रग बेच मुनाफा कमाने का काम करेगा ही क्यों... उसकी आमदनी तो काफी है—बहुत महत्त्वाकांक्षाओं की निराशा का परिणाम है यह क्या? जुडी ने इस अन्धेरे की बात की है। अगर इसे कहीं भारत में इन्तजार करती दुल्हन का पता लग जाए तो जाने किन-किन अन्धेरों से लड़ेगी यह... पर अब तक शायद दुल्हन का ही कुछ इन्तजाम कर दिया हो उसने... कुछ लम्पसम देकर तलाक की बात तो कह रहा था।

जूडी भाग-दौड़ रही है, परेशान। अरुण को छुड़ाना ही है—जमानत करनी है उसकी... वह ऐसा काम कर ही नहीं सकता... कोई ग्राहक उसकी टैक्सी में छोड़ गया... उसे बेवजह फँसा दिया.. जूडी का अरुण शरीफ लड़का है... इन कामों में नहीं—जूडी यही मानती है। अरुण आखिरकार

बाहर आ ही जाता है। गुड्डो अरुण से कहती है, "जितना जूडी मरती है तेरे लिए, तुझे तो दस-दस शादियाँ करनी चाहिए उसी से।"

अरुण मुस्करा दिया था।

"तेरी झिझक समझ नहीं आती मुझे... उस बेचारी ने तो हिन्दी तक सीख ली है... साड़ी देखा कैसी सधे तरीके से बाँधती है... और कितना हिन्दुस्तानी बनाना है उसे?"

"हिन्दुस्तानी तो वह खैर बन ही नहीं सकती... खासतौर से मेरे ममी-पापा की नजर में।"

"और तुम्हारी?"

"मेरी नजर में यह बात अहम नहीं... सच बताऊँ दीदी मेरे मन में बहुत दुविधा बनी रहती है... जूडी के मुझ पर शुरू से ही अहसान हैं... वह मेरी पेटर्न है, मेरी सेवियर है... मैं उसके अहसानों के नीचे दबा ही रहता हूँ... कभी अपने आपसे पूछता हूँ कि जूडी को मैं प्यार करता हूँ और उससे शादी का सम्बन्ध भी मेरे लिए प्रिय है, तो इन बातों का सही जवाब मुझे कभी नहीं मिलता...तभी हिन्दुस्तान वाली शादी का मामला भी इतनी देर लटकाए रहा...सोचता हूँ, जूडी के साथ मेरा रिश्ता सहूलियत का ही है या कि सच में..."

"अरुण, एक बात कहूँगी–जितना तुम जूडी से जुड़े हो... अगर इस देश में रहना है, तो मैं नहीं समझती कि तुम उसके बिना रह पाओगे ... पर तुम खुद को ज्यादा अच्छी तरह जानते हो।"

अरुण ने गुड्डो की इस बात का सामना न करते हुए पूछा–"राजू नहीं दिखाई दिया। कहाँ है?"

"तू फिर ले जा रहा है उसे। ज्यादा देर मत लगाना।"

गुड्डो का मन राजू के लिए हमेशा चिन्तित रहता है... उसका बेटा उसके लिए सब-कुछ है...उसके अनिष्ट की आशंका से ही काँप उठती है। क्यों इतना अनमना, अकेला और अपने में उलझा सा है राजू... आज दफ्तर भी नहीं गया।

"क्या हो गया है, राजू... आज दफ्तर भी नहीं गए?"

"पता नहीं, ममी, मन नहीं करता... आई काण्ट गो ऑन अरनिंग

मनी फॉर द सेक ऑफ मनी... पता नहीं क्या करना चाहता हूँ मैं... पर कुछ और... कुछ और चाहता हूँ।''

''तुझे मालूम है वह और क्या है?''

''मैं तो अपनी मरकज़ पर ही नहीं हूँ....कुछ साफ नहीं दीखता...एक सवाल पूछूँ? ...ममी सम्पन्नता क्या कहीं पहुँचने का जरिया है या अपने आप में एक मकसद?''

''तुझे क्या लगता है?''

''समझ नहीं आता, लगता है जिन्दगी का मकसद खो गया है।''

गुड्डो डर जाती है। समझाती हुई-सी कहती है, ''जिन्दगी का मकसद उसे ढंग से जी लेने से बड़ा नहीं है।''

''पर वह ढंग से जीना क्या है?''

''राजू, यह सवाल कई तरह के जवाबों की अपेक्षा कर सकता है–कोई एक ढंग तो नहीं... सब अपनी-अपनी तरह से लेते हैं इस सवाल को।''

''पर तुम्हारा ढंग क्या है–तुम अपना तो बता सकती हो।'' गुड्डो कुछ पल खामोश रही थी, फिर शब्द जमा-जमाकर बोली, ''मेरी जिन्दगी का केन्द्र तुम तीनों बच्चे हो–मेरा हर अहम फैसला तुम्हारी ही भलाई को मरकज में रखकर होता है।''

''मेरे पास तो ऐसा कुछ भी नहीं जिसे मैं केन्द्र में रख सकूँ।''

''तुम्हारा कैरियर, राजू! इस उम्र में तो तुम्हारा कैरियर होना चाहिए तुम्हारे सामने।''

''वह बड़ी लम्बी और ऊबा देने वाली सड़क है।''

''यह सब कह रहा है तू? कैरियर नहीं बनाएगा तो क्या करेगा ... उसके बिना जिन्दगी कैसे बनेगी...क्या कुछ सोचा है तूने?''

''अभी कुछ सोच-समझ नहीं पा रहा... पता नहीं, जिन्दगी से क्या चाहता हूँ... कभी सोचता हूँ इतना ढेर सारा पैसा कमाऊँ कि बहुत शक्तिशाली व्यक्ति बन जाऊँ पैसे के ही जोर पर। और कभी कैरियर . .. पैसा इन सबसे वितृष्णा होती है, थकान और ऊब होती है।''

हवनकुण्ड में लकड़ियाँ जल-जलकर कोयले जैसी मालूम हो रही हैं, कुछ

राख भी बन चुकी हैं। जुनेजा कहता है, "आप क्यों फिक्र करती हैं इतना राजू का? कुछ साल खुद को नौकरी में जमा ले, फिर शादी कर दीजिएगा ... सब बढ़िया हो जाना है... अब आप जरा बेफिक्र होकर अपनी जिन्दगी की परवाह कीजिए... इतना मसरूफ रहती हैं कि कभी मिलने का वक्त ही नहीं होता आपके पास।"

"सोचती थी बेटियों की शादी करके फारिग हो जाऊँगी पर यहाँ तो तिगुनी-चौगुनी हो गई है जिम्मेवारियाँ।"

"देखिए, काम तो चलते ही रहेंगे... फ़ुरसत निकालने का भी एक अनुशासन रखना पड़ता है। इस देश का कानून है हफ्ते में पाँच दिन पैसा कमाओ, एक दिन खर्चो, घर की सौदेबाजी और दूसरी शॉपिंग करो और एक पूरा दिन सिर्फ मौज का। तो बताइए, आपका कौन-सा दिन है मौज का?"

"इस देश में तो दिन के भी तीन भाग कर दिए गए हैं। आठ घण्टे दफ्तर, आठ घण्टे घर और आठ घण्टे सोना। पर बताइए, किसके सिर्फ आठ घण्टे ही दफ्तर के लिए लगते हैं? दो-ढाई घण्टे तो कम्यूटिंग के ही, फिर ओवर टाइम... बताइए, आपने किस दिन सिर्फ आठ घण्टे काम किए हैं?"

दोनों हँस पड़ते हैं। गुड्डो कहती जाती है—

"दरअसल सन्तुलन कहीं बिगड़ गया है वक्त को बाँटने का। फिर जब दो नावों में पैर हों तो वैसे भी सन्तुलन बिगड़ेगा ही।"

"दो क्यों, तीन-तीन। ...अच्छा, अब बताइए, कब मिलेंगी?"

"अणिमा, तनिमा, राजू—तीनों का ही कोई-न-कोई टंटा चल रहा है, कभी आपके दफ्तर ही ड्राप-इन कर जाऊँगी।" गुड्डो की मसरूफ जिन्दगी में अकसर जुनेजा का रिश्ता बेमानी-सा होने लगता। तब वह महसूस करती कि क्या यह रिश्ता मतलब का ही था... अब बच्चे अपनी-अपनी नौकरियों में जुटा गए तो जुनेजा का भी होना-न-होना, मतलब नहीं रखता—एक बार जुनेजा से मन खट्टा-सा भी हो गया था जब तनिमा को रेजिडेंसी के तीसरे साल पूरे होने से पहले ही उसका कान्ट्रेक्ट खत्म हो गया था। डॉ. जुनेजा ने मदद से साफ इनकार कर दिया था। उनका कहना था कि अब वह और अपनी नौकरी खतरे में नहीं डाल सकते।

तनिमा को तब एक दूसरे अस्पताल में काम मिल गया था। दो साल का अनुभव तो था ही... गुड्डो सोचती रही... जुनेजा ने जो करना था कर चुका।

पर फिर भी मन हो आता था, मिलकर बैठने का। हाल तो बस जुनेजा से ही बँटा पाती थी। सारी उलझनें, सारी समस्याएँ जुनेजा तक पहुँचा देनी जरूरी होती थी—चाहे उनका हल उनके पास हो या नहीं।

एक दिन बिना सूचना दिए वह अचानक ही जा पहुँची थी जुनेजा के दफ्तर। सेक्रेटरी ने ही बताया कि वे अभी मिल नहीं सकते। सूचना भिजवाई अन्दर, तब भी इन्तज़ार करवाया गया। पहले ऐसा नहीं हुआ था कभी। उसको ही पहली 'प्रायोरिटी' दी जाती थी। कुछ देर बाद एक सभ्य-सी हिन्दुस्तानी महिला जुनेजा के कमरे से निकलती दिखी। गुड्डो के दिमाग में धुँधली-सी एक तसवीर उभरी। इसी महिला के साथ गुड्डो ने जुनेजा को उसी फ्रेंच रेस्तराँ के बाहर देखा था जहाँ उसे जुनेजा पहली बार लेकर गया था। बहुत-सी बातें गुड्डो को साफ समझ आने लगी। जुनेजा का सामना करने की इच्छा नहीं हुई। मन भारी हो उठा था। आँखें पनिया-सी गई थी। यह सब अपने-आप ही हो गया पर ऐसा कुछ था भी क्या? "मिसेज चड्ढा। अन्दर जाइए, डॉ. जुनेजा खाली हैं।" गुड्डो का मन हुआ कह दे—वक्त नहीं रहा अब, लौटना है उसे। पर पैर जुनेजा के कमरे की ओर ही बढ़ चुके थे।

"आइए, मिसेज चड्ढा! कैसी हैं आप?"

अपने पर बहुत काबू करते हुए गुड्डो बोली—

"बड़े दिनों से बात नहीं हुई थी आपसे, गुजर रही थी इधर से, सोचा 'हैलो' कहती जाऊँ।"

"अरे, बैठिए-बैठिए..." और कहते-कहते जुनेजा ने अपनी आँखें किन्हीं कागजों में गड़ा लीं।

कुछ देर चुप्पी बैठी रही उस कमरे पर... फिर किसी तरह गुड्डो ने ही कहा—

"बहुत बिजी हैं आप?"

"नहीं-नहीं, ऐसे ही यह कुछ कागज देखकर साइन करने थे, ऑफिस

का काम तो कभी खत्म होता ही नहीं। बिलकुल गृहस्थी चलाने जैसा है यह काम भी। करते चले तो बस करते ही रहो, बेअन्त काम... न करो तो फिर न ही करो, तब भी चलता है। अब इन्दिरा गाँधी अगर देश की समस्याओं को लेकर खामोश बिना कुछ एक्शन लिए बैठी रहे तो भी देश चलेगा ही, पर करे तो बस फिर बात ही क्या... मामला सारा मैनेजमेन्ट का है—घर हो, दफ्तर हो या देश।''

गुड्डो को लग रहा था जुनेजा यूँ ही बोले जा रहा है—सिर्फ बोलने या बात भर करने के लिए। यह और भी उखड़ गई। उसे लगा उसके पास कहने को कुछ भी नहीं है। उठती हुई बोली—''मैं चलती हूँ।''

''क्यों, बैठिए न! कॉफी पिएँगी?''

''नहीं, इच्छा नहीं।''

और गुड्डो तेजी से कमरे से बाहर निकल आई... बिना जुनेजा के चेहरे पर नजर उठाए। मन भभक रहा था... पर क्यों... ऐसा तो कुछ रिश्ता था नहीं...उस अनाम रिश्ते में हक या शिकायत की कोई जगह तो थी भी नहीं... एक निरीह दोस्ती... न कोई प्रोमेसेज, न कोई एक्स्पेक्टेशन्स... फिर यह काँटा-सा क्यों चुभ रहा है कहीं... क्यों लगता है कि विश्वासघात हुआ है उसके साथ... गुड्डो की ट्रेन स्टेशन तक चल नहीं पाई... अस्पताल के बाहर के पार्क में ही एक बेंच पर बैठ अपनी रूलाई पर काबू पाने की कोशिश करने लगी।

यह हो क्या गया... इतने दिन से वह जुनेजा को परे रख रही थी ... फोन न खुद करती थी और आने पर बात न कर पाने का बहाना लगा देती थी... पर रिश्ते भी ऐसे कभी टूटते हैं—''मिसेज चड्ढा, आप यहाँ क्या कर रही हैं? अरे, आपका चेहरा कैसा पीला पड़ा है।'' आँख उठाई तो जुनेजा था... मैं तो गैराज में से गाड़ी लेने जा रहा था, दूर से आप दिखी तो भरोसा भी नहीं हुआ... चलिए, आपको घर पहुँचा दूँ, अन्धेरा होने वाला है।''

गुड्डो कुछ भी कह पाने में कमज़ोर पा रही थी खुद को... चुपचाप उठकर साथ चल दी।

तोड़ने या जोड़ने की कोई भी कोशिश गुड्डो के बस के बाहर थी। जैसे सारे रिश्ते एक रबर-बैंड की मानिन्द हों... खींच-खाँचकर वापस उसी

आकार में... पर अगर सच में बहुत जोर लगा दो तो टूट जाता है रबर-बैंड भी... उतनी ताकत गुड्डो में है!

इतवार का उदास भीजा हुआ दिन... खिड़की के मैले शीशों पर बूँदों के बहते आकार जैसे छप गए थे.. बाहर की धुन्ध ने भीतर भी अन्धेरा कर रखा था... सोच रही थी गुड्डो अब किसके लिए जी रही है...बच्चों की जिन्दगी उनकी अपनी हो गई... अब कहाँ है किसी को उसकी जरूरत...राजू पता नहीं कहाँ-कहाँ रहता है... तनिमा—अनुज को बस काम-काम... अणिमा की भी पोस्ट डॉक्टरल रिसर्च शुरू हो चुकी... पिंकी कहती है—

"बहन जी, अब आपको शादी कर लेनी चाहिए... मेरी एक जान-पहचान की अमरीकी औरत है। उसने साठ साल में शादी की है ... इस उम्र में तो साथी चाहिए होता है, कोई हमउम्र ही... बच्चों की तो अपनी जिन्दगी होती ही है... आप उनके भरोसे थोड़े ही बैठी रहेंगी ... अब अपने बारे में सोचना शुरू करो।"

विद्रूप-सा छा जाता है गुड्डो के चेहरे पर।

सब यही कहते हैं कि यहाँ कोई रोक-टोक नहीं, कर लो शादी, तुम सोचती हो कि शादी बाहरी लाज-शरम के मारे नहीं की मैंने... हाँ, बच्चे भी एक वजह थे... पर उससे भी बड़ी वजह तो मैं...मैं खुद हूँ।

एक टीस-सी उठती है गुड्डो के भीतर... कितना कुछ छूट गया है जिन्दगी में, कितना खुद छोड़ दिया, कितना चाह कर भी हाथों में पकड़कर न रख सकी... रोज एक स्वप्न लौटने का... रोज एक सुबह काम-धन्धों की।

टेलीफोन की घण्टी बजी, तो गुड्डो का ध्यान अचानक टूटा।

"हैलो... मिसेज चड्ढा, मैं बोल रहा हूँ बत्रा... यहाँ न्यूयॉर्क एयरपोर्ट से बोल रहा हूँ।"

कुछ पलों के लिए गुड्डो के दिमाग में ही घुस नहीं पा रहा था कि कौन हैं, किससे बात कर रही है।

"कौन... वकील साहब... आप..."

'हाँ, खबर नहीं दे पाया इसलिए हैरान हो रही हैं... दरअसल एक

काम से अचानक आना पड़ा... आपका पता, फोन नम्बर तो मेरे पास था ही, सोचा वहीं पहुँचकर बता दूँगा।''

''जी हाँ, तो...''

गुड्डो समझ नहीं पा रही थी क्या कहे।

''तो ऐसा है कि अब मैं टैक्सी लेकर ही सीधा आ जाता हूँ... आप यहाँ से कितनी दूर हैं.. क्या कोई बस-वस जाती है इधर?...''

गुड्डो ने समझा दिया रास्ता वगैरह। एकदम फटर-फटर घर ठीक-ठाक करने लगी। सुबह से सुस्ता रही थी, नहाई नहीं थी, पर अब उतना वक्त नहीं था। झटपट हाथ-मुँह धोकर साड़ी लपेट ली... बाल सँवारे, लिपस्टिक, बिन्दी लगाकर जल्दी से निहारा शीशे में और इतवार के मन भर भारी अखबार के हिस्सों को इकट्ठा करके ढेरी बनाने लगी। मेज-कुर्सियों पर भी धूल जमी थी.. वकील साहब घर में आकर रह रहे हैं, तो सफाई तो हर कोने में ही चाहिए... बाथरूम, रसोई, आलमारियाँ.... जल्दी-जल्दी में गुड्डो कभी रसोई ठीक करने लगती तो फिर उसे बीच में छोड़ लिविंग का कुछ याद आ जाता तो वहीं करने लगती... मन में मना रही थी कि खूब ट्रैफिक हो रास्ते में ताकि खूब देर से पहुँचे और घर और खुद को सँवारने को ज्यादा-से-ज्यादा वक्त मिल सके। मन में अफसोस-सा होता कि पहले से पता होता तो खूब अच्छी तरह सब तैयारी कर रखती ...बरसों बाद तो कोई अपना पुराना मित्र आया था। बेटियों की शादी के बाद से उसका हिन्दुस्तान का चक्कर लगा नहीं था...इस बीच क्या हो गए होंगे, कैसे लग रहे होंगे वकील साहब...क्या उनकी पत्नी को मालूम है कि वे मेरे पास ठहर रहे हैं... कहीं वह साथ ही तो नहीं...

पूरे पैंतालीस मिनट में वकील साहब घर पहुँच गए थे।

''देखिए, मिसेज चड्ढा! आपने तो हमें नहीं बुलाया पर हम पहुँच ही गए।'' वकील साहब उलाहना दे रहे हैं या अपने पहुँचने की खुशी जाहिर कर रहे हैं, गुड्डो निश्चित नहीं कर पाई, पर उत्सुकता बहुत थी जानने की कि आए कैसे भला! वकील साहब बताने लगे कि उनके ''एक क्लायण्ट का बेटा यहाँ टैक्सास में इन्जीनियर था। पत्नी से तलाक हो गया... इस डर से कि बच्चे की कस्टडी तो माँ को ही मिलेगी, वे बच्चा लेकर हिन्दुस्तान चले आए...पीछे से पत्नी ने बच्चे की किडनैपिंग का मुकदमा चलवा दिया,

अब वे अगर यहाँ आए तो आते ही हथकड़ियाँ लगेंगी और नौकरी भी गड्ढे में जाएगी सो खासे परेशान थे... उन्हीं के केस की पैरवी करने यहाँ चला आया हूँ। यहाँ से पहले बोस्टन, फिर टैक्सास जाना है... लौटते हुए फिर न्यूयॉर्क रूकूँगा।" गुड्डो फख्र महसूस कर रही थी कि वकील साहब की वकालत में खासी इज्जत है, जो लोग अमरीका भेजने का पैसा खर्च करने को तैयार हैं... उसने फ़ख्र और भरोसे से चमकती आँखों से वकील को देखा।

"बस, मिसेज चड्ढा! आप हमें याद करती हो या नहीं, हम तो आपको बेहद याद करते हैं।" कहकर वकील साहब ने गुड्डो को अपनी दोनों बाँहों में घेर लिया। इससे पहले कि गुड्डो अपने आप को छुड़ा पाती, वकील साहब का दायाँ हाथ गुड्डो की छातियाँ मसल रहा था, होठ होंठों को।

"ओह प्लीज, मुझे तो साँस नहीं आ रहा।"

कहकर पहले गुड्डो ने झटके से अपने होंठ परे किए। फिर धीरे से उनका हाथ अपनी छातियों से हटाते हुए बोली, "अरे, यह अचानक क्या हो गया आपको... ज़रा आराम से तो बैठिए...अभी तो आपसे इतने बरसों का सब हाल-खबर बाँटना है।"

"वह सब होता रहेगा, मिसेज चड्ढा..." वकील साहब ने दुबारा गुड्डो को गिरफ्त में ले लिया था और दबादब चुम्बन वार रहे थे।

"आपको मालूम नहीं कितने बरस से तरस रहा हूँ..." और वकील ने गुड्डो को सोफे पर ही लिटाकर अपना समूचा बोझ उस पर डाल दिया...मेहमाननवाजी, मुरव्वत, बरसों के रिश्ते का लिहाज़, इतने अहसान—पता नहीं कितनी-कितनी हिचकिचाहटें थीं गुड्डो में... वह झटकने की कोशिश करे या स्वीकार ले... शायद कहीं कुछ रस भी था... कोई दबी चाह ...इस जिस्म की कामना करने वाले अब बहुत नहीं बचे थे, न ही ज्यादा देर भोगने लायक रहेगा अब यह... सो जो भी सही... गुड्डो का अवरोध में कसा बदन अब धीरे-धीरे ढीला पड़ने लगा। उसके ब्लाउज के बटन खोलते हुए वकील साहब कह रहे थे—"वाह, ऐसी सख्त छातियाँ हैं, जैसे किसी कुँआरी जवान लड़की की हों।" वकील साहब के इस वाक्य में एक तारीफ थी गुड्डो के परदेश में रहकर जिस्म के अच्छे रख-रखाव

की। पर गुड्डो को उसमें कुछ सस्तापन-सा लगा। अगली सुबह वकील बत्रा को बोस्टन जाना था। गुड्डो ने थोड़ी चैन की साँस ली। पर वकील अभी बोस्टन में ही थे कि उनकी बिटिया मीता मिलने चली आई थी।

''मीता, तू यहाँ कब आई, कैसे आई... मुझे तो पता ही नहीं लगा, वकील साहब ने भी जिक्र नहीं किया।'' चीज़ केक का टुकड़ा प्लेट में रख मीता की ओर बढ़ाते हुए गुड्डो कह रही थी।

''मुझे तो एक हफ्ता हो गया आए... अपनी एक सहेली के पास न्यूज़र्सी में ठहरी हूँ... आन्टी, आप माइण्ड न करें तो आपके पास आकर रुक जाएँ?''

''ज़रूर-ज़रूर, बिलकुल रूको... घर तो खाली पड़ा है। राजू भी नहीं यहाँ... अच्छा है, रौनक रहेगी।''

''तो ठीक है, सोमवार को आएँगे हम।''

शुक्रवार को गुड्डो के दफ्तर में फोन किया था मीता ने... बड़े नए तरीके से उसने गुड्डो से जो सवाल पूछे थे, उससे उसके अमरीका आने का असली मकसद भाँप गई थी गुड्डो... पर गुड्डो भला कैसे ले सकती है इतनी बड़ी जिम्मेदारी। पूछ रही थी मीता, ''आन्टी, यहाँ डिलिवरी का कितना खर्चा आ जाता है?''

''क्यों, क्या तूने यहाँ करानी है डिलिवरी?''

''नहीं, पर पता नहीं... शायद करा भी लूँ... अगले महीने की छब्बीस तारीख की डेट दी हुई है डॉक्टर ने... मैं तो शायद इस महीने के अन्त में लौट ही जाऊँगी....''

''इस महीने के आखिर में लौटना लेट नहीं हो जाएगा? डॉक्टर ट्रेवल करने देंगे?''

''नहीं, अभी तो आई हूँ... डॉक्टर ने तो कुछ नहीं कहा।''

''क्या पूछा था किसी डॉक्टर से...?''

''नहीं, पूछा भी नहीं... दरअसल इन्होंने कहा कि वहीं अमरीका में डिलिवरी करा लें तो बच्चा वहीं का नागरिक बन जाएगा... फिर अठारह साल का होने पर वह हमें भी यहाँ बुला सकता है... वरना कोई नज़दीकी रिश्ता न हो तो अमरीका में आना एकदम असम्भव-सा होता जा रहा है।''

हैरान रह गई थी गुड्डो उनकी सूझ-बूझ पर—"ओह! तो बड़ी दूर की प्लानिंग कर रहे हैं आप लोग।"

खिसियाकर बोली थी मीता—"और क्या करें, आन्टी! हिन्दुस्तान के हालात तो दिन-ब-दिन बदतर ही हो रहे हैं... हमारे बच्चों को पता नहीं कितनी मुश्किलें होंगी नौकरियाँ पाने में... अगर एक और दरवाजा खुल जाए तो... जो कुछ हम कर सकते हैं..."

गुड्डो को हँसी भी आई... बच्चा चाहे आना चाहे या न... यह माँ-बाप ने बच्चे का फायदा खूब उठाया है... अब अगले अठारह साल तक इस भविष्य की कुंजी की बहुत लाड़-सहेज से परवरिश होगी.. बच्चा तो माँ-बाप के लिए भविष्य की अच्छी-खासी इन्वेस्टमेन्ट हो गया.. पर अब...

गुड्डो ने पूछा, "इसका खर्चा तो दस-पन्द्रह हजार डॉलर से कम नहीं होगा?"

"आन्टी, क्या तनिमा नहीं कर सकती डिलिवरी?" गुड्डो का माथा ठनका...तो मीता का इरादा उसके या तनिमा के पास रहकर डिलिवरी कराने का है।

"तनिमा गाइनोकोलॉजिस्ट तो है नहीं... और यूँ ही तनिमा के कहने से कोई फ्री डिलिवरी थोड़े हो जाएगी... सारा प्रोसीजर तो वही होता है...तुम्हारी मेडिकल इंश्योरेंस है?"

"नहीं तो... पर वह तो करवाई जा सकती है।"

"मीता, तुमने मुझसे हिन्दुस्तान से लिखकर पूछ तो लिया होता कि क्या कुछ करना होता है... डिलिवरी कोई आसान तो होगी नहीं.. . हम लोग तो दिनभर काम पर रहते हैं... तुम्हारी देखभाल को भी कोई चाहिए होगा।"

"उसकी तो कोई बात नहीं... खैर, मेरा कहाँ पक्का है, यूँ ही पूछ रही थी।" मीता ने फोन रख दिया था।

गुड्डो ने तब बोस्टन फोन किया था वकील बत्रा को—

"आपने बताया ही नहीं कि मीता भी आजकल यहीं है।"

"हाँ... उसको अपनी ट्रेवल एजेन्सी से लगभग मुफ्त टिकट मिलती है न, इसी से चली आई... पर इसमें आप परेशान क्यों सुनाई पड़ रही हैं?"

"नहीं... नहीं, परेशान नहीं.. सिर्फ हैरानी लगी कि आपने जिक्र नहीं किया था।" खामोशी थी उस ओर। गुड्डो ने मन में घुमड़ती असली बात कह ही दी।

"क्या मीता यहाँ अपनी डिलिवरी कराने आई है?"

"नहीं, ऐसा तो कुछ नहीं... हाँ, कह रही थी कि अगर ऐसा कुछ हो सकता तो उनकी भी यहाँ आकर रहने, नौकरी करने की उम्मीद बन जाएगी।"

"पर... पर वह तो मुश्किल नहीं होगा? ...पहला बच्चा है... कॉम्पलीकेशन्स भी हो सकती है.. सीजेरियन हुआ तो खर्चा भी बहुत ज्यादा होगा।"

वकील साहब को जैसे यह सब सुनना अच्छा नहीं लग रहा था—"भई, आप क्यों फिक्र करती हैं... आपसे थोड़े ही कह रही है वह कुछ...आपसे जबर्दस्ती तो हम करेंगे नहीं, आपकी मर्जी है कुछ कर सकें तो...वरना..." वकील साहब का बात करने का टोन ऐसा था जैसे कह रहे हों—अब मैं आपका इम्तहान ले रहा हूँ कि आप भी हमारे लिए कुछ करती हैं या नहीं...

गुड्डो को लग रहा था मानो वकील साहब कोई पिछले जन्मों से चले आ रहे उधारों का सूद समेत हिसाब-किताब लेने को उसकी दहलीज पर डेरा जमाकर बैठ गए हों—क्या करे वह? वकील साहब को नाराज भी तो नहीं कर सकती। हिन्दुस्तान के कितने ही सन्दर्भों में अभी ज़रूरत हमेशा बनी ही रही है... कभी कुछ, कभी कुछ। वकील साहब ही उधर का सँभालते हैं सब। चाहे वह किराएदारों से किराया उगलवाना हो या मकान खाली करवाना हो या किसी को किसी तरह के कागजात, सर्टिफिकेट या और कोई चीज़ की जरूरत हो—खुद रोज-रोज तो वहाँ जाया नहीं जाता... कोई भरोसे का बन्दा होना भी तो चाहिए वहाँ। पर वकील साहब कहीं नाराज हो तो नहीं गए?

पर थोड़े दिन बाद वकील साहब का ही फोन आया था... मीता का कोई जिक्र नहीं हुआ था। कह रहे थे—"बहुत बोर हो गया बोस्टन में...ये लोग मुझे खाना, कमरा और बस सौ डॉलर हफ्ते का देते हैं..

ये साले हिन्दुस्तानी ही हिन्दुस्तानियों की खाल उतारने से बाज नहीं आते ... वहाँ हिन्दुस्तान में मुझे बताते हैं अमरीका में तो वकील लाखों में कमाते हैं आप वहीं अपनी प्रैक्टिस जमाएँ, बड़े हिन्दुस्तानी क्लायंट मिल जाएँगे शुरू करने के लिए... यहाँ साला जो आता है मुफ्तखोर... किसी-न-किसी का दोस्त या रिश्तेदार... अब मैं कहाँ तक माँगता हूँ... उन्हें खुद खयाल नहीं होना चाहिए कि इस बन्दे ने भी रोटी खानी है...किसी अमरीकी कम्पनी में ही ढूँढूँगा...

आवाज़ में बेहद मिठास घोलकर गुड्डो ने भी कहा था—

"वकील साहब, इतना परेशान क्यों हैं... न्यूयॉर्क आ जाइए... थोड़ा मन बदल जाएगा।" स्वागत किया था उन्होंने इस आमन्त्रण का... "शायद ठीक ही कह रही हैं... इस वीक-एण्ड आने की कोशिश करूँगा। सच में बहुत थक गया हूँ।"

शनिवार की शाम वकील साहब लौट आए थे बोस्टन से। कुछ देर गप्प-बाजी के बाद पूछ रहे थे—

"राजू नहीं दीख रहा, कहाँ है?"

"अपनी मर्जी का मालिक है.. अरुण के साथ वह भी वीक-एण्ड पर बाहर गया हुआ है।"

बत्रा थोड़ा पास खिसक आया और गुड्डो के कन्धों पर हाथ फेरने लगा... हाथ जल्दी ही फिसलकर उसकी छातियों को छू रहे थे।

"मिसेज चड्ढा, मैं भी यहीं कुछ ठिकाना करना चाहता हूँ। आपकी मदद मिल सकती है?"

गुड्डो वकील के इरादों का अहसास-पा हक्की-बक्की रह गई।

"पर यहाँ क्या करेंगे आप, वहाँ तो आपकी अच्छी-खासी प्रैक्टिस जमी हुई है... यहाँ का कानून भी अलग है... कम्पीटीशन भी बहुत है वकालत में।"

वकील साहब का उत्साह कम नहीं हुआ, बोले—

"यह जिनका काम करने आया हूँ यहाँ, कुछेक केस तो ये कहते हैं दिलवा देंगे...कुछ अपने से कोशिश करूँगा। अब तो हिन्दुस्तानी बढ़ ही रहे हैं यहाँ।"

गुड्डो ने दूसरी बार कोशिश की—"पर फिर भी इतना तो नहीं है कि लगातार आमदनी आती रहे। आखिर आपको अपनी गृहस्थी भी तो चलानी है।"

"सो तो है... पर यहाँ देखो कुछ कानून की पढ़ाई भी कर लूँगा ... साल भर तो परिवार से अलग यहाँ रह ही सकता हूँ... उतना गुजारे का पैसा है उनके पास... कौन-सी कोई लम्बी-चौड़ी गृहस्थी है, दो ही तो बच्चे हैं... कुछ यहाँ से भी भेज दूँगा... वैसे आप कुछ मदद कर सकती हैं मेरी पढ़ाई के सिलसिले में?"

गुड्डो देख रही थी पचास साल की उम्र में वकील साहब नए सिरे से पढ़ाई करना चाहते हैं—सारे परिवार को अमरीका लाना चाहते हैं.. उसे कितनी मुश्किल हुई थी...क्या क्लर्क एकाउंटेन्ट की नौकरी और रेंट-कंट्रोल में लिए तीन सौ डॉलर के शहर से दूर के इस अपार्टमेन्ट में भी वह 'सफल' आवासी दिखती हैं वकील साहब को?

और भी, उसकी हिन्दुस्तान की यादों से जुड़े लोग यहीं चले आए तो क्या रह जाएगा उसके हिन्दुस्तान में लौटने को!

गुड्डो को अच्छा नहीं लग रहा था वकील साहब का इरादा।

"देखिए, करने को तो जो भी बन पड़ेगा मुझसे कर दूँगी... पर आपके पास तो 'वर्क परमिट' भी नहीं है न... आजकल बहुत स्ट्रिक्ट है यहाँ, पता लग जाए तो 'एम्प्लायर' को गैरकानूनी तौर पर नौकर रखने का जुर्माना भरना पड़ता है। इसी से कोई बिना परमिट के नौकरी देने को तैयार नहीं होता।"

"उसकी फिक्र मत कीजिए, मिसेज चड्ढा...कुछ-न-कुछ जुगाड़ कर लूँगा... पर अगर मैं यहाँ रह सकूँ, क्योंकि न्यूयॉर्क की पढ़ाई..."

टालते हुए गुड्डो बोली—

"राजू से पूछना पड़ेगा... अब तो उसका घर है... बच्चों को पता नहीं कैसा लगे आपका, मेरे यहाँ रहना... अभी राजू की शादी तो बाकी है।"

वकील साहब करीब आ गए थे—हाथ गुड्डो के जिस्म के उतार-चढ़ाव नापने लगे।

"अब तो आजाद हैं आप, मिसेज़ चड्ढा... बच्चे सेटल हो गए—अब

आपकी जिन्दगी आपकी अपनी है... उसे अपनी तरह से जिओ न... अब भी बच्चों का लगा है... बस, अब खत्म हो गई आपकी तपस्या।'' और कहते-कहते इतने करीब आ गए थे कि उनकी साँसें गुड्डो की साँसों से टकराने लगी, छातियों के उभार छाती के बालों से छूने लगे... गुड्डो को सहसा न जाने क्या हुआ—दोनों हाथों से वकील साहब के अपनी ओर गिरते बदन को धकेल छिटककर खड़ी हो गई... साँसें बेहद तेज चल रही थीं... पर एक-एक लफ़्ज़ बहुत जमा-जमाकर कह रही थी—

''आप क्या समझते हैं, यहाँ आकर मैं कुछ और हो गई हूँ... मेरी वैल्यूज़, मेरे संस्कार बदल गए हैं... आपकी वहाँ कभी ऐसी हिम्मत नहीं हुई थी और यहाँ मेरे घर में ही आप मेरे मेहमान बनकर मुझे लूट रहे हैं...मैं लिहाज़ और मुरव्वत बरतती रही.. पर आपने सच में समझा कि यहाँ के माहौल ने मुझे बदल दिया है! जिस आजादी की बात मैं कर रही थी...आपने उसे जिस्मानी आजादी भर ही समझ लिया। जितने हिन्दुस्तानी मर्द मिलते हैं, सोचते हैं चूँकि अमरीका में रह रही है इसलिए जरूर कुछ लूज या लिबरल हो गई होगी...उनका रवैया वही होता है जो इस वक्त आपका है सुन लीजिए, जिस मिट्टी-काठी की मैं बनी थी, वही अब भी हूँ और वही कुछ मैंने अपने बच्चों को भी दिया है... मुझे नहीं मालूम क्या ठीक हुआ, क्या गलत पर इतना मालूम है कि मेरी बेटियाँ सही ढंग से इज़्ज़त की जिन्दगी जी रही हैं... दूसरी हिन्दुस्तानी लड़कियों की तरह यहाँ के ढर्रे में बही नहीं... जिस तरह से मैंने उनमें हिन्दुस्तानी संस्कार और नैतिकता के बीज बोए हैं, वे आज तक उस पर चल रही हैं.. मेरा बेटा भी देखना किसी कुलवाली हिन्दुस्तानी लड़की से ही शादी करेगा। मैं चाहे मरूँ भी इसी मिट्टी पर, किन्तु मेरे हिन्दुस्तानी संस्कार कभी मरेंगे नहीं... मेरी बहनों तक के बच्चे इस समाज में सही रास्ते से भटक गए हैं... पर मैंने ऐसा नहीं होने दिया... और अब तुम... तुम मेरे घर की पवित्रता को कलुषित करना चाहते हो... यह कभी नहीं होगा... चले जाओ तुम यहाँ से... प्लीज़!''

गुड्डो को लग रहा था जैसे उसके जिस्म के पोर-पोर पर, उसकी रग-रग में, उसके अपार्टमेन्ट के ज़र्रे-ज़र्रे में कालिख पुत गई हो... ओह, कैसे धुलेगी वह गन्दगी... इस घर की शुद्धि करनी होगी... इस आत्मा

की, इस जिस्म की शुद्धि करनी होगी... माँ तो हवन करती थीं हर तरह की शुद्धि के लिए... उसे याद है जब छुटपन में जिस किसी भाई-बहन को भी घर में माता निकलती थी, तो ठीक हो जाने के बाद माँ घर की हवा शुद्ध करने के लिए हवन करती थी।

खिसियाए-से वकील साहब ने कहना शुरू किया, "मिसेज़ चड्ढा..."

पर गुड्डो ने वहीं टोक दिया।

"नहीं, वकील साहब, आप वहाँ हिन्दुस्तान में बैठे-बैठे कुछ नहीं समझते अपने परदेस में रहने वाले देशवासियों को... हिन्दुस्तान तो अपनी गति से बहता लाता है, आगे बढ़ता या आधुनिक होता जाता है, पर हम जिस बिन्दु पर उसे छोड़कर आते हैं उससे आगे नहीं बढ़ते... हिन्दुस्तान में चाहे लड़के-लड़कियों की डेटिंग को सामाजिक स्वीकृति मिल जाए पर जिन सामाजिक प्रतिबन्धों या स्वीकृतियों को मैंने अपने समय में जाना है, उन्हीं को मैं अपने बच्चों की जिन्दगी पर लागू करती हूँ। जानते हो हिन्दुस्तान में समय आगे बढ़ता रहता है, पर हमारा समय वहीं रुक जाता है, जो हमारे अतीत का हिन्दुस्तान था, वही वर्तमान और भविष्य का बना रहता है।

"ये दिन पर दिन अमरीका में बने मन्दिर, गुरुद्वारे देख रहे हो—बताओ तो हिन्दुस्तान में कहाँ इतनी लागत लगाकर बन रहे हैं मन्दिर... हिन्दुस्तानी तो वहाँ बैठे नित नई इंडस्ट्री या फैक्टरी लगाने की सोचते हैं और हमारे यहाँ धर्म, संस्कार या परम्परा का ढोल पीट रहे हैं। इसे चाहे तुम हमारी इन्सेक्योरिटी कह लो, जो कुछ छूट रहा है या छूट गया है उसे हम अपनी पूजा अपने मन्दिरों के ज़रिए से पकड़ रखने की कोशिश में हैं... हम बाहर से चाहे पैंट-कोट या स्कर्ट भी पहन लें, पर भीतर का चोगा वही रहता है... हम खुद को नहीं बदलते... जहाँ जाते हैं वहीं अपना एक हिन्दुस्तान रच डालते हैं, फिर वह चाहे अगलों को बुरा लगे या भला... चाहे हमारी रिहायशी जगह 'घैटोज़' कहलाए या इण्डिया टाउन, फिर चाहे अपने बन्द समाज की वजह से बाद की पीढ़ियाँ इन अपनाए देशों से बाहर निकाल फेंके या जो भी कीमत चुकानी पड़े... हिन्दुस्तानीपन या संस्कारों के ये फूल या लाशें जो भी कहना चाहो कह लो, हमें ढोने ही हैं, गति नहीं

हमारी इनके बिना...तुम इसे हमारा दकियानूसीपन कह सकते हो... पर आम हिन्दुस्तानी का सच यही है...।''

''मिसेज़ चड्ढा मुझे तो आपकी बातों में कोई तुक नज़र आ नहीं रही। आप अपनी मर्जी से अपना देश छोड़कर आई हैं... आपने खुद इतना कुछ तोड़ा है और एक नए तरह के रहन-सहन से जुड़ी हैं तिस पर बच्चों को हिन्दुस्तानी ही बनाए रखने में आप किस तरह की उपलब्धि महसूस करती हैं, मेरी समझ में यह बात नहीं आती। जहाँ तक आपका अपना सवाल है, उसमें भी मुझे शक है कि आप जो कुछ कह रही हैं, वह सही ही है।''

''सही-गलत की बात ही कौन कह रहा है... गलत या सही था ... जिसने ऊँचाइयों पर चढ़कर न देखा हो उसे क्या पता कि अधर में क्या है... या जो अधर में लटका हो वह भी इस शंका से कैसे छुटकारा पा सकता है कि गति ऊपर पहुँचने में ही है या वापस नीचे लौटने में ... और चूँकि दोनों ही पाने उसके लिए नामुमकिन हैं इसलिए पीड़ा और असन्तोष उसकी नियति है, जिसे मात देने के लिए वह कभी इधर भागेगा, कभी उधर, कभी मन्दिर बनाएगा तो कभी क्लिनिक और निजात भी कहाँ है...''

गुड्डो बोलते-बोलते भावात्मक तौर पर ऐसी निचुड़ चुकी थी कि बेहद थकी-सी होकर उसने आँखें मूँद ली। वकील अगले दिन टेक्सास चला गया था।

बाहर बादलों की कितनी घनी-घनी परतें आसमान को छिपाए हुए हैं ... तूफान थम नहीं रहा... तेज बवण्डर-सी हवाएँ साँय-साँय करती बन्द शीशे के दरवाजों और खिड़कियों से बेतहाशा टकराए जा रही है... तूफान की ख़बरें टेलीविजन पर देखते-देखते सो गई थी गुड्डो। नींद खुली बीच रात में तो एकदम घबराहट-सी हुई—

राजू कहाँ है?

राजू बिस्तर पर नहीं... तीन बज गए रात के... यह कैसा रहस्य बनता जा रहा है राजू।

अरुण को फोन करे... पर इतनी रात...।

चार बजे लौटता है राजू।

"कहाँ था इतनी रात?...क्या करता रहता है?"

'ममी, थक गया, सोने दो। प्लीज डोंट आस्क मी क्वेश्चन्स।"

आग की लपटें जोर पकड़ रही हैं... पूर्णाहुति के मन्त्र गाए जा रहे हैं।

"तू फिर दफ्तर नहीं गया..."

"छोड़ दी है नौकरी मैंने।"

गुड्डो परेशान है... क्या हो गया है इसे.. मन धक-धक करता रहता है।

राजू की दराज खोलती है... नोटों की गड्डियाँ... ये सब कहाँ से...सैकड़ों... हजारों... लाखों... ये अरुण... कहाँ जा रहा है तू अरुण के साथ... उसे तो जेल हो गई थी। तो अपना काम तुझे सौंप गया है वह!

भभकती लपटों में गुड्डो देखती है... एक अजीब-सा, पहचाना और अनपहचाना चहेरा... यह चेहरा तो किसी हारे हुए सुपरमैन का है... कानों में गुंजार सुनती है लपटों की।

"मैंने कुछ खास करना है... बड़ा बनना है—ढेर सारे पैसों से अपनी एक कम्पनी बनाऊँगा, उसका प्रेसिडेंट हूँगा मैं खुद।"

"पर तुझे जल्दी क्या है, राजू... बता, जल्दी क्यों है... ऐसी बदहवास दौड़... तू चोट खा जाएगा... मेरा राजू...।

भयंकर लपटें...सब कुछ लील लेने वाली आग...राजू कहाँ खो गया ... दिखता क्यों नहीं...ऐसे तो पागल हो जाएगा तू...रुक जा, राजू...।

पूर्णाहुति की ढेर सारी सामग्री ने आग की लपटों को और भी चटक कर दिया है... लाल-नीली-सुनहली लपटें... ओह गुड्डो, तू सोचती थी सब बन रहे हैं... सबकी जून सुधर रही है... उजलेगा अनागत... कहाँ गया वह सब... वह सब कुछ जो कोमल, सुगन्धित, नवनीत और पवित्र था... राधिका का भोला बचपन... राजू का मेधावी सर्जन... सभी कुछ भस्म... कौन बना है सामग्री इस हवन में... वह स्वयं क्या बची रह गई है या बन गई है हवि...।

पर हवन की भस्म तो शुभ होती है न... नए जीवन और नई आस्थाओं की शुरुआत... आने वाली पीढ़ियाँ जो यहाँ उगेंगी, पनपेंगी... नई भूमि से नया रहेंगी... अकेलेपन, जड़हीनता और अस्मिता खो देने वाले अहसासों के राक्षस तब शायद राख हो चुके होंगे... क्या सच में... और ये स्वार्थ, नॉन कमिटमेंट, भौतिकता की बदहवास दौड़ के प्रेत.... क्या ये भस्म होंगे कभी...?

गुड्डो की आँखें धुएँ से जल रही हैं... बेतरह पानी बह रहा है ... जिन मूल्यों को पूरी आस्था से पकड़े थीं... क्या उन्हें बचा पाई है ... बचा पाएगी...बचाने की चाह भी बची है? कोई सार है उन आस्थाओं में भी या सिर्फ झूठ कर्मकाण्ड का ही सहारा है... अभी तो सिर्फ जल रहा है सब कुछ...लपटें ही लपटें...सागर की लहरों जैसी सर्वभक्षी लपटें ...सभी कुछ जल रहा है–अणिमा, तनिमा, राजू और जाने कितने-कितने उसके साथ। लपटों की चकाचौंध में राख तो दीखती भी नहीं... तप्त, सुनहरी लपटें...गन्ध...धुआँ...काला जहरीला धुआँ और धुएँ पर तैरती, धुएँ में धुली-धुली लपटें...राजू कहाँ है...गुड्डो के मुख से सहसा चीख निकल पड़ती है–

"कहाँ जा रहा है राजू...रुक जा...तुझे जल्दी क्या है...।"

●●●